U0101318

后浪

井中男孩

［德］ 斯蒂芬·安德雷斯

赵登荣

译 著

江苏凤凰文艺出版社
JIANGSU PHOENIX LITERATURE AND
ART PUBLISHING

Stefan Andres

Der Knabe im Brunnen

图书在版编目（ＣＩＰ）数据

井中男孩 /（德）斯蒂芬·安德雷斯著；赵登荣译
. -- 南京：江苏凤凰文艺出版社, 2023.12
ISBN 978-7-5594-8069-9

Ⅰ. ①井… Ⅱ. ①斯… ②赵… Ⅲ. ①长篇小说 – 德
国 – 现代 Ⅳ. ① I516.45

中国国家版本馆 CIP 数据核字 (2023) 第 200792 号

井中男孩

［德］斯蒂芬·安德雷斯 著　赵登荣 译

编辑统筹	朱　岳　梅天明	
责任编辑	曹　波	
特约编辑	陈志炜	
装帧设计	李　扬	
出版发行	江苏凤凰文艺出版社	
	南京市中央路 165 号，邮编：210009	
网　　址	http://www.jswenyi.com	
印　　刷	嘉业印刷（天津）有限公司	
开　　本	880 毫米 ×1092 毫米 1/32	
印　　张	10.5	
字　　数	208 千字	
版　　次	2023 年 12 月第 1 版	
印　　次	2023 年 12 月第 1 次印刷	
书　　号	ISBN 978-7-5594-8069-9	
定　　价	75.00 元	

江苏凤凰文艺版图书凡印刷、装订错误，可向出版社调换，联系电话 025 – 83280257

译本序

　　《井中男孩》（*Der Knabe im Brunnen*）是一部虚构的自传体小说，书中的主人公用形象生动、幽默诙谐的语言自述他的一段生平，但它又是作者的一部有趣的童年回忆录，因为书中的主人公实际上所讲述的正是作者对自己的人生最初阶段的回忆。

　　《井中男孩》的作者斯蒂芬·安德雷斯（Stefan Andres，1906—1970），是当代一位有成就的德语作家。安德雷斯一九○六年生于德国西南部特里尔附近的布赖维斯，在这个摩泽尔河地区风光旖旎、民风淳朴的农村度过了他的童年时光。他的父亲是磨坊主，一个典型的南德的农民，虔诚信教，勤俭治家，讲求实际，乐天达观，热爱和平，对幼年的安德雷斯的成长有过很大影响，这在《井中男孩》里也得到了充分的反映。父亲去世后，他的母亲勇敢地面对生活，挑起了家庭重担。安德雷斯十一岁时，按照他父亲的遗愿，进入教会学校读书（1917—1926），毕业后又在嘉布遣修会（方济各会的一支）当了两年见习修士。一九二八年至一九三二年，他先后在科隆、耶拿和柏林的大学里攻读日耳曼语言文学、哲学、艺术史和神学，并开始发表作品。大学毕业后曾到意大利、埃及和希腊游历。安德雷斯从基督教人道主义的立场出发，不赞成德国纳粹党的暴政。一九三六年十一月，他发表了中篇小说《埃尔·格列柯为宗教法庭庭长画像》，用西班牙宗教裁判所的愚昧残暴来影射纳粹政权的倒行逆施。小说中的西班牙画家埃尔·格列柯在谈到暴政之下艺术家的任务时说："我们能够做到的是把这些摈弃基督的人的面目描绘下来。"这也可以说是安德雷斯关于纳粹时期他自己的创作宗旨的自白。一九三七年他流亡国外，侨居意大利。一九五〇年返回联邦德国，活跃于文坛，是笔会会员和德意志语言和文艺创作研究院院士。一九六〇年又迁居罗马，直到一九七〇年去世。

安德雷斯是位小说家，发表的中、长篇小说有：《阿斯特里的男人》（1939）、《我们是乌托邦》（1943）、《仇人结亲》（1947）、《正义骑士》（1948）、三部曲《大洪水》（1949、1951、1959）、《鱼腹中的人》（1963）、《鸽楼》（1966）、《挪亚和他的孩子们》（1968）等。作为诗人，他擅长写十四行诗及颂歌等旧体诗。他创作的戏剧《封锁区》（1958），表现了作者对战争危险的忧虑，也是成功之作。安德雷斯是位信仰天主教的作家，他在作品中所追求的理想是基督教的博爱精神同人文主义的结合。在他的小说里，主人公多半经历了迷惘和痛苦的历程，通过爱而认识了人生的真谛，反映出作家相信信仰能抑恶扬善，净化心灵，使人们互相宽容和解，因此，他的作品宗教色彩比较浓厚。由于经历了两次世界大战的劫难，安德雷斯在他的小说中又比较强烈地表现出他对战争的憎恶，对和平的渴望，并呼吁各国人民和睦相处。此外，他还一贯抨击纳粹暴政及其残余势力。这无疑使他的作品具有了一定的积极的社会意义。在写作手法上，他更多的是传统的维护者和继承者，而不是革新家。在四十年代和战后，他的作品曾拥有不少读者，受到文学界的重视，屡获联邦德国和意大利的文学奖。

《井中男孩》是安德雷斯最受欢迎的小说之一。童年是充满好奇、幻想、希望和憧憬的岁月。在主人公小斯蒂夫的眼睛里，家乡的一切——水井、溪流、山峦、田野、磨坊、邻居、商店、城市都是一个谜，都隐藏着神奇的秘密。大人们不让小斯蒂夫到井边去，说井里有水鬼和被拖下去替水鬼放鹅的孩子，小斯蒂夫却偷偷跑到井边，把井中自己的倒影当成了放鹅少年。就这样，小斯蒂夫怀着朦胧的求知欲和急切的好奇心去接触周围的世界，而我们则通过他的眼睛以及他的儿童的想象力看到了南德摩泽尔河沿岸农村地区一幅幅的风俗画：冬季破冰磨面的艰辛，暴风雨来临前抢收小麦的紧张，收获季节脱粒扬场的欢乐，旧式乡村学校实行体罚对学生身心的摧残，农业小镇上各行各业居民的面貌……在这个信奉天主教的农村地区，农民的伦理道德、生活方式、言行准则无不受着教会思想的影响。当战争到来时，当第一次世界大战爆发时，村里的神职人员宣扬"天主站在德军一边"来祝福战争，学校的教师胡诌所谓"爱国主义"的诗歌来美化战争，狭隘民族主义的浪潮也冲击着这个小小的村镇，打破了这里的宁静，小斯蒂夫也身受其害，不仅迷恋于玩战争游戏，而且同他的哥哥编写起"爱国"诗来。农民不知道为什么要打仗，并且从切身的利益出发也不赞成打仗，小斯蒂夫的父亲便是这样的一个。通过父亲的态度，通过在前线当兵并且越来越憎恶战争的他的哥哥马丁的态度，通过目睹战争给村民带来的不幸，尤其通过同在村里干活的一位俄国战俘的交往，小斯蒂夫渐渐明白了战争不是好事而是坏事，他甚至成了关于和平来了的谣言的传播者。最后，他遵照已故父亲的遗愿将动身去荷兰一所教会学校学习，但和平的日子还没有到来，只有人们对和平的渴望。《井中男孩》发表于一九五三年，当时，"冷战"的阴影笼罩着欧洲，德国的重新武装成为社会争论和忧虑的问题，安德雷斯的这部小说以及他精心设计的这一结尾，无疑是要提醒人们莫忘历史的教训，警惕战争的危险，争取和平的前景。这或许就是这一作品在当时能够打动许多读者的心灵的原因吧！

赵登荣

一九八五年六月

目　录

摇篮、月亮、水

曾经有一段时间，我所睡的那张小床的两侧总在上升和下降，右侧上升，左侧下降，左侧上升，右侧下降——总是这样。房间里差不多是黑的。可是月亮来了，目光扫过屋角。它看着我床前的墙壁。那堵墙壁看着我、我的小床和旁边的大床。大床上躺着我的父亲，他身后是母亲，我看不见她，只听见她的呼吸。我小心地越过摇篮的左侧往外看。摇篮的木头是棕色的，闪闪发光。那后边，那一边，躺着一个长长的人，这是父亲。我的目光扫过他的身子，从他的头开始一直移到他的脚。这样看了一会儿。我同时看到，他那只提着摇篮带子的手来回摆动得越来越慢。摇篮也摆动得越来越慢。最后，手指头伸开了，那只手平摊在床单上，不再动了。摇篮也不再摇了。房间的四堵墙壁静静地站着，看着我。它们的脸都是黑的，只有月亮照着的那一面是亮的。四堵墙的脸上都有四方形的东西。天花板又宽又大，正好覆盖住一切。我知道，天花板有掉到我身上来的危险。于是我冲着黑暗说道："斯蒂夫，摇！"我看见那只一动不动平摊着的手立刻摇起来，开始时很快，很猛，接着又慢下来。我把枕头上的脸转向那只手，目不转睛地盯着它。只要它平摊开来，房子和摇篮也都停住不动时，我马上就说："斯蒂夫，摇！"我非常满意地注意到，我的话每次都管用，都能引起变化。最后，房间的天花板终于落下来了，不过非常轻柔——盖住了一切：我的摇篮，父亲的手，父亲自己，上面有四方形东西的墙壁，还有明亮的墙壁的玻璃窗上的月光光环；刚才它还对着我眨巴眼睛呢，这月亮。

有几个晚上，这个月亮滚过覆盖着磨坊溪后面整座山的山毛榉林。月亮又黄又圆，而且会滚动。它用不着害怕黑暗，它像一盏明亮的厨房马灯。我非常爱它，恨不能去摸它。它一定非常光滑和温暖，像母亲的胸脯。月亮里肯定也有奶，不然的话它怎么会这样柔和亲切。也许那里面有面粉。父亲的磨坊里的滚筒在旋转，只要掀起帘布，就撒下白色粉末。月亮也把白色粉末撒在山毛榉林上。那是月亮面粉，第二天就不见了。树把面粉都吃了。还是说月亮里有奶，让树喝掉了？在有些花里我找到过这样的奶。有一次，我在大白天看见月亮。起初我想，那不是月亮，就没有理它。天上东西太多了。可是从那次起，我经常在白天看见它，后来我只好相信那就是月亮。用不着怀疑了：它从家里跑了出来，我也是常常从家里跑出来的。我发现，晚上当月亮从树林后面升起时，它有时很瘦，有时很胖。我问了大人并且弄清楚这确实就是同一个月亮之后，我可以肯定月亮有病。当月亮不那么圆也不那么亮的时候，我就不理它。它从来也不走近 些，我真有点生它的气呢。一天，我们——月亮和我——着实吵了一架。那天还没有到晚上。月亮圆极了，冲着我微笑。我手指小山喊道，我要到那边山上去同它见面，本来家里是不让我一个人爬到山毛榉山坡上去的，尤其是在晚上。可是月亮太美了，我想得到它，或者摸摸它。它仿佛也明白了我的请求——它向山毛榉山坡飘过去了。我仰着头，眼睛始终看着月亮，沿着房子往前跑。这时我看见，月亮和我顺着同一个方向往前跑，穿过云彩。突然它不见了，而我跌进了磨坊的水沟里，倒在水里。我们的雇工正在安装捕鼹鼠的器具，听见了扑通的声音，把我拉了上来。我生月亮的气，大哭了一场，它不该这样对我。好长一段时间，我抬头看它时，心里就恨得痒痒的。

磨坊四周全是水，形状都不一样。院墙中间是一口井，母亲和哥哥、姐姐提着桶到井边打水。我看见大木桶在辘轳的轴上晃动，随着铁链叮嘟嘟一声响，木桶就不见了。但是，木桶掉到了哪里，我看不见；井沿太高了，比桌子还高呢，要是我站在桌子前面，桌子上的东西我也看不见。所以我在一旁观看时，只好随它爱掉到哪儿就掉到哪儿。好在它装满了水又上来了，到了母亲、姐姐或女仆的手里，她们把水倒进放在我面前的锌皮桶里。从井里打上来的水在阳光下闪闪发光。井水像牛奶一样冒起许多泡沫，水珠四溅，从井口透上来一股潮湿的凉气，使我觉得井很深。每次打完水，都锁上木门。井口上面是一块石板，水井四周也是用石板砌成的。那石板当然只能从上面的园子里才看得见。有一天，父亲指着石板对我说，我不能去碰这块石板，他还提高了嗓门，用威胁的口吻叮嘱我，我甚至不能走近石板。这位魁梧的男子平时并不十分严厉，这回却举起了马鞭——我们把它叫作罚鞭——向空中打了一鞭，尖厉的鞭声直刺我的耳朵，他随即对我大声嚷道："你要是走到水井上去，水鬼就会上来，用鞭子抽打你，把你拖下水去。已经有好几个小孩被水鬼拖下去了。他们从此就上不来啦！"我让父亲吓得说不出话来，走回屋里，躲到母亲的裙褶里。关于水井的事父亲跟我说了什么，怎么警告我的，母亲可不知道。园子里放了一根黄杨树棍作为界线，这边我能玩，那边我就不能去。第二天，当母亲正要越过那根木棍时，我就拽住她的围裙，一边往回拉一边说："爸爸会拿鞭子来抽的！水鬼会上来把你拖下水的！"

我开始问哥哥、姐姐水井的事。最要紧的是，我想知道是否已经有哪个孩子掉下去了。他们说有过这种事。我问那孩子叫什么名字。他们中间不知谁说了一个名字，可是我没有记住。我接着问，他在底下干什么。嘻，他肯定在为水鬼养鹅。他从水井里再也上不来了吗？可不是，他怎么上来呢？他们问我。我建议用水桶把他拉上来。可他们都对我说，不行，那孩子不许碰水桶。真的，他再也上不来了。从这时起，在我的眼睛里，那水井的门就像一扇通向另一个世界的大门。我知道，总有一天我会长大，那时我就可以去提水，向井里瞧，也许会看见下面的孩子，也许……

后来，整整几个星期，我忘了那个小孩，忘了水井。然而，我总是一再地想起找个知道名字的男孩。我不想再去打听他的名字了；因为有时想起他我就害怕，不知道他的名字，我反而高兴。

我们磨坊的冰房①旁边也有一片水，这里是另一种情况。这片水像一面镜子，三面被三堵砂岩矮墙包围，另一面紧挨着冰房。这里安着闸门，固定在一根横木上。我经常看着父亲从一座没有栏杆的、我从来不许上去的小桥上走到闸门边，摇动摇把，提起闸门。这时，水就从砂岩墙围成的小小的磨坊池里流到水槽里。用厚厚的木板做成的流水沟叫作水槽，水槽一直通进冰房。水槽有点斜，这样，水就有力地向下奔泻，冲到冰房里的水轮上，水磨开动时，池里的水面比某些时候因某种原因水磨停开时稍低一点。我很喜爱又矮又宽的砂岩墙后面的这个水池。有时，女人们就坐在矮墙上洗麻布被单，聊天。我不用跳进去就可以用手和脚打水玩水。我靠在护墙的软质石头上，把袖子挽得高高的，胳膊伸进水里搅着。我旁边站着尼克拉，他是开磨坊的邻居维塞施的儿子，比我只小三个星期。他戴一顶线织的红色尖顶帽，说起话来慢吞吞的，老张着嘴巴。他不像我那样喜欢水。我常到维塞施家去，走进他和奶奶坐在一起的小房间，把他叫出来玩水。游戏很简单，就是把胳

---

① 盖在磨坊水轮上的房子，水从这里往下流，冲击水轮，到冬天，这里的水不能结冰，如结了冰，就得把冰打碎。——本书注释若无特殊说明，则为译者注。

膊伸进水里搅动。我用两只手去抓水，想把它抓住，但每次水都漫走了。我感觉到水的重力，但只是那么一瞬间，随后，就只剩下几滴水挂在手上。接着游戏又重新开始。我感觉到我的胳膊抱着水的光滑的身体，舒服极了，胳膊冻僵冻红了，冷得有些疼。水上闪耀的银光，裂成许多碎块的天空，突然映出的一张脸的一部分，它晃动着，消失了……我时而惊惧，时而快乐，随后，我又忘掉了一切，进入了无比快乐的境界：水又凉又滑，动起来那么优美，使得我舍不得离开。后来，我感到有人在我屁股上打了一下，一只手从后面抓住我的脖子，把我拖开，拖回家去。水慢慢地把我整个人征服了，而且我从来没有着凉流鼻涕，真是个奇迹。

磨坊和长着山毛榉的山坡之间是一片很大的草地。磨坊小溪把它和厕房、仓库隔开。跨过小溪的桥是一辆挡板大马车的前半部分，车轮子放在水里当作桥墩用。车身上放了一把梯子，梯子上铺着木板。一次，哥哥姐姐在草地上割草，我想去看他们。我只要克服一个障碍就行——桥。我刚刚踏上桥板，就跪下了，一点一点地往前蹭，爬到了桥中央。我从桥板边上往下看，看见水在轮辐上打转。我也听见水声。这里的水声不像我用胳膊在水闸拦住的池子的水里来回搅动时发出的哗哗声，这里的水声音大不一样，它发出咕噜噜的声响，喋喋不休；它在轮辐上旋转，在石头上奔泻而下，发出清脆的响声，那样子就像一队接连不断的白猫。仿佛那是一只动物，像一卷丝线那么长，闪着白光，在草地下面紧挨着水面来回漂动。后来我才注意到，它有翅膀。在榛树丛树影下面，水比较深，流得也没有那么快。那里比较暗。在那黑暗处，我看见有什么东西，那东西很快就不见了。我稍稍吃了一惊，仔细向那面瞧去，发现有一件像粗鞭绳那样的东西，随着水流来回漂动。在水面上，我却看见一个小脑袋，长着严厉的小眼睛。没有错，那是一只动物，一只很长的动物，像橡皮管似的动物。而且它会游泳。

那天，要不是有人在草地上大声喊了一声，我会看到更多的东西。我扭过头，向那边看去，看见那些白头巾都停下不动了。接着就有一条白头巾向我跑来。我看见那是我的姐姐卡塔琳娜。我出生时她十六岁，当时她大约十九岁。她抓住我，把我抱起来，走过剩下的半截桥，把我抱到草地上。我很喜欢在草地上看蝗虫。它们跳得很快，很有力，每当它们朝我跳过来，我总是怕得赶紧低头蹲下——好像那是真正的马[1] 似的。也许它们的名字是出于大家对这种跳跃动物的敬重。我一动不动地坐在草地上，一坐就是半天，把草插到头上。草好闻极了。蝗虫以及其他跳动的和爬动的玩意儿大概把我当成草垛了。这样过了一天，到了晚上，衬衣和皮肤之间总能找出点什么来，首先是让你发痒的花瓣什么的。那时，要是某些花特别鲜嫩，我总爱摘来吃。首先是雏菊和樱草花，我看够了以后就摘来吃。我也教尼克拉吃，可他总是慢吞吞地嚼了一阵以后，又慢吞吞地用舌头把嚼碎的花冠吐出来，

---

[1]　德语里蝗虫还有一个别名叫"草马"。

做了个鬼脸，好像他想哭似的。

晚上，我和女人们一起沿着德罗恩溪到"小画"去时，水就换了一副严厉的面孔。"小画"是森林里的一个白色小礼拜堂，离溪水不远，在这里，溪水在茂密幽暗的松林下流淌，形成一个小湾，溪水在水底的石头上流过，一级一级往下流去。女人们总是念玫瑰经①，她们翻来覆去总是同样几句话。有时，在两次"圣母经"中间，我听到了一些稀奇古怪的句子，比如："噢，圣母，你献耶稣于圣殿！""噢，圣母，你在圣殿里重又找到耶稣！""天主，让炼狱里的灵魂永远安息！"女人们的声音单调、悲伤、恳切。她们的祈祷打中了我的心，虽然我一句话也不懂，却悲伤起来了。我躲到妈妈的裙褶里倾听着。在女人们的祈祷声外，在那边水底下，还有一个男孩，他也是被水鬼拖去的。我听见他和着单调的水声哭泣。我想，这个男孩比我小得多，他是圣婴。大人们一再摇着头对我说，圣婴不在下面的德罗恩溪里，不是的，水鬼是不许碰他的。这时我点点头，说一声"是"，但是在我心目中，小圣婴仍然在下面的水浪下；他不断地淹死，而依然又活着。女人们在她们的祈祷词里不断地说起他，单调，充满哀伤，正像下面德罗恩溪的水浪不断拂着他的脸流过一样，也是那样单调，充满哀伤。圣婴躺在下面，为了我们！因为妇女们是这样祈祷的："他为了我们，他为了我们，他为了我们。"这些话使我很悲伤。我的想法还像个弱小的孩子，帮不了我

---

① 玫瑰经，天主教祷告形式，念一段天主经，十段圣母经，重复五遍。

的忙。我知道圣婴是什么样子：他穿一件又长又白的小衬衫，脸好像是蜡做的，水把他的头发冲得又稀又光，头上戴一顶小工冠，他的样子和我从画上看见的几乎一模一样。

在"小画"礼拜堂里，女人们都跪到方砖地上。有那么一两个曾经许过愿要给圣母敬献蜡烛的妇女点上蜡烛，插到木制像前的烛台上。我觉得圣母很像一位儿子在摩泽尔河里淹死了的磨坊主的妻子。那天夜里，我跟着母亲和姐姐去守灵。容克斯·卡特琳坐在儿子的尸体旁，把他的脑袋捧在手里。从那时起，我就觉得她像圣母，圣母像容克斯·卡特琳。栅栏后面用木头雕成的、穿着金色大衣的女人也像磨坊主妻子一样，瘦削的脸颊上流下眼泪。每当容克斯·卡特琳到礼拜堂去，我就暗中看着她，见她凝视着死去的耶稣，不时地点头。她一点头，就有一颗泪珠从鼻尖上掉到手上，可是她并没有注意到。

磨　坊

　　整幢房子，从地下室到仓库，无论白天还是黑夜，都能听见磨坊的咔嗒咔嗒的声音。磨机没有东西吃了，龙头就尖叫起来。龙头是木头做的，安在漏斗的边上，头朝下，看着麦粒在下面慢慢消失。我觉得很奇怪，磨机没有东西吃时，为什么自己不喊叫，反而要龙头替它喊。噜噜噜，噜噜噜，龙头这样叫着，使劲把头往后一甩，吵着叫着，等漏斗重新装满，它才安静下来。夜里，每当我做了噩梦，就会被磨机的龙头吵醒。醒来后我就看见父亲两腿一蹦跳下床，不点蜡烛就套上裤子，穿上鞋。裤子是挂在床架上的，鞋每天晚上都放在老地方。龙头要是白天叫起来，父亲即使在吃饭也会马上跳起来，如果父亲赶着运面粉的车出去了，雇工就代他去。他赶紧把匙子往盘子边一扔，椅子往边上一挪，砰的一声推开门，走了出去。水磨饿了，龙头在叫饿，人们赶紧跑去喂它。猪或牛饿了也叫喊，维塞施家新生的孩子饿了也叫喊，水磨的情况与它们却不一样。从龙头的声音里听得出，水磨非常恼火。从那些赶紧跑去添料的人的神情看，他们仿佛害怕水磨会突然开口骂人，会使劲摇动它的漏斗头，滚动石头轮子和铁轮子，穿过整座房子，跑到放着鼓鼓的麻袋、角上堆着麦子的仓库里去。因此，大人们乖乖地向磨坊跑去，情况肯定是这样的，于是我也就不再往下想了。

水磨装满腮帮大口咀嚼时，那样子倒是十分和善。这时，它身上的一切都在抖动，上下颚有节奏地一张一合，肚子也晃动着。

有时水磨得了病。这时，父亲就卸下漏斗，脱去水磨的木制外套。磨旁总放着一根长长的铁家伙，细细的像长腿蜘蛛。铁家伙向圆圆的石头弯下腰来，用它的两只铁臂从两边抓住上面那块石头，它不喘气，也不喊一声"加油，起"，就轻轻地提起了石头。父亲把石头翻过来，底下的一面朝上，铁蜘蛛轻轻地把石头放回到下面那块石头上，轻而易举，好像在玩耍一样。接着，父亲拿来一个凿子，戴上一副眼镜，眼镜遮住他的眼睛，这时，他的样子像只甲虫。他在石头上放了一条麻袋，在上面坐下，用凿子凿起石头来，发出嗒克嗒克的声音。石头冒出火星，闪亮的小碎石向四周飞溅，父亲冲我喊，叫我别靠得太近。我问他好多问题，比如：铁蜘蛛现在是不是累了？凿子是不是敲痛了石头？我能不能到磨盘上凿磨槽？从石头中央向四外延伸的一条条小沟就叫磨槽。有一次，父亲离开了一会儿，我拿起凿子，在石头上敲起来。这时父亲回来了，在我屁股上打了几下，他说，那是在我屁股上开了几道沟。

每当磨盘病好了，木制龙头又弯下身来看着漏斗，好像它要啄食漏斗里的麦子时，我就爬上小梯，把胳膊靠在漏斗沿上，下巴放在手上，往漏斗里看。在我面前发生的事真是不可捉摸。我忘了，在我面前的是磨机的漏斗，那些小物体是麦粒。我只看见一片黄色的土地，中间是一座金山。山慢慢下沉，变成了一片平原，很快又出现了一个山谷。我常常把手伸进麦粒组成的美丽匀称的图形里，搅了个乱七八糟。我等待着，看着我的作为留下的痕迹慢慢消失，又形成了一片平原，平原上出现了一块浅浅的洼地，洼地中心变成一个坑，四周变成了斜坡，进而变成陡坡，最后发生了滑坡，麦粒顺着山坡往下滑落，又填满了山谷。麦粒只剩一点点时，旁边的阀门板突然向上弹起，龙头就向后向前转动，尖叫起来，叮嘟嘟响个不停；山没有了，平原没有了，山谷没有了。我伤心地看着麦粒在振动的漏斗口消失。从这里起，被磨的麦粒还要走什么路，父亲曾指给我看过。麦粒必须磨成粉，他说，否则就没有面包吃。可是我还是经常说："美丽的麦粒真可怜！"

"是可怜，"父亲接过我的话说，"可是人也是要死的，所以麦粒也可以死。"

"死是怎么回事？"我问道，我还从来没有看见过一个人死去。

"我的母亲以前住在这幢房子里，"我父亲说，"我父亲也在这里住过，大家都在这里住过。后来他们都死了。"

"死是什么样子的?"我问。

"一天,他们不再吃面包了,也不喝水喝酒了,他们动不动,不呼吸,身体变凉了。我们把他们放进一只箱子,抬到教堂,再抬到墓地。那里挖了一个坑,把他们放进坑里。肉体变成土。灵魂升天。从这会儿起他们就在天上。"

"你也会死?"我一个人和他一起在磨坊里或者坐着车跟他出去时,总试着用"你"称呼他,在家里,哥哥姐姐们不许我说"你",我只好和其他孩子一样用"您"称呼。

"是的,"父亲说,"我们大家都要死的。"

父亲个子很高,他跟我说话时,喜欢坐在一条麻袋上。这时,我一骨碌爬到他的膝盖上,扯着一根长长的胡子玩着。他学狗,汪汪叫着舔我的手,好像要咬我似的。我笑起来。他用长烟斗抽着烟,把烟喷到我脸上。那烟闻起来有面粉味、汗味、烟草味。他说话时,胸脯上下起伏,我把耳朵贴近他的胸脯。他很喜欢给我讲天、讲天主、讲圣徒的故事。而关于磨坊、水、山、星星,他总是指着它们告诉我:"这一切就是这么回事。"他就是这么说的。

"好,看这儿!麦粒从这里跑过去。麦粒就是我们。要是我们不让人倒进去磨炼,就一事无成。我们大家都从石头中间挤过去。而石头在转,不停地转!凡事各有其状。可是人却哭了,他们不愿认识这一点。因为你看,其实麦粒还在,只不过不再是麦粒,而变成面粉罢了。这里——"说着,他给我打开一个柜子的狭窄的门，这个柜子很高，从地上一直顶到磨坊的天花板上。他已经给我开过多少次这个柜子啊！我张开两臂，几乎能把柜子合抱起来。父亲打开又高又窄的门以后，我看见里面有什么东西在动，硬邦邦的，闪闪发光。那东西样子像盘子，只是一个接一个，连在一起。我把手指放到盘沿上，手指就从一个盘子升到另一个盘子上，而我的手指并没有离开金属的边沿。父亲把这个东西叫蜗杆。我的手指越升越高，可是我起初先是在下面去摸蜗杆的。蜗杆的螺纹上是面粉，面粉和我一样向上转动。我又一次把手指放到下面光滑的、旋转的盘沿上，让它随着盘子上升。我兴奋得呼不出气来。

"灵魂在这个世界的磨里被碾磨以后，"父亲说，"就这样升上天空。然后它们就从蜗杆里掉到滚筒里。"他推开另一个水平地挂在天花板下的大柜子的帘子。里头白白的面粉向下飘洒，我起先什么也看不见。父亲把我举起来，抱着我，让我往箱子里看。"这是滚筒。蜗杆把面粉送到滚筒里。滚筒是丝绸做的，上面有许多小眼，滚筒一转，特别细的面粉就从这些小眼里筛出来。我们必须被磨得这样细，才能上天，天使才能用我们为天主做面包。他把我们吃了，我们就变成他的身体，正像我们吃的面包是他的身体一样。"

我让父亲的话语滔滔不绝地向我倾泻下来，就像白面粉往下洒落一样。向我飘洒下来的总是一样的散发出香气的虔诚的面粉。我微微点了点头，感到惊奇，又像摇面粉一样，把父亲的话摇落下来；可是，当我们俩单独在一起时，我又问开了："灵魂是白的吗?"

"磨好的话，灵魂是雪白的。"

"爸爸，天主也会饿？"

"是的，他喜欢我们，想把我们吃进肚子里去。"

"如果面粉没有从滚筒里筛出来呢？"

"那我们就得再磨一次。许多事情得做好多次才能做好。"

这一点我明白。我用拇指和食指弹弹子时，总得弹好多次才能弹中另一个弹子；别的孩子都不愿跟我一起玩，因为我总是弹空，而他们弹赢时，我就又喊又叫，不肯把弹子给他们。

冰房在磨坊旁边。人刚进去时，里头很黑。慢慢地才发现又高又宽的墙边安着水轮。轮子只看见一半，另一半在又宽又深的水渠里。只有跟父亲一起，我才到冰房去。进去以后，他还得拉着我的手带我走一会儿。只是为了把水槽推到水轮上或者挪开，他才到冰房来，还有天冷时，水在轮子上结成亮晶晶的冰棍或冰链，不再推动轮子转动，父亲也到冰房来，把轮子上的冰敲掉。他沉着脸往里看。我们走进放工具的仓库，他拿起破冰斧，斧子又大又亮。他点起一盏马灯，让我拿着，我们走进冰房。

"好，你站在这儿，"他说，"把灯举高一点。"他往手上吐了一口唾沫，怒气冲冲地看着冰块，向轮子走过去。他两手挥舞起斧子。我举起灯，钢斧在灯下闪亮。接着就听见冰块大喊起来，裂成许多大块，发出噼噼啪啪的声音，掉进轮子下面的水沟里。父亲周围银星飞舞，小冰块向四处飞溅。他使劲敲打，喘着粗气，不时地冒出几句粗话。冰块棱角尖利，闪着亮光，仿佛一只会咬人的动物，向你龇牙咧嘴。最后，父亲钻到轮子中间，向上敲、向下敲，向各个方向敲打。他上来时，全身湿透了，又是汗又是冰水。他从梯子上走上来，换了衬衫，把冻硬的上衣放在炉边烤。我拿着马灯走到房子中央，吹了灯，说："刚才冰真多！可现在我们又能磨面了。"

有时我去看隔壁的磨坊，它就在我们家磨坊的后面。他们家我最喜欢的是祖父。我们都叫他努德尔耶普。他的儿子赶着车出去送面粉，他就看磨坊。到了冬天，他一大早就光着身体走出房子，跳进水堰。要是水结成了冰，他就用破冰斧打开一个口，立即跳下没颈深的水里。这时，他快活地又喊又叫，又打喷嚏。他的声音一直传到我们睡觉的小屋。我赶紧跑到窗边，向努德尔耶普招手。他脸颊红红的。我觉得他像个一起游玩的伙伴，他雪白的头发特别让我喜欢。有一次，我走进他们的磨坊，找尼克拉，可他不在。这时我听见磨坊里有音乐声，水磨不转了。努德尔耶普在麻袋之间的木板上跳来跳去，而且总是同一个样子。他嘴里叼着一点闪着银光的东西，一只手扶着，吹出各种各样很有趣的声音，他自己高兴得不得了，禁不住又跳又转。另一只手抓住半袋面粉，靠到胸口上。他周围雾腾腾的，升起一团面雾。当他把闪光的东西从嘴里拿出来时，就哼起来："霍普迪迪嘟普，霍普迪迪嘟普，你们人呀真有趣。"我起先静静地站在那里，他根本没有注意到我。他又跳又唱，转着，把面粉口袋贴到胸前，吹着那闪光的玩意儿；水磨没有东西吃，我觉得它一点不严厉，也不凶。我忍不住笑起来，向努德尔耶普跑去。他看见我，扔下面粉口袋，抱起我，照老样子转起来，嘴里依然吹着那闪光的乐器。我要他让我看看那件东西，他就教我怎么吹。我使劲往里吹，使劲憋着气。我开心极了，我把那样东西在嘴里来回推动，越推越快。努德尔耶普堵住耳朵，好像木偶断了线似的向上蹦起来，一脸怒气。我赶紧把这件能吹出音乐来的东西放到一只面粉口袋上，伤心地走开了。我倒不是为努德尔耶普难过，我是为音乐而难过，我吹出的声音和他的完全不同。

第一条裤子，红胡子科帕尔
和犹太人西格弗里德

父亲赶着面粉车到哈格去时，我就在园子角上等他，大路就从这里经过草地通向小树林。"爸爸，"他经过这里时我大声喊道，"带我到哈格去吧！"

"不行，不行，"他一边说着，一边把我抱到他身边的面粉口袋上，"你还穿小裙子呢，到你穿上裤子时，我就带你到哈格去。"

"爸爸，哈格在哪里？"

"在山后面，摩泽尔河边。"

"那里所有的孩子都穿裤子吗？"

"只有男孩子。"

"女孩子不穿裤子吗？"

"不穿裤子，女孩子怎么穿裤子呢！"

"为什么女孩子不穿裤子呢？"

"唉，你真不聪明，还问女孩子为什么……不，她们没有裤子。男人穿裤子，女人穿裙子，就这么回事！"

我突然抽泣起来。我大声叫起来，我也要裤子，也要到哈格去，我可不是女人。

　　在这番重要的谈话以后，父亲还是没有带我去哈格，跟往常一样，他只带我到离磨坊三分钟远的樱桃树旁，这里离小树林已经不远了。我非常喜爱这棵小樱桃树，这有很多原因。树很小，又孤零零只有一棵，它不可能跑到别的地方去。树干旁边立了一根棍，两根合起来也不比我的腿粗多少。我站在小樱桃树旁，目送着父亲远去，前面路陡起来了，他从车上跳下，跟着马走着。有时，我看见他微微低下头。接着就有一股淡蓝色轻烟从他脑后升起。他去哈格，我却只好留在山谷里，因为我还没有裤子。我这么想着，并把这个想法告诉了樱桃树，一边说一边抚摩着光滑的树皮。我想着哈格。这两个字非常神秘，充满诱惑力，同时又显得虚空。那里有穿裤子的男孩子。那里也会有房子。还有摩泽尔河。"那是一条很大很大的溪，"父亲曾经说过，"牛到里头也会淹死，轮船能在上头游泳。""什么是轮船？""那是会游泳的房子。"父亲给我这样解释。

　　我一定要到哈格去！我离开小树，又回头看了一眼，就往下朝磨坊跑去。卡塔琳娜站在园子里。我走到她身旁，再一次非常伤心地哭起来。她跪下来，抚摩着我的头和脸颊，问我是怎么回事。我反而哭得更厉害了。后来我终于喊出来了："卡塔琳娜，我要一条裤子！"我给她讲了为什么我要裤子。她带我走进厨房，来到母亲面前。母亲听我说了一遍，说了句："唉，你呀，傻孩子！"不过，卡塔琳娜还是给我做了裤子。裤子是淡红色的，料子很软。她要我裙子裤子一起穿，就是说，要用裙子遮住裤子。这以后，我爱在桌子后面的长条椅上走来走去，撩起花裙子，让每个客人看我的裤子。每个客人都啧啧称赞了一番：努德尔耶普、隔壁磨坊的女人，还有流浪汉、手工工人、吉卜赛人，而首先是犹太人，其中尤其是红胡子科帕尔，他跟努德尔耶普一样对我非常好。我对红胡子科帕尔说："瞧，波纳姆，我有裤子了！我是男子汉了，我要和爸爸一起去哈格了。"红胡子科帕尔捋了捋他的红胡子，说道："好一条漂亮裤子，真好！把裙子掖好，你就可以到特里尔去了。"接着，波纳姆给我五芬尼："你想买什么就买点什么。"

红胡子科帕尔常到我家来，他绑着皮裹腿，穿一件风雨衣，拄一根很沉的手杖，手杖上有各种形状的节。他和父亲到厩房去时，我像个影子似的跟在他们后面。他们走到一头母牛或小牛犊旁，大声谈论起那头牲口，在房子里能清清楚楚听见他们说的每句话。被议论的牲口可一点也不管他们两位，继续吃它的草。红胡子科帕尔前后左右摸摸牲口。母牛用尾巴摔打他时，他敏捷地躲到一旁，骂了一句，仿佛那牲口是人。过了一会儿，红胡子科帕尔又大声嚷起来，这次嗓门更高了，待在小树林里都能听得见。两个大人彼此说了几句我听不懂的话，他们的话很简短，就像磨坊主打牌时互相嚷嚷那样。只是红胡子科帕尔的声音比打牌人的要响得多。父亲的声音还是那样平静。最后，科帕尔的两个胳膊朝天挥舞，诉起苦来，说大个子斯蒂夫要把他搞垮，要把他卡死了，他——红胡子科帕尔——再到布莱特魏斯来就要破产了。他起誓说，要是他说的不是真心话，他就把牛犊角吃到肚子里，不过让他死的是大个子斯蒂夫。他们吵到这个地步，我就走近红胡子科帕尔，站到他身旁，因为我怕他真的会马上死去。我大声对父亲说："噢，你就遂他的愿吧，他还给过我五芬尼呢！"

两位男子汉看看我，都笑了。可是，他们接着又立即讨价还价起来，科帕尔说，大个子斯蒂夫是德罗恩谷地，甚至是摩泽尔河沿岸一带最狠心的人。我父亲说，红胡子科帕尔是犹太人，一辈子改不了犹太人的禀性，要是他屁股够得着的话，他还会向太阳拉屎，讨什么便宜去呢。

最后，科帕尔捋了捋红胡子，说："算了算了，斯蒂夫，好在是你！磨坊主和犹太人是一家子，来，咱们拉拉手，就说定了，不过你是个骗子。""你是什么东西，你也清楚。"我父亲说着递过手去。红胡子科帕尔把他的手放在上面，又说了一个我不懂的什么词儿。我父亲重复了一遍这个词儿，又把他的手放到科帕尔递过来的手上。接着，红胡子科帕尔就把那头母牛或牛犊牵出来，拉到院子里，他给我一枚五芬尼的钱币，这已经慢慢变成了惯例，他有时还走进客厅，闲聊一阵。

如果正碰上吃午饭，父亲就对他说："来，波纳姆，跟我们一起坐下，我们今天过犹太人的星期五，没有一点猪肉。"

红胡子科帕尔压根儿不吃猪肉，在桌子上先是小心地侦察一番，这反而使我感到他更亲近了。我猜想，他看见猪肉也和我一样恶心，让我吃猪肉，尤其是肥肉或油煎猪肉，我觉得是一种惩罚。接着，红胡子科帕尔煞有介事地拿出一把刀，上面还挂着一把叉，他根本不用我们的餐具，这时，我爸爸每次都大笑起来，我却觉得挺有意思。我们刚要开始做祈祷，波纳姆就急忙拿起帽子戴到头上，我却赶忙过去把他的帽子从他的头上摘下来。他又很快地戴上帽子，从我身边挪开；我又跟过去，摘下他的帽子。帽子就这样戴上摘下，一直到祈祷结束为止。可是波纳姆知道，他现在还得准备挨一顿严厉的教训呢。我对他说："波纳姆，你听着，祈祷时要摘下帽子！""是的，小斯蒂夫。"他保证似的举起两只手，"你说起来容易，可是我们犹太人什么事都和你们不一样。"他还说了些别的什么话，我都听不懂。

有人告诉过我，红胡子科帕尔的天主和我父亲的天主是同一个，这一点我立即就明白了。可是我不懂，为什么同一个天主要求我们脱帽，要求科帕尔戴帽，而对女人却什么要求也没有；母亲和姐姐们星期天坐敞篷马车去教堂时，有时戴着斗篷，或者裹着头巾，有时又戴着帽子，或者干脆什么也不戴，可是她们却都可以祈祷。

于是，在我脑子里慢慢地就有了两个神，当然，这个认识我无法用语言表述出来。一个神是父亲给我讲的天父。只要我坐到父亲的膝盖上，他就给我讲他的故事。这位天父骑着太阳，在太空遨游，整个世界都在他的膝盖上，他像我玩弹子一样玩星星，只是比我玩得好多了。他吹口气，就让云彩飘动、树梢晃动起来。鱼跃出水面，那是他在想它们。飞鸟唱着他的名字。花草破土而出，那是为了看见他。溪水向他奔流。山是他的床，月亮是他的灯。他无处不在，像一阵清风，来去无踪，像一道闪电，迅捷可怕，又像漫漫冬日以后，太阳照耀河谷的第一批开放的樱草那样可爱。而另一个神，他命令科帕尔祈祷时戴上帽子，又要我们祈祷时摘下帽子，我把他看成是一个高不可攀的、神秘的造物，没有什么事情能让他高兴。他自称天主。我却觉得这个名字非常严厉。可不是吗，就是他命令波纳姆在祈祷时戴着帽子，又命令我们摘下帽子。就是他不许我们在教堂外面不做祈祷时说出他的名字。人们希望别人倒霉时，就做出一副可怕的神情，恨得声音颤抖，时而大声、时而低声地说出他的名字。许多咒语的最后一句话都是"天意难违"，许多人谈起对他们做了坏事的人时总是气喘吁吁地说："愿天主不要饶恕他！"木头龙头把父亲和我吵醒时，这位神来看过我几次。他把身体薄薄地分布在灰白的天花板上，看着我，他只有一只四角眼睛，不停地看着我的摇篮。有时，他就在妈妈的斗篷里，那斗篷挂在挂衣板上，沉思地向前低垂着。我看不见他的脸，可是他就在斗篷里。他的身体是一股气，看不见摸不着，但我感到他就在近旁。他不看我，没有，他只是看着木板，那张由空气形成的脸……他想出了什么新玩意儿。可是，事后我一定得知道，他想了什么。当我想不出他想的是什么时，我就生他的气。于是，当父亲从磨坊回来时，我就非常害怕地对他说："斯蒂夫，快摇！"

一天晚上，我又对父亲说"快摇"，请他驱赶我的惧怕时，他拉住带子摇起摇篮来，可是，小床的弧形摇架不动了。他轻轻说了句："怎么啦？摇篮不动了！"说着，他下了床，在黑暗中摸了摸摇篮的摇架，惊讶地说："噢，摇篮不想摇了！我看，你太大了。对了，事情是这样的：这只旧摇篮很愿意摇下去，可是它不许再摇下去了，孩子长到三岁就不能再摇摇篮了。"

我一句话没有说。我也没有哭。但我知道，是天主禁止摇篮摇动的。要是有人说，这个你不许做，他不许做，大家不许做，这总是天主在背后作怪。他又想出了点什么花招。可是我这件事情到底怎样，我却没有十分的把握。第二天早晨，我又害怕又好奇地检查摇篮的摇架。我马上看见，亮闪闪的褐色木头下钉了四块木头橛子。这可不可能是天父干的，要是他干的，根本用不着钉子。整整一个上午，我老想着那些木头橛子。这也不可能是摇篮自己干的，否则，只要在钉木橛的地方向上长出新木头就行，或者从那里向下长四块橛子。吃午饭时，我提出了我的大问题，我的声音里既有诉苦的语气，又有控诉的成分："谁在我摇篮下钉了木块？"

大家一个看一个，面面相觑：父亲看母亲，母亲看棕发大姐卡塔琳娜，大姐看红发二姐丽丝辛，二姐看大个子、黑发大哥马丁，马丁看我的三姐、红铜色头发的弗朗西斯卡，她则看我的白头二哥尼克尔。尼克尔比我只大五岁。但是谁也不说话。他们微笑着，低着头吃饭。弗朗西斯卡和尼克尔还哧哧笑出声来。这时，我们的雇工诺伊玛根纳·匹特尔从椅子上站起来，看看窗外，重新坐下后对我说：“那是他干的，他现在来了。”

这时，我们听见外面地板上有脚步声，接着有人敲门，门把咔嚓一声，门开了，走进一个人来，他的脸被风吹得通红，两颊那么一动，露出亲切的笑意，原来是红胡子科帕尔。我像看凶神恶煞那样看着他。他还来不及向我父亲母亲问好，我就爬到长条椅上，在我姐姐的背后蹲下来，跑到炉边，拿起捅火棍，站到了红胡子科帕尔的面前。他不知所以地笑着，看着我这个小对手。“哎，斯蒂夫？”他终于问了一句，而且还想再说点什么，我却拼命喊起来：“是你，是你！”红胡子科帕尔抬起手，大声说道：“自然是我啰，什么事都是我干的，是吗？可是斯蒂夫，又出什么事了？我又做了什么事了？”

“你在我的摇篮下面钉了木头块！”我喊道，一边举起捅火棍。红胡子科帕尔用左手挡住我的铁棍，右手指着父亲：“我做什么了，斯蒂夫？”

父亲和母亲挤了挤眼，跟他咬耳根说了两句。红胡子科帕尔先瞧了瞧我，接着又看了看周围的其他人，说道：“你瞧，你瞧，犹太人什么事都做得出来。”他把手伸进口袋，掏出一个硬币递给我，说，让我们仍然做朋友。我看了一眼闪着银光的大钱，它不像他以往送我的五芬尼小钱，我把钱往地上一扔，大声嚷道：“这不是钱！”其他人一阵哄笑，我拉着卡塔琳娜的手，噘着嘴，离开了客厅。

摇篮上钉了木块，不管我怎么请求，谁也不愿把木块卸下来，于是木头块就留在上头。连卡塔琳娜也不帮忙，她说，拔钉子得有技术，没有学过不能拔。这样，我四岁时就学会了在不摇动的小床里睡觉。一次去祈祷的路上，我从一个妇女那里听说，把基督钉到十字架上的是犹太人，这时，我差不多已经忘记了据说那桩坏事是红胡子科帕尔干的。现在，我一听到"钉"这个字，就立即想起了红胡子科帕尔。我并不认定是他一个人干的；女人们说那是犹太人干的，所以那是许多犹太人，所有的犹太人一起干的。我发现我的朋友也参与了这桩坏事，我非常难过。不过，让可怜的耶稣死去，是天主的意思，这更使我不高兴，心里压了块石头。磨坊主的女人、父亲、母亲、卡塔琳娜，大家都说做这件事的是犹太人，可是这是天主的安排。又是那张藏在斗篷里的空气组成的脸，他总是不断地想出一些可怕的、不可理解的事来。卡塔琳娜一再告诫我，不许想也不许说出应对天主的话来，她重复了几遍这句话："天主的路是黑的，凡人是看不清的。"我相信她的话，她肯定知道。夜里，路是黑的。我就想，这就是天主的路。晚上，父亲忘了马灯，或者下过雨，道路泥泞，或者夜深了，卡塔琳娜和丽丝辛就常常提着马灯去接父亲。这时，他们就走在天主的路上。我很想跟她们去，可她们不肯带我去。到天主的路上行走，那是多么美好的事啊，大家都那么说，天主的路谁也认不出来；可是他们却都能认得天主的路。这一切我该怎么理解呢！

过了许多个星期以后，一天，红胡子科帕尔又来到磨坊，我忽然想起他都做了什么。我走近他，使劲盯着他，看他的脸、他的手指，看得他非常不自在。我说："你不再是我的朋友了，你听着，你别再到磨坊来了。"

红胡子科帕尔一句话不说，只是抬起手，保证似的问了句："是吗？"我接着又说："是的，波纳姆，你在我的摇篮下钉了木块。耶稣被钉到十字架上时，你也在场！这儿磨坊里的人谁都知道！"

这时，红胡子科帕尔叫了一声，好像一只狗被人踩了尾巴大叫起来一样。他走近我的父亲，说："你说，斯蒂夫，这样的玩笑不能开下去了。你们给小孩都说了些什么！"他说了这样一些话后，房间里顿时变得非常安静。我看见红胡子科帕尔流下了眼泪。他又转向我："小斯蒂夫，好好听着，你的父亲和母亲是不说谎的。你说，斯蒂夫，我当时在场吗？"

"不在场，"我父亲平静地说，"那件事发生时，波纳姆还没有出生呢。"

"那些木头块呢？"我马上问，"那些木头块也不是他钉到摇篮上的？"

红胡子科帕尔又转向我父亲，向他递去空着的手："斯蒂夫，把那头牲口买下吧，我也就不把事情的真相告诉孩子了。"

我父亲打听那头牛是哪个村子的，是谁家的，这时，红胡子科帕尔诉苦似的说："唉，斯蒂夫，为什么要问呢！难道你要强迫我说谎？"

屋子里的人都笑了。只有我以为他们还在谈木头块的事，也不明白他们为什么高兴。

我开始暗自怀疑大人的话。有一次，我跟母亲和卡塔琳娜在土豆地里。这块地在一座小房子那么高的山包上，高耸在草地上，那草地一直延伸到溪边。我坐在土豆地边上，向下看着小溪。母亲和卡塔琳娜开始锄地以前，母亲一再嘱咐我千万不要走下山包，要是我走下去，犹太人西格弗里德就会出来，把我装进口袋带走。我看着下面的小溪，脑子里想着下面一定很美。我知道，母亲只是想让我小心溪水。犹太人西格弗里德并不坏，我这么对自己说，他收集破布、碎纸、骨头。

我一边想着犹太人西格弗里德的麻袋，一边做着各种游戏。我让甲虫穿过小沟，在它们身上堆上沙，把它们完全埋住，再在上面盖了一座房子，又盖了一个教堂，以及我从来没有见过的整个莱文村。母亲和姐姐在土豆地里往前锄了长长的一大段。她们弯着腰，慢慢往前锄，身后留下了一条黄土道。有时，她们直起身子伸伸腰，看看四周的近山，再接着往前锄。太阳也离我越来越远，我感到十分孤单。此外，小溪在引诱我，在上面能听见一点淙淙的水声。我悄悄地向地头滑去。山包挺陡，滑下去容易，要爬上来就不容易了。要是犹太人西格弗里德真的背着袋子走来，我就不可能很快逃回到母亲和卡塔琳娜的身边去。可他不会来的。于是我全身躺下，像一只袋子那样向左右滚了滚，朝母亲和卡塔琳娜那边瞧了瞧，看看她们是否发现了我在准备往下滑去。她们在锄地，除了圆鼓鼓的裙子和沾上黑泥的小腿肚，什么也看不见。于是我就向下滚去，像我往常喜欢做的那样，以我自己为轴滚下去。我看见天空、树木、青草；再滚一圈，又看见天空、树木、青草；我越滚越快，只交替看见绿的、蓝的东西，最后，我只看见天空。

我仰卧在草地上。枯干的二茬草早已割掉，草地上已经又长出了一层软软的短草。我斜眼向下看去，只见我的太阳穴旁边开着秋水仙。云彩往天上翻滚。云是白的，卷成一团一团，挺着老祖母那样的大肚子。云彩也像我那样仰卧着，看着上面，随风飘动。飘向何方？云里是什么？肯定是雨，但是还有别的什么东西。甚至还有小石头，它们后来会融化。它们是从哪儿来的？我在梦中听见父亲的声音，听见他唱道："你知道，多少云彩飘天上？"而且每朵云彩都有名字！坐在上面太阳车里的伟大父亲，他知道每朵云的名字。你看，那朵挺着大肚子的云叫玛尔扬姆。一旦天父呼唤某朵云彩，这朵云马上就长出脑袋和长脖子，赶紧走上太阳之父为它指出的道路。不过那不是脑袋，那是云孩子！是的，玛尔扬姆生了个孩子，接着又生了一个。两个孩子打起架来。瞧，他们动手动脚打得多厉害！那可不是云女人，那是一匹云马，它抬起了前腿。马蹄越来越大，哈，一条腿飞跑了。

　　在草地上，山包下背风的地方很安静。我听见青草的沙沙声，听见什么东西爬动的声音，听见嗡嗡声，后来还听见脚步声。我仰着脸向后望去，看见走过来一个人，他两腿又长又细，穿着补过的黑裤子。接着我又看见袋子。他两只手紧紧抓住袋口，放在肩上，袋子搭在背后。因为背着袋子，他身体有点前倾，眼睛看着前面的地。他比我的姐姐卡塔琳娜大不了多少。他神情忧伤。我从来没有看见过犹太人西格弗里德，但我知道，这就是他，肯定是他。我用手指去碰甲虫时，它就一动不动，这时我就像这样一只甲虫。我胳膊和腿向外伸开，一动不动地躺在那里装死。他差一点踩着我，这时他才发现我。他吓了一跳，一条腿停在空中，袋子从肩上掉下来。我看见他受了惊吓，但这并没有使我更勇敢些。袋子离我很近，我一眼就看出袋子很大。

"喏，你是谁家的孩子？"他看着土豆地，问道，"你是大个子斯蒂夫的儿子？"

我只是严肃地点点头。

"你现在在听鼹鼠奏乐吧？"他问道，向我稍稍弯下腰来，力图露出一副笑脸，"你没有听见鼹鼠在叫唤？"我没有回答，他又接着说："你得细细地听，你会听见虫子打鼾，蛆虫低声说话！"

"你是……犹太人西格弗里德？"

他点点头，跟着就在我身旁坐下。我稍稍往旁边滑动了一点，用手蒙住脸，但我从指缝里往外看，非常担心他现在会打开他的口袋。真的，他去拿口袋，解开袋口。这时我想叫喊，但害怕得喊不出声来。他惊讶地看着我。"嘻，你喊什么，难道牛咬你了？我给你看点东西，跟科隆大教堂一样美！"

"你不把我装进口袋里去？"我带着哭腔问了一句。

"瞧，能拿你造信纸吗？"他轻蔑地反问我。说着，他从袋子里掏出一个盒子，从盒子里拿出一架小梯子，梯子上挂着一个似人非人的小玩意儿。除了脸，他全身是毛，那些毛像我星期天穿的丝绒裙子的绒毛一样。犹太人西格弗里德在下面合上梯子，那小玩意儿就动起来了，来回晃动，后来还翻起筋斗来，两只手一直抓着横杆。他表演了好几次，后来我说："别弄了，它一定累了！"最后我问，那小动物叫什么。

"猴子，"犹太人西格弗里德说，又重复了一遍，"是的，这是一只猴子。一只真正的猴子，差不多跟活的一样。"

我高兴极了，我终于看见这种动物了。我听过许多回"你是猴子"，卡塔琳娜有时也对我说"你这个小猴子"。

我自己也动了一下梯子，让小猴子转了一次，西格弗里德点点头说："你会了！拿去给你母亲看看，就说这是犹太人西格弗里德送你的。叫她不要把破布给摩萨斯，叫她给我。"

说完，他就站起身，系上袋子，冲我笑了笑，留下我一个人走了。我心里美滋滋的，让猴子荡秋千，一直玩到母亲和卡塔琳娜喊我的时候。我向她们跑过去，大声嚷起来："犹太人西格弗里德到这里来过了，送给我一只猴子！"

井里的脸

　　冰房斜对过是园子。园子比路还高，一道阶梯通到上面。园墙中央阶梯旁边就是那口井。石板中央有一个大洞。站在园子的地上能看见这个洞。爸爸曾严厉地警告我好多次，不让我到洞边去。

　　一天，水井要从上面封死。运来一块旧磨盘，许多男子汉用各种不同的撬杆链条和圆垫木，很费劲地把磨盘弄到了园子里。趁他们去吃午饭、饭后在草地上休息片刻的机会，我悄悄走近水井。木门敞开着，因为上面没有盖，阳光从上面射下来。我意外地发现，我长高了一点，但我还是够不着井沿，看不到井里。我从附近搬过一块石头，站到石头上往里看，我大大地吃了一惊，以前我还从来没有这样吃惊过。惊吓中掺杂着喜悦，喜悦越来越强烈，最后战胜了惊惧。我看见下面有一个小男孩向上窥看。我刚看到他的脸，就立即回想起过去别人讲的故事，根据他们讲的，我知道那是男孩，不是女孩。好久好久，我忘记了男孩子是在水里，我现在看见他了，我感到一阵脸红，怎么忘掉他了呢。我以为我也看见了他是男孩。他下面是天空，正像我上面是天空一样，这一点看得很清楚。我在井沿上远远地探出身子。现在我看见，我做什么井里的男孩就做什么。我感到，这是他也想更仔细地看看我的表示。我问自己，要是我现在冲下井去，向他冲下去，我是不是会一直沉到下面的天空去？下面的男孩虽然没有跌到下面的天空中去，可是，只要他愿意，他会立即让自己沉到无止境的蓝色中去的。他像钉在天花板上的苍蝇那样，用头倒挂着。这肯定十分有趣！这样往下沉，越沉越深，一直向下沉到天空中！不过，也许我先待在井里的那个孩子身边，帮他看鹅。下面水井四周也许也有草地，只不过一切都是头朝下罢了！

这些想法，轻飘飘的，一闪而过，我几乎没有注意到，它们就飞快地掠过我的脑海。因为我一直看着小男孩，屏住呼吸地等着，看他会做什么。也许我该把水桶给他扔下去。不过我知道，我力气不够，不能把他再提上来。而去叫大人，这是我无论如何不愿做的——不能让他们看见这个男孩子，他只能是我一个人的朋友。况且，我还得先搞明白，他是不是愿意上来，也许他在下面很好，很喜欢，就像我喜欢上面一样。于是我更深地把身子探进井口，朝下喊道："喂，男孩！"我刚说完，就有一个声音从下面传上来。可不，他回答我了。"你上来，还是我下来？"他立即回答："来！"这个字我听得清清楚楚。我把头稍许往回抬了一点，看看通往下面的路。不行，我不能下去。要是我不在了，父亲、母亲、卡塔琳娜以及其他人会哭的。他们肯定要到处找我。在下面水井之国里，我会生活得很好。可是谁陪父亲到冰房去替他举马灯呢？谁往厨房里搬柴火呢？我于是摇摇头。不过，我想知道，水井到底有多深，怎样才能下去。我捡起一块石头，又向井口弯下身去，向下窥看。我又看见小男孩在下面。"嗨！"我喊着，笑着。他也笑了。"我不能下来！"我喊道。他却大声回答道："来！""不行！"我喊道，"我不能下来！爸爸妈妈会哭的。我还有好多事情要做，今天我得拣出豌豆里的沙子，还有，还有，我得搅黄油。"我突然发现，我在吹牛，吹嘘我在做根本不许我做的事情，搅黄油桶的是女仆人，或者是哪个姐姐，拣豌豆、扁豆里的沙子是晚饭后大家一起做的。那男孩大概也注意到这点了，因为他嘲讽似的喊道："交黄油！""搅黄油！"我愤怒地喊道。他还是那样嘲讽地回敬我："交黄油！"我飞快地把一直攥在手里的石头扔下去。我本想打中他，可是，下面发出一声沉闷的声音，小男孩，他身后的蓝天，他倚着的井沿都消失了。我吃了一惊。不能让别人知道，我向井里扔了石头。我想起来，我哥哥尼克尔向井里扔过一块木头，挨了母亲一巴掌。"哪儿你都可以扔东西，皇帝的汤里你也去扔好了，就是不能往井里扔东西！"现在我才知道，母亲这样说，是因为下面有这个男孩。我迅速向四周察看，是不是有谁看见我扔石头了，接着我又走近井沿。我往下看，只看见水在轻轻发抖。那面水的圆镜像一只眼睛一样，定定地、生气地看着我。我赶紧缩回脑袋，走开了。

下午，那几个男子把磨盘放到井上。井口用一个又沉又圆的、有把手的铁盘封住了。晚上，我和姐姐卡塔琳娜走到井边，我又朝下看去，却什么也看不见。井黑洞洞的，连那只生气的眼睛我都没有看见。

我的摇篮变成了一张床，几个月以来就放在卡塔琳娜的床旁边。这个晚上我睡不着，我躺在那里，并不等她回来。房间慢慢黑下来，我一个人在黑暗的房间里，觉得很满意。挂在衣钩上的衣服越来越长，越来越严肃，看窗户的脸色，似乎要对我大哭一场。窗户玻璃随着水磨的节奏发出丁零零的响声。窗下，涨满的溪水淙淙流淌。我只要闭上眼睛，就看见井里的小男孩。他跟我一样，躺在一张棕色小床里。他头上裹着白布。亮闪闪的白布上却有一块大红斑。男孩脸色苍白。他在房间里来回观看，感到害怕。他叫了一声，水鬼满身滴着水，走进屋子。他的样子像刚从水里出来的努德尔耶普；只是他身材更高大，脸不是红的，而是绿的。连鬓大胡子也是绿的，就像小河里水深地方的青草。水鬼问："啊，怎么了？"小男孩诉苦说："我头疼得很。""原来这样。"水鬼一边说，一边拿起鞭子，走到我的床边，抽了两鞭子，吓我一大跳。我惊醒了，看见卡塔琳娜俯到我身上："你怎么了？做了个噩梦？"

一次，我梦见我去看水鬼。这次，他一半像父亲，一半像努德尔耶普。我一点也不惊奇。我们周围都是水，可是我们就像在空气里一样，可以在水里穿越。吸足气以后，我们能跳，能跑，能飞，能游，我们愿意怎样动就怎样动。我们并不孤单，不，我认识和喜爱的一切都在这里：母亲、姐姐、邻居，磨坊、水井、车辆，牛马鸡狗，花草树木——什么都在。可是这些人——包括母亲和姐姐，所有的动物和东西都很小，和弹子、雏菊一样大，他们一动不动，谁也不说一句话。静得能听见心跳，在磨坊里，我从来没有经历过这样安静的时刻。那里的一切都闪闪发光，五颜六色，璀璨夺目，看得我心花怒放，异常快活。现在我才看见井里的男孩。他很小，像其他人和东西一样放射出光芒。我用大拇指和食指拿起他，递到水鬼面前让他看，然后把他吃了——我没有嚼，整个地把他吞了下去。水鬼点了点头。接着，我把其他人、动物和东西也一一吞下。我把他们全都吃了以后，感到心满意足，揉了揉肚子。我跟在水鬼身旁，又跳又蹦，又飞又游，在那平静的、清澈见底的水里游戏……

努德尔耶普家也有一口水井，在厨房里。我常常去揭开井口的木板，往井下看，但我在井里什么也没有看到。只有一股潮湿的冷气从井里冒上来。我想，这些井下面的出口之间的距离肯定和上面各家磨坊大门之间的距离一样远。所以井里的男孩既能从这口井往上看，也能从那口井往上看。这个想法驱使我去看瞌睡虫米歇尔家的水井。他是聋哑人，鞋匠，常到各家磨坊和农民家里做鞋。他妻子整天在家里和园子里忙碌，很少走出家门，她好像也是又聋又哑，其实她不聋不哑。他们家的房子是用页岩石盖的，又黑又破，我都有点怕进去。瞌睡虫米歇尔家的井在园子里一棵李子树下。

我从来没有进过他们家的房子，所以我不知道怎么办，只好跳篱笆墙进去。尼克拉正好跟我在一起，我不知道该怎样告诉他井中男孩的事，于是就对他说，我们去摘瞌睡虫米歇尔家的李子。他马上爬到木桩上，去摘紫色的李子，摘了满满一裤兜，与此同时，我却在那里推井口上的沉重的木板。我还没有推开，就听见背后有沉重的喘气声，就像我们孩子用两瓣嘴唇像马嘴唇那样颤抖着吐气时发出的声音。我转过身去，正看见瞌睡虫米歇尔那双直冒火星的眼睛，他很快地环顾了一下，考虑他右手挥起的皮带该先打谁。他先去打尼克拉，尼克拉从挨近篱笆的木桩上跳开，米歇尔的皮带够不着了。于是他的怒火就完全冲我发泄了。他叉开两腿，慢慢向我逼近，然后，他像努德尔耶普吹口琴时那样前后左右来回跳动。他又喊又叫，两眼冒出火星，毛茸茸的长手向我伸过来。我觉得这个聋哑人太厉害太可怕了，要是井口开着的话，我恨不得一下跳进井里。他抓住我时，我大声叫了起来，我已经挨了好几下，这时，瞌睡虫米歇尔的老婆出来了。她手里拿着一个腌菜的捣槌，不说一句话，就从后面向她丈夫打过来。他重重地挨了一下，痛得转过身放开了我，我赶紧利用这个机会，从篱笆的一个缺口逃了出去。

从这天起，看守水井的除了水鬼的鞭子，还有瞌睡虫米歇尔的膝带[1]，而且看得更严密的也许是这条皮带。我曾放肆地用石头打了井中男孩的头，我把这次挨打看成是对我的惩罚。从这时起，我在夜里只梦见过他几次，后来，他干脆永远从我的梦中消失了。

---

[1] 鞋匠缝鞋时用来把鞋系于膝上的带子。

村子和教堂

　　黑麦割完了，几个麦捆靠在一起，一堆一堆的，哥哥姐姐把它叫作"垛"。我们把这四五捆麦子堆成的垛叫作"小房子"。我们还太小，不用去捡麦穗，于是我和尼克拉爬到麦捆下面，坐在我们的小房子里，谁也不知道我们在哪里。我们听着大人的声音，他们离我们很远，不知道我们在哪个小房子里，我感到很高兴。我们的窝又小又矮，热得很。麦子发出清香，一根麦秆"喀"地轻轻响了一声，断了，我们房子的墙上有什么动物在爬动，我们看不见是什么动物。我们好久没有说一句话，外头什么人踩着麦茬走来时，我们都屏住了呼吸。里头越来越热，汗水从毛孔里流出来，我感到全身痒痒的，随着温度的升高，我有一种又舒适又害怕的感觉。我不停地轻轻摸着一块很大的砾石。有时，我听见有人喊我的名字。后来，一辆车从地里赶过来，马车嘎吱嘎吱的，马甩动尾巴、摇动耳朵赶蚊子，马具发出嘟嘟的声音。我们听见，麦垛一垛一垛地装上了车。男人们用权叉起麦捆，递到上面。他们离我们很近了，我都听得见他们的喘气声。父亲蹲在车上，接住递上来的麦捆码好，他催干活的人快点干，乌云密布，马上要下大雨了。现在轮到我们旁边那个麦垛了。我等待着，不知会发生什么事，我颤抖起来，但我还是坐在那里，一动不动。尼克拉也坐着不动。我们互相看不见脸，我们只能互相感觉到。忽然射进一束光来，一个男人惊叫起来。接着他们都笑了。我们像小动物那样四脚爬出来。乍一出来，我们眼睛发花，看不见东西。我们在大人面前感到害羞。我们用手捂着脸，哭了。

我暗暗高兴，暴风雨很快就要到来。大人们没有时间管我们，他们在雷电面前的样子和我们刚才突然见到八月耀眼的天空、听见大人们粗重的声音时一模一样。麦捆一个个飞到车上——可是黑云也飞过克罗恩山，向这边移近。风很大，妇女们把她们的白头巾系得更紧更牢了。马鬃随风飘动。马匹摆动脑袋，嘶鸣着摇晃着躯体，辔头发出叮叮当当的声音，它们把眼睛和嘴巴张得大大的，好像暴风雨就停在马耳朵后面，它们想看见它，把它吃掉。

从那边车上传来父亲的声音，响亮、简短、粗暴，他从来没有这样粗暴过。母亲拿着耙子，在留着麦茬的地里走着，把垛过麦捆的地方掉的麦穗耙到一块，收起来。别的女人激动地四处乱跑，我觉得仿佛是大风吹散了她们。头巾越发白了，天更黄、更绿、更紫了。

压草木终于放到了麦捆上，车尾的铁钳把一拧，把压草木往下拉紧，压住了麦捆。麦捆掉不下来了。父亲喊了声"唷，吁"，从栏板上爬下车，雇工驾起辕马，装得高高的车就在麦地上慢慢颠簸着起动了。可是天色更黑了，滚滚乌云向我们逼近，云壁上闪电无声地上下跳动，接着就响起一阵隆隆的雷声。我们大家撒开腿跑起来。谷仓就在前面不远了，大门敞开像一张大嘴，要很快地把我们一个个吞进去。突然，我们仿佛站在熊熊燃烧的烤炉里似的，听见一声巨响，好像有一百辆装满干柴的车从天上掉到磨坊上似的。

　　一个女人忽地一下跑到我身边，把我抱起。我闭上了眼睛。我耳边响起女人的声音——当我听出是卡塔琳娜在跟我说话时，我就放心了。她说："打中了白杨树，没有打到磨坊上！"我睁开眼睛，但很快又把目光移开，我请求卡塔琳娜把我抱进屋里。屋里很黑，她点上一支蜡烛，紧跟着母亲也进来了，她称赞了一番那几匹马，后面不用人推就把车拉进了库房。她说起那匹辕马——它叫麦克斯——，好像那是人似的。她说："要是麦克斯昏了头，我们还会把麦子运回到地里去呢。"这时下起瓢泼大雨，仿佛要把磨坊整个儿冲走。磨坊里嘎吱嘎吱的声音几乎都听不见了。那棵白杨树被雷电劈碎了，过去，我们常在这棵树下跳圆圈舞。

　　过了不久，因为我苦苦哀求，他们终于让我第一次跟着到教堂去，这就是说，我可以跟着到那个村子里去，越过小山，到摩泽尔河边去。卡塔琳娜给我做了一条短裤，一件带后摆的上装，让我在这个伟大的星期天穿。后摆好像太长了，把裤子几乎全挡住了。这件上装让我想起我平时还仍然不得不穿的裙子。

这天我醒得比平时早。我在屋里走来走去，告诉那些动物和所有的东西说我要跟着到莱文村，到教堂去了。因为家里的人都已经知道，我不必跟他们说。我告诉了那只叫斯皮茨的狗，告诉了猫和鸡，又告诉了奶牛和小牛犊，告诉了猪，甚至告诉了有些野的兔子。兔子藏在厨房里那些罐子和木箱下面，只有用菜叶什么的才能把它们引出窝来。马是一起去的，我朝麦克斯喊道："听着，今天你可得拉稳当了。我也到教堂去。瞧，我已经穿了新裤子！"这时，麦克斯那柔软的长嘴巴轻轻地碰碰我的脸。

诺伊玛根纳·匹特尔一跃登上车夫座位，挥动了鞭子，父亲和母亲登上车座，把我抱到他们中间，哥哥姐姐们在车后步行跟着。我一只手放在父亲的膝盖上，一只手放在母亲的膝盖上。我把眼睛睁得大大的，只顾往前看。连到小樱桃树的这段路，我也觉得很新鲜，好像我从来没有看到过似的。过了樱桃树，我从另一面回头看它。樱桃树不能跟我一起去，因此，我感到幸福的同时又有点不好意思。我没有仔细考虑，一棵小树是否能坐到马车上到莱文上教堂去。我无法用语言表达，我只是感觉到，这棵小树是我的朋友，它总是站在老地方，而我却从它身旁走过去了。

到了我不认得路的地方，我不说话了，耳朵也聋了，我不再听母亲的问话了。山毛榉向我们投下绿色的光，杉树静静地耸立在两旁，发出清香。马车座嘎吱嘎吱的，诺伊玛根纳·匹特尔扬起马鞭，发出"得儿"的清脆响声。

现在，我们往高处赶车，大路从德罗恩溪的小山谷通向摩泽尔河的大河谷。在小溪边时，我的眼睛往哪儿看都是山，现在，我感到我的目光能够飞向远方，能够看得很远很远。

父亲用长长的手指指着前面说："这就是摩泽尔河！"

我现在看见了我原先只是听别人说过的东西。碧波粼粼、弯弯曲曲的河水，河谷，葡萄园，青色的埃弗尔山——这一切都向我走过来了，正像我向它们走过去一样。我看着它们，我也感到河流和山峦在看我。我仿佛觉得，正像我期待看见它们一样，它们也等了我很久。巨大的快乐像秋千那样荡着我，旧马车的振动仿佛也为我助兴，我坐着马车，行驶在阳光灿烂的高坡上，看着静静的河谷，真是美极了。

"你瞧，"父亲说，"这儿看克罗恩山，可以看得更清楚。君士坦丁大帝①就在上头住过。天主就在这上头显灵，对他说：他一定得做基督教徒。"

我只点点头，我不知道谁是君士坦丁大帝；但是，天主曾在这里在他面前显灵，这点倒可以从耸立在河上的这座山看出来。

"那下面是特里腾海姆——"父亲一边指着摩泽尔河对岸沐浴在阳光下的房子，一边说。那些房子盖着深色页岩石片，看去像一块格子台布。

"有钟楼的房子就是教堂。"

---

① 君士坦丁大帝（280—337），古罗马皇帝（306—337年在位），他承认基督教的合法地位，确定其为国教。

"钟楼——钟楼是什么？"

"钟楼嘛，钟楼就是一座塔，里面放着好多钟，安着钟表。你等着，到莱文我指给你看教堂钟楼。"

"这是什么？"我指着系在木杆上、从上到下都长着叶子的小树，问道。

"这是葡萄园。葡萄藤上长着葡萄，葡萄酒就是用葡萄做的。"

我要看葡萄，闹个不停，马车只好停下，我们仔细观看一棵葡萄。父亲还摘了一串，他说，为了让孩子看看葡萄是什么，这样做是允许的。葡萄还没有熟，酸得我牙疼，皱起了眉头。

我们到了莱文，走进村子，房子很多，给我留下很深的印象。特里腾海姆的房子我是从高处看的，离得很远，我觉得那些房子像玩具木头。村子的街道扫得干干净净，带栏板的马车停在房前的粪堆旁。厩房门和谷仓大门都关着，到处都有穿黑衣服的人在行走。我觉得穿过莱文村的路没有尽头似的。到处都能看到新鲜的事：这里，一棵样子和葡萄园里的那些完全不同的葡萄顺墙爬到二楼窗下。过一会儿我看见一幢房子，它的窗户里放着装满彩色糖豆的大玻璃瓶，我一眼就认出那是糖豆。糖豆瓶旁边是闪着银光的小包裹和彩色的小袋。房门上挂着一块牌，上面是一个男孩像，他露出满口白牙，手里拿着什么东西。另外一幢房子上画着一条白带，上面写着字母。

我老是问："这是什么？"我越问越快，越问越气急。

"这是商店。"

"商店 —— 商店是什么？"

"到那里可以买你需要的东西。"

"什么是买东西？"

"你递过去一枚五芬尼硬币，就得到一点东西。"

"那里是什么？"

"是酒馆。我们可以走进去喝点什么，葡萄酒，啤酒，白酒。"

母亲捅了父亲一下："噢，斯蒂夫，这些，孩子还用不着知道呢！"

马车在教堂前停住。父亲指给我看钟楼，上面的钟表及旁边的传音孔，透过那些孔能看见里面的钟。那些钟来回晃动，一齐响起来。我从来没有听过教堂的钟声。海登堡的小钟顺风时能传到布莱特魏斯，但听起来只是一阵轻轻的嗡嗡声。可是这里，我觉得教堂钟楼里从传音孔传出的嗡鸣声和歌唱声好像是天使的声音。我闭上眼睛，随着钟声的节奏来回晃起头来。我想起水，我曾把胳膊伸进水里，来回搅动。现在，来回晃动的是耳朵了。父亲拉着我的手往前走，我们走过公墓。他告诉我，这是坟墓，里面埋着人的遗体。走到一个墓前，他停下："这里，停一下。画个十字！这里埋着我的父亲，你的祖父！"接着，他带我来到祖母墓前，又到埋着我两个兄妹的小坟前。我看着土包和十字架，心里一点不懂。我的耳朵一点不想听坟墓的事，它只听见不断重复的青铜钟的当当声，这钟声忽高忽低颤抖着通过我的身体，然后又向各方面逃逸，像一条发声的、看不见的河流在我身体四周流淌。在墓前，一种幸福和庄严肃穆的感觉充满我的心灵，我的脚步更轻快了，我身边的一切都在旋转。

在教堂门口，父亲把我抱起，举到圣水池边。我看见大家跟在家里一样蘸水画十字，我也热心地画了十字。我想留在这里，但这儿是大门，父亲拉着我向只有男人的右边走去。一家人分开了，我眼睁睁看着母亲和卡塔琳娜向另一面走去。从彩色窗户射进阳光。我仰着头走过去。钟一直响着。一个男人从头到脚穿着红袍子，手里拿着一根圣杖，圣杖上面是一个闪闪发亮的金柱头。他很和蔼地朝我父亲迎过来，向他问候致意。我听说，这是执事。父亲把我放到一条凳子上，他自己却先跪下，画了十字，静静地跪了一会儿。我看见，农民们都把胡子刮得干干净净的，穿着白衬衫，衣服发出衣柜的气味。现在我才明白，为什么在我们家里，男人们星期天就站在镜子前，脸上满是肥皂沫，他们用刀在脸上刮来刮去，有时他们做出鬼脸，让人看了害怕；他们叫人给他们找领子扣，找裤子扣，他们又庄严又激动，收拾停当后，他们挺着胸、昂着头，离开家门，他们这个样子，整整一星期也没有看见过。两个哥哥不跟我们在一起，他们得到前面去，到学生们那儿去，我在高高的男人们中间，仿佛觉得是在礼服构成的森林里。

铃响了，大家都跪下，我爬到跪凳上，所以能清楚地看见前面发生的事情。

"天主在哪里？"我相当大声地问道。卡塔琳娜曾对我说过，我们到教堂里就是到天主身边。

"在神龛里。"父亲轻轻对我说，并示意我现在我也该祈祷。

"神……在哪儿?"对我来说,这个字太难了,在我听来,这个字所说的好像是放烟草的地方①。我右边的人哧哧笑起来。父亲却用手指指着前面。"前面神父站的地方就是神龛。"

神父穿得很漂亮,衣服是白色和绿色的,肩上披一块金色的披肩。我看见他打开一扇小门。

"那就是神龛,"父亲轻轻对我说,"他现在打开的小柜就是神龛。"

"那么说,天主就在那小柜里?"

"不错,面包也在小柜里。天主就是我们的面包。"

"您以前不是说过我们是天主的面包吗?"

"这也对。现在快画十字,神父举起了圣器,你看,就是那个金盒子,天主就在里头。"

"在哪里?"

"在面包里。"

"我什么也看不见!"

"你看不见他,你只能看见面包!"

男人们唱起来。响起铃声时,大家又跪下,深深地鞠躬。我跟着他们做,跪下,画十字,起立。大家都拍掉膝盖上的灰,咳嗽起来,我也拍拍我的黑色长筒袜,也想咳两声。这时,我们后面,在教堂天花板下面半楼高的地方,几个声音唱起歌来。一个人也看不见,只看见一条棕褐色长条椅像鸟巢那样悬在教堂后面。他们

---

① 德语里"神龛"同"烟草"发音相近。

唱的什么，我一个字也不懂，我的鼻子早已闻到一股香味，这股香气与歌声一样让我感到很舒服。神父在神龛边走来走去。有时，他突然转过身来，大声说了点什么，仿佛他要向我们提问题似的。大家齐声回答，可是我又一句不懂，父亲也说了一些我从未听他说过的话。

"您说什么来着，爸爸？"他只回答说那是拉丁文。我没有再问下去。我觉得什么事情都自有道理。就是我什么都不懂这一点也是有道理的：我不懂钟声，一点不懂那股香气，一点不懂彩色窗户，一点不懂他们唱的歌，而首先是一点不懂神父在前面做的事。他不断地走来走去，转过身，伸出两臂，像我们家里的使女没有听懂话或者什么事不会做时就伸出手臂一样。他弯腰，跪下，向上举起双臂，两手贴着耳朵，好像他要听得更清楚一些。他走到男孩子那里，让他们往他手上浇酒，这一点使我很惊奇。而让我更感惊讶的是，他有时向我们走过来，爬到挂在上面墙上的一个金桶里，先是从一本书里诵读一段，然后突然向我们骂起来。他用手敲击着桶沿说，我们该感到羞耻。我有几次朝我父亲看去，我感到很惊讶，我父亲怎么一声不吭地让他骂。而且别的人也一声不吭。

从教堂出来后，父亲和母亲带我走进门上挂着长招牌的房子。在那里，父亲喝了一杯葡萄酒，母亲的杯里是红的。父亲让我尝了尝他喝的酒。他指着火炉边的长条椅对我说："今天你是第二次到酒馆。我们给你做洗礼时，从教堂出来后也是来到这里，把你放在炉边这条长条椅上。"

端酒的女人这时坐到我们旁边亲切地打量我。她说，我当时是个多么漂亮的小家伙。"他当时多重，苏珊？"母亲自豪地看了我一眼，说："哎，十二磅！"

"我在面粉秤上称过他。"我父亲说。

"那么说他还更重呢。"一个农民大声说道。大家都笑了。我不懂他们为什么笑。大人们平时为什么笑，我压根儿懂得很少。

我父亲转向给我们送酒来的女人："你还记得吗，阿波罗尼娅，当时我们在你这里为小孩做洗礼的情景？"

她点点头，她回忆道，教堂执事怎样把糖块放进酒里，葡萄酒溢出了杯子。"噢，这个猪猡！"我母亲插了一句，低下头，摇了摇。

阿波罗尼娅讲道，那天，那位平时十分虔诚的执事怎样和接生婆跳舞，踹倒了许多椅子，向桂树桶里撒尿，结果，升天节前桂树就死了。那个笨蛋后来在床上躺了三天，眼睛什么也看不清了，他老婆请来神父，才扶着他站起来。

"你看，"父亲转过身来对我说，"那天你就躺在那个屋角睡觉，这一切都是因为你，是你的罪过。"我沉思地看着父亲，但是，我不懂他所说的罪过。

"而且——我们几乎把你忘在这里了。我们已经走到楚梅特小山，这时接生婆问：我们把小孩忘在哪儿了？"

"噢，你个死鬼，"母亲边笑边说，"小斯蒂夫，别信他胡说。你爸爸没有把你给留下，他酒喝得太多了，比执事喝的还多三倍！"

"太可惜了，我们当时不得不回家去，"父亲大声说道，"孩子得喝奶，我们总不能让他挨饿！"

"噢，你这就撒谎了，斯蒂夫，"阿波罗尼娅说，"你是怕苏珊。你该记得，小孩在这里有奶喝！"她轻轻地抚摩我的头，说："当时就在这屋里有人给你喂奶吃。"我找人似的环视四周——除了妈妈和阿波罗尼娅，屋子里都是农民。这时她笑了："喂你奶的就是我，傻孩子！我当时正奶着齐利，要是等到这些只顾喝酒的男人把你带回家才给你喂奶，你早就饿死了。"

"不错，这次洗礼真够彻底的。"父亲哈哈笑起来。母亲叹了口气说："他们把他带回家时，天都黑了。我告诉你们，我感到奶胀得很，都要流出来了。他回来后，也真饿了，就像一只饿狼，大口大口地吸吮我的奶。"

"对啦，他吃得很好。"父亲说，接着就讲开了，不到一年半以前，我还吵着要吃妈妈的奶呢。母亲解释说，那时生了个妹妹，不久就死了。

阿波罗尼娅说："可不，那时他可帮了你的忙了。"

父亲却说，本该让我断奶的，他本该把妈妈藏起来。他把她送到施维希他兄弟那里，待了八天。"他可乖了，给他什么喝什么。可是只要她一进家门，他刚听到她的声音，就吵嚷起来，前一阵子的劲全白费了。她也哭了，现在当然看不出了。而最后，我该怎么跟你们说呢？她又解开衬衫，啧啧，他又呷巴嘴吃起奶来，真娇啊！当时得跟他们两个人斗争呢！"

我感到有点害羞，不过我不明白为什么。母亲说："你是个男子汉，哪里知道孩子的事。"说着，她会心地一笑。

城里来的客人

一天，磨坊里来了几个男人，他们的样子和举动跟磨坊主和农民很不一样。他们说起话来就好像在教堂里祈祷一样；因为我们在磨坊里，只要一祈祷，就用起另一种语言。我们不说："咱们的天主，你待在天上。"而是说："天主，你在天上。"到现在为止，我在磨坊里或山谷里从来没有听别人用祈祷的方式和我们说过话。

他们的穿着和态度也和农民们完全不同。他们身上到处都有闪亮的东西：眼睛前面，肚子上，手杖上。摸摸他们脖子四周，软软的，像猫一样，甚至大衣里头也是软软的，他们刚到一刻钟，我就调查了他们的大衣。我不好意思穿着裙子站在他们面前，于是撩起裙子，露出里面的裤子："我也有裤子，我不是女孩子!"他们对我都很和气，尤其是那位特别文雅的老人，父亲跟他说得最多。他满头白发，不时地把一根棕色小棍塞到嘴巴里。在德罗恩山谷，我从来没有看见过这种东西。这里，男人们到我们家串门时，都是抽陶瓷烟斗或猎人烟斗，到星期天，父亲抽长烟斗。那些小棍里冒出来的烟比烟斗的烟好闻，我把鼻子凑近小棍，去嗅火红的烟灰。白发老人把我抱到膝盖上，对我说，他很快还会和其他人一起再到磨坊来。要是我能认出他，他就送我一点好东西。

那些男人走了以后，屋子里还留下他们的气味。父亲母亲说了很长时间城里的事。我从来没有到过城里，对我来说，城市是由这样一些小玩意儿组成的：客人们留下的挺好闻的气味，我用指尖摸过的柔软的衣服，祈祷的语言，而最要紧的是白发老人对我做出的许诺。

过了几个星期，我又看见那几个男人朝我家的磨坊走来。天刚下过雨，风很大，有一个人还打着伞。这次他们换了大衣。到了屋里，他们围着我坐了一圈，一个人说："来，你要是认出上次答应给你糖果的人，就给你糖果。"

我慢慢转了一圈，然后用手指轻轻敲了敲一个人的肚子。他这次戴了顶帽子，样子像皮棍子。我说："是你！"

他笑了，别的人也笑起来。他从大衣里拿出一个彩色罐子。我打不开，罐子太光滑了，可是没有开，就有一股糖果的香味冒出来。他帮我打开，我看见里头五颜六色地装着许多像弹子那样的圆球。那些小球亮闪闪的，我拿起一颗放进嘴里，就跑开了，我手里拿着罐子，一个人坐到磨坊里的一只袋子上，我要好好尝尝滋味。那小球突然在我嘴里化了，一股又香又柔和的甜水流到舌头上，香气钻入鼻子。我把手指伸进嘴巴，然后闻手指。我这么闻着，尝着，好像已经不是坐在磨坊里；我远远地离开了，到了莱文后面，到了做这种漂亮的罐子、做这种小糖球的城里，这些糖球闻起来有一股好东西的味道，不知名的果实的味道，遥远的世界的味道。

城里人走后，父亲母亲和哥哥姐姐们在吃饭时、晚上睡觉前都谈起我们要离开磨坊了。我不感到遗憾，因为我想着装糖豆的彩色罐子。我已经舔过远方的世界，它在我的舌头上融化了，我渴望得到更多这样的东西。我的哥哥尼克尔每天造一座水坝。他在地上挖一条小沟，说这就是德罗恩溪。然后用石头筑一堵墙，把小沟拦腰截住，把墙这面的沟扩展，提来井水，泼到沟里。一个小湖出现在我们面前，他说，现在湖里发出了"舔"①。我喜欢这个字，我们谈了很久"舔"的事。他说，它可以点灯。我们家里到晚上就点起一盏大煤油灯，放在桌子上首。我脑子里转开了，设想怎样代替煤油，往灯里倒从大湖里吸上来的"舔"。我觉得这样做很方便。尼克尔自然装出一副了不起的样子告诉我说，到那时德罗恩溪就完全干了，鱼全都死光，水磨的轮子也停止转动，因为所有的水都被拦在墙的后面。所以，开磨坊的人都得搬走。

这以后，我常常坐到德罗恩溪边，想象没有了水会是什么样子。可是，我想象不出会是什么样子，正像我

———————

① "电"字的误读。

看到摩泽尔河以前想象不出大溪或者在溪上漂游的船是什么样子一样。我虽然相信尼克尔的话，我也问过父亲，他说是这样，但是我相信这些话，就像我相信又白又圆的面包里是天主一样。那另一个天主，那无所不能、无所不在的天主，我当然很容易相信，风我也看不见，但是我感觉到它。而这里，德罗恩溪水在潺潺流淌，水里的鳟鱼闪着银光，水蝮蛇像闪光的鞭绳在又深又宽的地方游动，水轮在冰房里响个不停。可是尼克尔一点不让步。在克罗恩山的一支余脉上，一条山泉流过草地。尼克尔带我走到泉水边。泉水欢快地流着，发出咕噜噜的响声，小溪的河床不足一砖宽。尼克尔带了一把铲子。他让我躺在草地上，看着溪水。他继续往山上跑，跑到源头。我看着小水沟，水底泛着红光。溪水淙淙。小溪喃喃自语，发出轻快地向前流淌的言辞，谁也不懂它说的是什么话。我以前多次倾听过溪水的流淌，现在我又躺在这里，听见溪水在来而复去的流动中很快地说着什么话。它不断地重复同一些话，过了一会儿，我发现它的声音越来越轻。我不免一惊，红色的溪底看得更清楚了，最后，露出了湿漉漉的溪底，水流完了，小溪没有了。我一跃而起，喘着气，跑到山上尼克尔身边。他汗流浃背地站在那里，用铲子从草地上铲了湿土块，造了一堵墙，按他的话叫坝。水坝后面，浑浊无声的水升高了，能没到我们的膝盖。"你看，"他神秘地说，"德罗恩溪也会这样。现在知道了吧，我们为什么要搬走？"

他突然用铲子使劲往水坝上铲了一下，开了个大口子。被堵住的水一下冲开决口，冲走了口子边的土块，向底下的草地奔泻而去，回到青草中间原来的小沟里。

尼克尔解释道，住在湖下方的开磨坊的人家都得搬离河谷，因为万一哪天堤坝决口，就会把大家淹死。

可是，我仍然想象不出德罗恩溪干涸、磨坊都离开河谷的情景，不过我谁也没有告诉。我总想今天马上就看到明天会发生的事，可是我做不到，心里有点不好受。

一天，褐斑白马麦克斯被牵到院子里，爸爸和另一个人站在马旁，我听说他是从杜萨蒙村来的。这个地名我很喜欢，但我不喜欢那个人。他要买马，在吃饭时，父亲母亲已经多次谈起过他。我在马前绕着他们两人转圈。我不懂，父亲母亲为什么要把这匹忠实的好马卖给那个陌生人。夜里，只要哪匹马用脚刨地，母亲总是马上就醒，叫父亲下去看看，他不立即走，她就自己跑去看。父亲常说，马刨地就像挖她肚子似的。可现在，她都不出来说声再见。麦克斯安静地站在那里，一动不动，看着远方。我绕到另一面，走近它，他们两人没有看见。我摸着它软软的长嘴巴，叫了声"麦克斯！"它立即把大脑袋转向我，冲着我的脸轻轻吐了一口气。我哭了，赶紧跑开，我跑进厩房，走到另一匹马身旁，走到奶牛和小牛犊那里，诉苦似的大声告诉它们，麦克斯被卖掉了。

几星期后，雇工把奶牛和小牛赶到院子里。我们家在哪个老远的地方盖了新房子，正等着我们呢。这些牛要运到那里去，先把它们赶过山，弄到莱文，再从那里装上火车，运到施维希。我到莱文上教堂时，没有看见铁路。不管尼克尔怎样描述，我都想象不出那玩意儿是什么样子。一辆车由一匹马或一头牛拉；如果不是这个样子，我就得先亲眼看见那件奇妙的东西。对山后的世界，我非常好奇。尼克尔也没有去过施维希，可他告诉我，那里有两个火车站，一个大火车车站，一个小火车车站。那里的教堂很大，可以放进十个莱文教堂。肯定有五十家饭馆，在里面可以玩九柱戏，还有打谷机。打谷机？我听见这个字时吓了一跳。当我听说打的不是孩子，而是麦子时，我才安下心来。在施维希到处都有"舔"。只要转个什么东西，整个屋子就亮了。我们的房子有八间房，两间阁楼，一间大库房，一间地下室，一间厩房，几个谷仓，一间猪圈，一间工具房，一间饲料厨房，还有一枚避雷针，尼克尔在叙说时从来忘不了避雷针。学校离我们家只有五分钟。他特别高兴的是，学校离家很近，因为无论冬夏，德罗恩河谷的孩子每天都得到莱文去上学，要走足足一个小时呢。

过了圣烛节①，太阳又照到了我们在布莱特魏斯的磨坊顶上，溪边樱草开放。紫罗兰在引诱我，雏菊花星星点点布满草地，直到现在，我仍然不时地吃一棵雏菊，草地长得很茂盛，鳟鱼在溪中欢跳，德罗恩溪水声哗哗，当我们去小教堂时，圣婴晚上随着水浪哭泣，圣母的脸颊上又挂满了古老的泪花。水轮哗哗地飞转，水磨发出隆隆的振响，仿佛几个月来全河谷谈论的建造水

① 公历二月二日，纪念圣母玛利亚产后携耶稣去圣殿日。

坝的事只不过是一个天大的谎话。在内心深处，我渴望离开山谷，到施维希去，到新房子里去，那里有避雷针，有挤果汁的压榨器，有铁路，而且，正像父亲每次从施维希回来时常常给我们讲那里的情况时所说的，那里的街道是铺着石子路面的。你看，我暗暗地渴望离开山谷，可是我又不能想象，我怎么能不在布莱特魏斯四处溜达。有时，我在井旁停下，把耳朵贴到木门上。里面有滴答的声音，这是水珠从木桶上掉下时发出的声音。我想起在井下的男孩，他不愿在我面前露脸，因为我向他的脑袋扔过石头。我一直很后悔扔了那次石头，我比以往任何时候都更喜欢孤零零地给水鬼放鹅的男孩了。不过，有一点我觉得很肯定：比起下面水鬼的草地来，施维希一定更美。所以，我没有找到通向那个男孩的路，我并不觉得难过。

搬出河谷

　　父亲母亲拜访了河谷上下所有的磨坊，向他们告辞，最后，我们就要离开河谷时，我跟他们一起到隔壁的磨坊去。他们谁也不说走的事，他们谈论春耕春播。最后，父亲说："我看，我们该走了，到时间了，孩子妈！"这时，努德尔耶普很快地又给父亲倒了一杯又清又香的什么东西，说道："唉，嗯，斯蒂夫，唉！我们也很快就搬，搬到莱文去，到教堂执事的地里去。"

　　我们走出房子，努德尔耶普留在房间里。我们又一次回到我们自己的磨坊，家里已经搬空，没有一个人。哥哥姐姐已经跟着装在车上的家什先走了。门全开着，母亲一一把它们锁上。父亲再一次打开通往磨坊的门。我们三个人朝里面侧耳倾听，灰色的房间空荡荡的，连一只面粉口袋也没有了。我们只听见哗哗的水声在水轮旁向下面冲击。父亲叹了一口气，关上门。我们走出房子。走过水井时，母亲停下来，把小木门也关上了。然后，父亲母亲把我拉到他们中间，我们就上路了。谁也不说一句话。走过小樱桃树时，我大哭起来。我并不很悲伤，因为我知道，我是在走向一个广大的世界。而这棵小树孤零零地待在这里，不能和我们一起去。想到这里，我感到我自己是多么幸福。

到了莱文，我们又上公墓去看了看祖坟。我们从村子走过时，村子里的人叽叽喳喳，朝我父亲说了些挺有趣的话，可惜我一句也听不懂。父亲沉着地回答他们，他们都大笑起来，祝福我们到施维希后诸事顺遂。

我们在五月的晴空下一路走去，而我已经暗暗地想到，外头的世界跟德罗恩河谷不会有什么不同，也有山丘、草地和农田，房子跟布莱特魏斯的也不会有什么两样。我们正要走进一个村子时，有个什么东西突然横着开过大路，什么东西！它绕过一座房屋的屋角开出来，黑黑的，样子像我们的粪桶，只是更长更大，我看见一个人站在一个大炉灶后面，他正在关灶火后面的门。烟囱在冒烟，我想，他们在做饭。在突突冒烟、哧哧吐气、鬈毛狗似的圆罐后面，几间小房子在轮子上跟着奔跑。我立即想起尼克尔的描述，我知道了，这就是铁路！可是，还没有等我从惊骇中醒过来，那又黑又长的庞然大物就不见了。我们只听见铃声，那声音就像磨坊漏斗上的木龙头发出的尖叫声。火车横穿过村子不见了。起先，我以为火车肯定是从最近的那幢房子的谷仓门里逃出去的，父亲却告诉我说，火车始终只能留在铁轨上。他指给我看横过街道的那两条闪闪发光的铁轨。我小心翼翼地把手放到轨道上。"火车还来吗？"我充满希望地问。父亲说："还要来的，每天要开过好几趟呢。"

"我们的牛是坐火车去的吗？"

他说："是的，不过不是这一列火车，而是另外一列。"

"为什么我们不坐火车去呢？"我想知道。这时母亲插话了，她说，我好好走路就行了，到下个村子，火车在等我们呢。

从这时起，我一点也不觉得累了。我要坐到会滚动的屋子里，从窗户向外看。我可不能落在奶牛后面，我想象那些牛也是坐在这样的房子里旅行，而且像先前那些姑娘似的往窗外瞧着。我想知道的事情很多很多：在火车里有没有东西吃？母亲犹豫了一会儿说：有的。这时我暗自想，为什么在灶旁的不是个干干净净的女人，而是黑黢黢的清扫烟囱的工人。我很长时间都以为火车里的人吃的饭是前面敞着门、烧着火的小房子里做的。

想到我就要在轨道上向前滚动，我高兴得不得了，我很想知道谁能坐火车，什么东西能上火车。我在心里开了个单子，除了摩泽尔河、山峦、星星，别的都在我的单子上，摩泽尔河太长太湿了，山太大了，星星太远了。连可爱的天主也乘火车。人们总是那样真诚地对我说，天主无所不在，所以我猜想，他肯定也在火车上。我的猜想得到父亲母亲的证实。我轻快地走着，感到很幸福，很高兴，暗地里想，我是不是会从火车的黑厨房里得到点吃的。那个做饭的人我看得一清二楚，他真是太脏了。不过重要的是乘车！我们像坐马车那样坐在火车里，只是火车开得更快些，快多了！"爸爸，你说，火车跟闪电一样快吗？"

"那可没有这么快。"

"总比我们的马车快吧？"

"对，快多了！"

我觉得这就够了。可是，当我们来到火车站时，那里只有一条长靠椅。墙上画了一张表，写着字母。

母亲和蔼地对我说，火车没有等我们，我们得继续步行了。好在不远。

我还没有听完她的话，心中就填满了辛酸的无名的痛苦。我抽泣着断断续续地说："噢，我还不如不是你们的孩子，妈妈，我宁可做那头棕色的牛或白斑牛的孩子！那些小牛都坐上火车了，我倒不能坐！"

父亲母亲百般安慰我，我倔强地报之以沉默。过了一会儿，我累了，父亲只好抱着我。我一边哭，一边把脑袋耷拉在他的肩上，也许我的眼泪也顺着他的脖子往下流呢。

到了施维希桥中间，他才把我靠桥栏杆放下，对我说："你看，这是我们的新家乡，我们的房子就在这个村子里。"

我们走过又大又红、用砂岩砌成的桥，在施维希几乎什么都是砂岩造的，这第一趟过桥深深刻在我的记忆里。我以前只见过德罗恩溪上的桥，那座桥是由一辆马车的前半部分、两架梯子和木板组成的。父亲找了一块石头递给我，把我举起来，叫我从桥栏上把石头扔下去，看看石头怎样溅起下面的河水。我随即把天大的失望忘掉了片刻。

他依然用胳膊托着我，指着前面宽广的河滨草地，果园，最后指向高耸的红色的教堂钟楼。

"瞧，教堂多大！"他轻轻对我说。"那边的山离摩泽尔河多远。看，孩子他娘，这里多么平坦！土地多肥！"他们把我忘了，自顾说土地怎么样，草地怎么样，果园怎么样。说着说着，我们来到一栋又小又黑的房子前，这幢房子我一点也不喜欢。父亲母亲什么话也没有对我说，我以为这就是我们的房子，我不明白，那些陌生人在我们的房子里干吗。

谁也不明白，我为什么数房间，当时，我能用手指数到十。他们笑我，笑我为什么要在这幢又黑又小的房子里寻找尼克尔给我描述的东西。最后，他们把我们带到一张床前，床上躺着一个男人。屋子里有一股汗臭味和药味。父亲母亲坐在床前的椅子上跟那些陌生人说话，他们对我都很和气。那女人从床头柜上拿起一样像一串香肠似的东西。她从光滑的、能弯曲的一节枝干上揪下一块样子像杏干的东西给我吃。那东西很甜。果实里有又小又硬的子，这些子塞进了我的牙缝。躺在床上的男人一阵咳嗽，然后长叹了一声，陌生女人哭了起来。母亲说："蕾恩，别哭，佩特尔会好起来的。"那女人又给我一块那种甜东西。我仔细观看起来：看样子，好像外面浇了糖，实际上却不是糖，而又那么甜。那东西很好吃，我就忘了病人的咳嗽和污浊的空气。到了街上，我问我吃的是什么。我的手指还有点黏糊糊的，牙缝里又塞了好些小子儿。

"这是无花果，傻孩子。"母亲说。

"什么是无花果？"

"是一种果实，水果，还能是什么别的呢？"

"施维希长无花果吗？"

父亲说，不，施维希不长无花果，不过，施维希的地里长别的好东西。

"别人干吗在我们家里？"

这时，我才听说，我们刚才进去的房子不是我们的。

五分钟后我们来到我们自家的房子前。我觉得房子很大。穿白衣服的男人从窗户里把目光投向父亲和母亲。我听说他们是油漆匠。房子里有一股刺鼻的变了质的牛奶和油的气味。我看见了我们的家具。这些家具放在老家的老地方时，非常整齐，可在这儿，仿佛它们一夜之间变得十分放肆，不听话了。母亲也喊了一句："家具多乱啊！"有一张桌子四脚朝天，擦在另一张桌子上。母亲的衣柜横放在地上，两扇门开着，看上去真像喝醉了似的。一个木桶里露出干草，像乱蓬蓬的头发。原先装衣服、祈祷书和各种纪念品的五斗柜敞着抽屉，仿佛要呕吐似的。房子里乱七八糟的真难看，母亲立即动手稍加整理。我去找厩房，很快就找到了，过了一会儿，母亲也来了。我轻轻地搔奶牛的额角，母亲摸摸它们温暖的褐色身体，一边察看，一边说该做些什么事情。接着，她走出厩房，向院子里喊哥哥姐姐的名字。下一步，我走到一间在猪圈和四周砌着墙的粪堆之间的小房子那里去，这间小屋子干干净净的，石片盖顶，样子像一个大木箱。我想爬上去，试了几次都失败了。我很不满意地发现，我暂时还得和在磨坊时一样，每天早晨到粪堆走一趟。谷仓还空着，所以我觉得很大，像教堂的圆拱顶一样大。

这时，尼克尔叫我，指给我看避雷针。那是一根铁丝，从房顶挂下来，在谷仓旁边进入一个长盒里。尼克尔轻轻地向我解释，闪电被铁丝逮住，紧紧抓住不放，送到这个盒子里。盒子里一定装满了以前的闪电。我们站在盒子面前，从左右前后观看，我们互相看了一眼，为这根避雷针感到骄傲，我觉得，避雷针像用粘绳做的捕蝇粘——苍蝇只要碰到绳子就再也飞不走了。可是，更叫我喜欢的是厨房窗户下安在石槽上那件闪着金光的东西。这东西，尼克尔叫它水龙头，能转动，接着水就出来了。在水龙头口上套上一条橡皮管，就能向十米外的人喷水，尼克尔当场试了试。就在这头一天，我把大哥从屋里引出来，尼克尔对着他喷水，把他浇成了落汤鸡，结果，大哥用这根管子打了我们一顿。

他们早早地就把我抱到床上。我还可以睡在卡塔琳娜屋里，还不用到楼上库房旁的阁楼里和哥哥一起睡。我梦见我独自一个人在公路上。火车从街角隆隆地开过来。我顺着轨道往前跑，火车在我背后追来。这时我想起爸爸的话，火车只能在铁轨上行驶。于是我横着跑进地里，可是火车突突冒着烟，喘着粗气，铃声叮当，在我背后追来。我跑进一幢房屋，火车也跟着进了房屋，我终于尖叫一声惊醒了，我坐在姐姐的肩膀上，汗淋淋的，眼睛里充满惊恐。她费了好大的劲才哄得我又躺下睡觉，我怕火车正藏在我的枕头下等着我呢。

迷　路

　　我们的房子旁边有一座又高又大的铁门，把院子和大路隔开。马车驶出院子时，大门才打开，随后马上关上，不让鸡和我跑出去。一根铁棍一头固定在房子墙上，一头伸进大门的一个门眼里，我利用这根铁棍一个人做最初的体操练习。我装作井中的男孩，用膝盖倒挂在铁棍上，从下往上看天空、门上的铁环，对面街上的房子。我常常倒挂很长时间，脸都完全红了。半个小时就有一辆牛车嘎吱嘎吱地慢吞吞驶过我们的门前。农民坐在牛车上，抽着烟斗。左手车板放下，搁在牛车车底板上，农民就可以坐在上头，即使一小时以前他往地里送过一车粪。他的两条腿挂在前后轮之间，虽然我自己没有坐在车上，可那姿势给我留下很深的印象，想不到我们的腿能如此安详地挂在危险的、轧轧作响的轮子中间。当我们的车停在院子里时，我也学那个农民坐到放下的车板上，牵动我事先拴在轴上的缰绳，吆喝道：

"驾!""哟!""喵!""吁!"于是我看见,包着铁的轮子怎样转动起来,就在我的脚旁转动,越转越近,轮子的亮闪闪的铁皮都碰到了我的鞋。车子越开越快,我早已换下牛,套上了马驾辕,最后干脆换上了火车头。我夜里做梦时,火车头还总是追着我。车子风驰电掣般向前开动。可是轮子却并不比我的脚快,它始终够不着我的脚,没有把我们的脚弄痛。因为轮子有一张脸,仿佛它总盯着我的脚,要把它压碎,可它又做不到,火气越来越大,气得它扭歪了脸,样子十分难看。

有时我做游戏,坐着车穿过那关着的大门。然后,火车头在前面牵引,我坐着火车穿过这个地方的所有街道,开得飞快飞快,扬起的灰尘把我罩住,谁也看不见我们。可是做完游戏,我发现大门是关着的。有一次下了一场大雨,阴沟成了一条小溪,水流顺着维尔茨街向下奔泻。院子里空无一人,只有母鸡聚在粪堆上,悠闲地自寻其乐。街上,我也看不见一个人。大门铁栅栏后面的水奔流着,发出哗哗的声响。水流得很急,这一点我立即就看到了。可是它要流到哪里去?又是从哪里来的?肯定是从云里来的,这样,它肯定已经走了漫长的一段路程。我想起德罗恩河谷,强烈的思念突然向我袭来,我并不思念回到河谷去 —— 而是想出去,什么地方都行。我把小腿倒挂到铁棍上,头冲下,观看移动的云彩,我自己成了井中男孩了。街上的水在大门后哗哗流过。这时围裙倒挂下来,遮住我的眼睛,我四周变得一片漆黑。我眯起双眼看大门,大门跟天一样高。我突然跳下站住,解下围裙,把它挂到一根铁栏杆的尖上,不假思索地向上攀登。我喘着气，我觉得，通向高处的路仿佛没有尽头。我终于爬到顶上，这时我才发现，大门上头都是一根根尖头铁棍，我觉得这些铁棍非常尖利，一根根都对着我的肚子和屁股。可是我看见溪水欢快地流淌，水浪跳跃着，一浪推一浪。我从铁栅尖顶上跨过一条腿，把脚伸进那一面安在尖顶下面的铁圈里。这时，我觉得自己好像是在一座很高很高的山上。路面的石子仿佛就是小房子，石子之间的黑色泥缝仿佛就是街道。我怕得发抖，可是我又感受到一种快乐，就像有人用发烫的藤条在搔我似的。我另一条腿也跨了过去，继续往前挪动，这时我感到裤子给挂住了，接着"嘶"地响了一声。屁股上的裤子撕破了，我感到一股冷气吹了进来。可我还爬着，终于爬到了门外面的地上。我摸了摸裤子上的窟窿，但马上就顺着水流沿维尔茨街跑下去。维尔茨街的水沟和利希特街的水沟汇合的地方形成了一个大水坑。我涉水到了水坑的另一边，沿着利希特街追着水流跑下去，后来，小溪横过街道，在一幢房子后面消失不见了，我这才停住。

我迟疑起来，这里，水流得更欢了，水声也更大了，只有水流，没有路。又脏又乱。水里什么东西都有：罐头盒，夜壶，长着绿苔的石头。溪水变成了褐色。水流从一只没有底的破木桶里穿过，又流过装着一只死猫的双把箩筐。有些房子后面冒出一股厕所的臭味。我很想转过身往回走，可是走回街道的路似乎很远，走到房子尽头的草地看来倒近得多。我涉过没膝深哗哗流淌的脏水。终于到达房子和绿草地交界的地方。

我不敢回头看那一段浑浊的溪流。

我继续往前走，看见了脏水流入草地清溪的地方。在这里，草地的形状像一只桌子角，两边平直，在绿色的角上挨着脏水有一道灌木篱笆。草地上有一只动物，我还从来没有遇见过这样的动物。它伸着头，在篱笆尖上吃嫩叶，听见我的脚步，它立即好奇地朝我这边看。我要么从它身旁走过去，要么回到可恶的脏水里去。我觉得那动物不很大，可是它抬起头，比我肩膀还高。另外——它头上长着角。我小心翼翼地向它走近，看见它下巴下长着一小撮胡子。这只动物身上最叫我喜欢的是它全身雪白的颜色。我刚才看了浑浊肮脏的溪水，现在再看见这白色的动物毛，就觉得它像德罗恩的圣婴的衬衫那样，显得特别明亮。然而，我还是感到有些不安，因为它那双鼓鼓的绿眼睛看着我，我觉得那双眼睛就像大人们戏弄我、想让我生气时的眼睛一样。这时我发现，那动物脖颈上套着一个皮套，套上拴着一根绳。绳拴在篱笆的一根枝条上——所以它不能追我。它也许毫无恶意，只是感到好奇，想跟我玩。这时我才看见挂在后腿前面的乳房，我有点吃惊。这只动物肯定病了，我只在奶牛身上看见过乳房，我觉得乳房这么大，大概是从身体里掉出来的。也许——我想了一会儿，觉得我明白了生孩子的秘密：这只动物是不是正在生孩子？我记得我曾问过父亲，奶牛生小牛，小牛是从哪里出来的。父亲说，从耳朵里出来！这也许不太可能，因为奶牛有两只耳朵！那么是从乳房里出来的？我在家里曾听说，奶牛生小牛、猪下小猪崽时，大人们就到厨房里帮忙。想到这里，我就在脑子里转开了，看我现在能不能帮助这只又白又漂亮的动物。我去摸摸它的头，对着它的耳朵轻轻说两句，肯定不坏。于是我一小步一小步地走近它，伸出手，轻轻说道："喂，小白头！来，来，来！你在生孩子吗?"它这么听我轻轻说着，仿佛想让我抓住它似的，把头低下，向前伸出。可是，我还没有碰到它，它就向我冲过来。我跌倒了，翻了个筋斗，从斜坡上滚下去，砰的一声——掉进脏水溪里。我起初吓了一跳，非常害怕，一句话说不出来。我立即从臭水里站起来，从头到脚湿透了，还发出臭气。我迷惑不解地向上看去，那白色动物站在那里往下瞧呢。我相信，它的眼睛挖苦似的冲我笑。我勃然大怒。"你这只畜生。"我大声嚷起来，"叫你没得好死！"水里的东西，不管是生锈的盒子还是石头，我捞到什么就拿起什么，向那只畜生扔去，可是一次也没有打中。它好奇地看着下面，等我走上去，它好再一次把我推下来取乐。我又气又羞，禁不住哭起来，我呼唤着看不见的证人，告诉他们那只白色动物向我冲过来时是多么凶恶，而我只是想帮它的忙。没有人来帮我，我又不敢上去，不敢走到草地边等着我的敌人那里去，于是我在水里顺流而下，来到干净些的深溪里。这里才是一条真正的、美丽的小溪，溪水潺潺，岸上杨柳飘拂。我全身躺到水里，让清水冲刷我身上的污泥和臭气。冲完，我从溪里爬上来，沿着溪边狭窄的草地小道，伴随着欢快的水浪往前走。我觉得那些水浪亮闪闪的，非常欢乐。我慢慢地感到一丝凉意，可是好看的东西太多了。最后，我来到一座磨坊的水轮前。这个水轮不在冰房里转动，而在房子墙外。水轮又大又黑。白色水浪泡沫四溅地向轮叶冲泻，发出啪啪的响声，轮子转得很慢，仿佛它十分疲惫，不愿意让水浪冲击。我看了一会儿水浪和轮子，我发现轮子很旧。任性的水浪却不让轮子休息。我从一座狭窄的小桥上走过，到了院子里。我跨过一扇敞开的门，进入一个阴暗的房间。开始时，我只看见两块圆石头，但是，这两块石头不像在我们家的磨坊里那样是叠在一起的，它们像轮子那样转动。我看见，它们互相跟着转，却始终没有离开石盘。那样子有点可笑，也有点让人担心，因为两块石头像马车的前半部分那样互相连在一起。磨石之间有一根粗木杆，也是不停地转动着。两块磨石在狭窄的磨盘上互相追逐，可是始终保持着同样的距离，却没有失去继续转动的勇气。看样子，仿佛第一块石头要追上第二块，或者反过来，第二块要赶上第一块，到底谁要赶上谁，却无法看清。我听不见它们奔跑的声音，因为石磨盘上有一层黑乎乎的小小谷粒。

突然，一个小个子老人来到我面前。他虽然比我高一些，可我还是个很小的孩子嘛。他问我从哪儿来。我说："从溪里来。""从溪里来？"他很惊讶。接着，他把我拉到门口的亮光下，仔细打量我，点头说："不错，我看你是从溪里来的！"

他接着问，我是怎么到溪里去的。我这就告诉他，是一只白色动物把我推进去的。"白色动物？"那小个子一边说一边搔耳根。他又问，那动物是不是长着角。我赶紧说是。他接着问，为什么我说话不像施维希人。这一点我无法给他解释。小矮人摇摇头，喃喃地说着话，用一块安着棍的木板把谷粒推到石磨盘中央。然后，他一声不吭，拽着我的手把我拉进房子里。我进了一间坐满大小女孩子的大屋子。一个老妇人向我走过来，看见我衣服湿透，不禁喊了一声："你打哪儿来？"老头子重复了一遍我对他说的话。屋子里的姑娘们都大笑起来。我挺难为情，尤其是因为老妇人把我抱到怀里，一句话不说，就要脱我的湿衣服。我注意到她要干什么时，使劲顶着，大喊我要回家。老妇人点点头说：当然回家，但现在她要先把我擦干，换上干衣裳。我是谁家的孩子？我根本不是施维希人，从我的口音就听出来了。"我是大个子斯蒂夫的孩子。"我气鼓鼓地嚷道。可是谁也不认识他。我仿佛觉得姑娘们更多了，屋子里到处都是她们的脸，她们的辫子，她们的咻咻笑声，往哪面看，都能看见她们。老头子出去了，到磨坊去了。她们开始笑我，因为白色动物的缘故嘲笑我，而且一再对我说，我连母山羊都不认得；老太太从头上脱下我的衬衣，这时我又羞又气，心里乱极了，我一下跳下她的膝盖，光着身子就想跑到门口去。女孩子堵住门，笑得更厉害了，但老太太 —— 可能是她们的祖母 —— 说了她们一顿，给我围上围裙，轻轻地把我放到柜式炉子旁边，炉子里正煮着晚饭。"唉，可怜的孩子！"她喃喃说，"不知道他是哪家的孩子！"

这时，响起了教堂钟声。老奶奶立即改用另一种语言 —— 祈祷语言："天主的使者给玛利亚带来福音。"大一些的女孩子像一个声音似的齐声回答："她从圣灵怀了孕。"然后，屋子里所有的人一起祈祷，声音里带着一点哭音，我觉得好像是小狗在祈祷似的。因为女孩子们像小狗叫似的整齐而轻柔地说出几个字，中间的话都让她们吞咽了。我当时已经会做"玛利亚，向你致意"的祈祷，所以我听得懂她们说的话。可是，我围着老奶奶的围裙，赤身裸体坐着，我不敢抬眼，更不敢提高声音。从炉子里早就冒出一股香味，我感到那香味很熟悉，很亲切，那是扁豆的香味。我这才想起我饿了。刚念完天使经，刚为死者祝福完毕——我非常喜欢听这种祝福——老奶奶就小心地打开柜式炉子门，拿出一个很大的铁锅，一个女孩子很快在桌子上铺上一块台布，老奶奶就把锅放到桌子上。她们大家都坐到桌边，我仍留在炉子边坐着。我在膝盖上放着一小碗扁豆，自顾自地吃着。

我们吃了扁豆，收拾了桌子，做完了感恩祈祷，这时，那干瘪老爷爷开了门走进来。跟着他走进另一个人来，头戴带檐的扁平蓝帽子，身边挂着一样东西，像套在皮革鞘里的伞。他穿着蓝上衣，白裤子，样子挺可笑，腋下夹着一个大铃，就像挂在我们老磨坊漏斗上龙头旁的铃一样。这个人戴上眼镜，严肃地打量我。他红鼻子，眼睛湿漉漉的，破锣嗓子。"你叫什么名字?"他问我，而且说的是祈祷式语言。

"小斯蒂夫。"我轻轻地答道，顺着围在肚子上的厨房大围裙往下看。

"你没有姓?"

我摇摇头。

"那么，你爸爸叫什么名字？"

"斯蒂夫。"我说。

"你住在哪里？"

我突然非常害怕地哭起来，我看了看窗外，外面天慢慢黑下来了。我只知道我们住在施维希。

"这么说，我只好带着你摇铃招领了。"戴着帽子的男子说。他挥手告别，就拉着我要把我带走。可是老奶奶拿着衣服走过来，问他是不是傻瓜，她还得先给我穿衣服呢。我的衣服已经烤干。穿好衣服，她又从安在墙上的铁皮盒里拿出梳子，梳好我的头发，把我带进厨房。她很快从围裙下拿出一块方糖给我，但要我到路上才吃。

接着那个男人就把我带走了。我们走了一会儿，来到一个较大的空场上。他停住脚步，摇了好一会儿铃，等到人们在窗口出现，他就像祈祷似的大声喊起来，他的话我不能全听懂，但我马上注意到，他说的跟我有关。他指着我，说出我的名字。我恨不得从石子缝里钻进地里去。过路人都十分惊讶好奇地低下头看我，我感到晚风从裤脚管往里灌，屁股上的破口肯定变大了。我想法用手挡着窟窿，低着头走到下个地方，他又摇铃，让人来认领。终于有人在我后面尖叫了一声，那是我们的丽丝辛。她一头红发，很容易发火。找到我的不是卡塔琳娜，我真遗憾。我们走回家去。她数落我，说要用葡萄藤好好教训我一顿。这个说法我还从来没有听说过，可是因为她说起葡萄藤，我马上就明白，教训这个词可能是什么意思。

我们拐进维尔茨街后，我的脚变得沉重了。阴沟的水小了。小小的水沟在好些地方只有一掌宽，连一根柴火棍也冲不出一米远去，怎么也看不出它今天早上会那么湍急，激起我到远方去的渴念。

丽丝辛打开院子大门，说："我们在这里找到了你的围裙。当时我们很高兴，我们以为是吉卜赛人把你带走了。可是，你少不了得挨屁股。"这次可说得很清楚了。我也看到该受惩罚，做好了挨罚的准备，因为我觉得我走了老远，仿佛快到了世界的尽头。当我胆怯地走进黑暗的过道，独自等着时，听见屋里的人突然大笑起来。不一会儿，卡塔琳娜走出屋子，告诉我亚当舅舅来看我们了。可是，作为对我的惩罚，我今天晚上不许见他，必须马上——不吃饭——就上床睡觉。她说到"不吃饭"和"马上"时，声调越加严肃了，不过也越来越轻。过道里太黑，我看不见她的脸。我立即上楼，脱掉衣服，躺到床上。我梦见头上长角的女孩子，她们一再地推我搡我，有人轻轻地摇我，把我摇醒了。卡塔琳娜站在我面前，手里拿着一块黄油面包。她轻轻对我说："你呀，真可怜，一天没有吃东西。快吃，可别告诉别人，你是自己闯的祸，该罚！"

我吃了扁豆，肚子还饱着呢，可是我不好意思向卡塔琳娜承认我在别人家里吃过东西。所以我慢慢地啃起那块大面包来，这才是真正的惩罚呢。我不能像往常那样扔掉外面那层面包皮，因为卡塔琳娜挨着我坐在床上，问这问那。我费劲地啃着面包，一边给她讲我看到的一切，我从她那里听说，那白色动物是母山羊，磨坊是榨油坊，摇铃招领的是乡公所办事员多纳尔。

初次陶醉

我父亲很喜欢蜜蜂。他想在新房子的园子里再养几箱蜂，母亲却不让。我们住在磨坊时，她让蜜蜂蜇过几次，父亲就不让她走近蜂箱。蜂箱旁边有两棵李子树，每年都让我们孩子随便摘着吃；蜜蜂一点不蜇我们。蜜蜂这样与母亲作对，母亲很生它们的气。她常悻悻地说："这些毒虫，我惹了它们什么了！"父亲则总是平心静气地回答她："你没有惹它们！你自己就是一只蜜蜂，所以它们不可能喜欢你！"母亲却一点不感到把她比作蜜蜂是捧她，虽然我们孩子们觉得这个比喻一点不错：母亲也是褐色的，黑头发，小个子，灵巧敏捷，干净勤劳，常常出去找蜂蜜；另一方面，她也很容易上火，只要有人顶她，跟她作对，她就又暴又毒。她也像蜜蜂一样，受了委屈就耿耿于怀，她对蜜蜂——她的敌人——就怀恨在心，不容许父亲在施维希的园子的角落里放上蜂箱。我们孩子却早就期待着、盼望着养蜂，那样，园子里靠近蜂箱的树——这里种的是黄李树——又会成为我们的猎获物。母亲却说："嘿，什么事儿！园子里养蜂就像床上养跳蚤。"她还说，农民用不着消磨时光，他只要干活睡觉就行。她还指出，我们园子三边都是邻居的园子。她说，我们住在磨坊时，只有天主和我们为邻，蜜蜂是不蜇天主的；而在这样一个园子里，蜜蜂常常是不和的种子。

好长一段时间，每顿饭都谈蜜蜂，后来父亲终于让步了。于是他计划在园子里种几棵好果树。

说话就到了秋天，这是我们到新家的第一个秋天。谷仓里堆满了禾草、粮食和二茬草。一天，压榨器周围开始欢腾热闹起来。男人们使劲推压长长的铁杆时，螺杆就把又粗又厚的木板往下压，螺杆周围的铁齿就上下跳动，发出一声声清脆的咔嗒声。木栅挤压苹果，很快，木栅周围的沟槽里就流出一条小溪，小溪往低处流，经过一根管道流进木桶。开始只听得啪的一声，后来就是欢快的、明朗的涓涓细流的淙淙声。男人们都往桶里瞧。他们用杯子从冒着泡沫的桶里舀出一杯果汁，尝了又尝，他们对我说，我千万别喝得太多了，果汁可比火车还快，尤其是穿开裆裤的男孩子，他们最好事先把裤裆开好，厕所门也事先开好。这些粗鲁的告诫使我十分生气，我像以前恨裙子、过了不久又恨被裙子遮住的短裤一样，觉得裤子开裆是我的童年时代所特有的一个缺点，我现在多么渴望穿大人们穿的长裤啊，我哥哥尼克尔当时已经十岁，他也穿长裤。我把肚兜看作是对我个人的侮辱，因为邻居的男孩子——他们常常走到大门边，隔着栅栏和我说话——虽然也穿开裆裤，却都不围肚兜。每次他们来，我都解下肚兜，推开门闩，溜出去跟他们玩。

他们仍然把我看成是新来的陌生孩子，因此对我挺客气，有时却也嘲弄我。他们学我那种他们觉得很生疏的、唱歌似的调子，像我们在河谷时那样卷起舌头说"R"音，把据说是我说过的话学一遍，一句话，他们像施维希人所说的，拿我出洋相。不过，我敢断定，他们硬说是我讲的话，我可一句也没有说过，每句都给他们说走了样，但我仍然害羞，委屈地离开这些捉弄我的人。他们大家都比我大几岁，所以我不敢和他们作对。

他们把我捉弄得很不像话时，我也告诉母亲。她静静地听我诉苦，一面用刮刀削着土豆的皮。听完，她说："噢，这些坏小子！得给他们的汤里冲水！"我总是接着问："什么时候？""后天！"她平静地说，麻利地把土豆切成八块。假如我继续问："冲多少？"她就说："哎，要是你愿意，冲一满杯！"这时，我的报复思想就消除了，正义又得到了伸张，我不再去想那些捉弄人的孩子了。他们的名字我并没有告诉母亲。

一天，爸爸开始种树，替代养蜂。园子里挖了几个很深的坑。"跟墓坑一样大。"父亲指着土坑对我说，"你瞧，树也跟人一样，它的根在坟墓里，树干在地上，树冠在天上。"两个哥哥挖着坑，爸爸坐到一只箱子上看他们挖。他把一只手放到我的肩上，跟我说了一些别的话。他说，只有没有生命的东西坟墓才能吃它并把它变成泥土。比如一块木头，在坟里埋几年就会腐烂。可是活的树根，虽然也是木头，它却不会腐烂，反而从土里为树木吸收各种养料。我们人也是这样。"我们一辈子都在坟墓里，因为我们知道，我们会死。可是，我们仍然很高兴，今天干这个，明天干那个，我们在生长结果。"

我听爸爸这么说着，心里有点发毛，不过倒不是因为害怕。我觉得我是活的，而且会永远是活的，永远永远！我轻轻地、自言自语地说了一遍这个字，一种隐隐的欢乐充满我的心头。我仰望云彩，又看看我脚下的土坑。我看见一条虫，让铲子切成了几段，尾巴那一段向上翘起。我感到恶心，同时也有点不解，便向父亲提了好几个有关虫的问题。他似乎有点窘，自言自语地说，那……虫就是虫呗。虫也是天主创造的，只有天主才知道虫是怎么回事。我突然觉得虫好像大了点。我又问，天主是不是想着每条虫。

"虫这么多，"我沉思地说，"而且又都那么深地藏在地里！"

"当然想着每条虫的，"父亲答道，"你不是知道这首歌吗？——《你知道，天上多少星？》里头有一句：'你知道，地上多少虫？'"

"那么，天主都数过吗？"

父亲说，我不能那样设想，好像天主一条一条数过虫子，就像小商贩数每一分钱似的。不，天主创造了一切，在每种东西里，他都留下了一点点他的身体。所以，天主无所不在，他存在于所有的东西里，也在虫里。天主想世界，就像人想他自己的身体。如果说一个人不是随时随刻想到他身体的每个最小、最隐蔽的部位，那么这个部位也总是在他身上的，是他的一部分。

我不再往下问了。这条虫从坑壁里翘出它的尾巴，向上做着寻找东西的动作，说这条虫是天主的一部分，我不能理解。可是这是父亲说的，我是无条件相信父亲的，所以我就设法不去看它，不去看它身上神圣的部分。

树放进坑里，往坑里填土时，父亲走了。两个哥哥把土踩实，在小树苗旁插上一根木棍，把树苗和木棍绑在一起。我看腻了，走进屋子。我看见父亲和母亲坐在客厅里的桌子旁。旁边坐着一个陌生人，他的两膝之间立着一根很漂亮的手杖，两只手放在手杖上。桌子一头放着一块绿台布。我走近时，看见台布上放着很多放着光彩的圆圆的钱币。那块绿布后面的酒瓶旁放着两个杯子，杯子里盛着葡萄酒，那些钱的颜色就像杯子里的酒。陌生人抽一支雪茄，我发现，父亲手里也拿着雪茄。过了一会儿，母亲走到柜子边，从父亲的编织的钱袋里取出一块比那些钱都大的银色的钱，放到黄色的钱旁。最后，陌生人站起身，拿起所有的钱，把它们装进一只皮钱包里。我们都看着他，听见钱一块块地掉进钱包里。这时，父亲、母亲和陌生人都站起身，走了出去。

我向酒杯走去，从杯子里冒出一股特别的香味。我也很喜欢那长长的酒瓶，我往瓶子里闻了闻。接着，我就拿起父亲的杯子，里面还有半杯酒，我很快把酒喝了个光。我又拿起瓶子，把杯子重新倒满。我有时喝过一两口酸的维茨酒[1]，今天的酒的味道和维茨酒完全不同。我觉得，仿佛我是在舔一块冰凉的金属，可同时找又觉得肚子里在发热，让人很舒服。舌头上有一种轻轻的、瘙痒的感觉，我尝到一种花和水果的味道，可是这味道隐隐约约的，远得很，我感到，这饮料里包含的只能是花和水果的灵魂。喝了第一口，我就知道这是葡萄酒！我心里升起一股虔敬肃穆的热浪，但是我不知道该庆祝什么。我喝了自己倒的那杯酒后，突然想起哥哥他们是怎样把小树周围的土踩实的，他们一边笑着，一边在树的四周乱跳。我觉得我晕晕乎乎，也要跳一番，我分不清是我自己在围着什么东西跳，还是房子和家具在围着我跳舞。最后，我相信我不再转动了，我静静地站在那里。我现在成了一棵小树，一棵种下的小树，大家都围着我跳舞。我高兴得要命。这时，门突然开了，走进许多人。我告诉他们，我是一棵小树，栽在坟墓里，我最后唱起来："你知道，多少小虫走向远方？"

他们立即把我带到床上。第二天，母亲绷着脸对我说，对孩子来说，葡萄酒是毒药。就是对大人，它也常常是毒药，是上天的考验。它把严肃正经的人变成愚蠢的、没有教养的孩子，把男人们当成玩具似的扔到一边，还让有些人变成了乞丐。她告诫我，等我上学，就叫我加入守护天使协会，免得我喝酒。当我问她，葡萄酒是不是天主的圣血时，她惊呆了好一会儿。"天主的

---

[1] 一种烧酒。

圣血?"她迷惘地说,又重复了一遍,"天主的圣血?"我这时想起,神父在祭坛上也喝葡萄酒,并把这话告诉了母亲,她不知所措地看着我。她生气地说:"就算它是天主的吧!可是你要敢喝,我就……!你还不是神父!你要再喝酒,就把你关起来!"我把这话看成是对我的警告。

受诱惑和入地狱的地方

在最初一段时间里，我从大门栅栏缝里看见的街道那面的房子一点也不吸引我。我几乎不知道谁住在里头。甚至连我们对面的房子里住着跟我一样大的男孩，我也觉得无所谓。我总想着到远方去。自从我第一次溜到外面去以来，我就知道村子里有许多不为人知晓的秘密，充满意想不到的事情，有许多我还未曾见过的东西，有许许多多没人注意的角落，因而强烈地吸引我。最要紧的是，村子里到处是人。人多本身就使我激动。不管你往哪儿看，到处是男人、老爷爷、老奶奶、小孩，而首先到处都能看见女人，有胖的，有瘦的，有穿黑衣服的，有穿花衣服的，围着裙子的，戴着斗篷的，包着头巾的，几乎所有的女人都对我很亲切。

对胖乎乎、圆鼓鼓的女人，我很有好感，要不是我觉得自己大了，不能再那样孩子气，我真想爬到她们每个人身上，贴到她们胸口上。女人们问我多大，我总是这样回答:"明年复活节我就要上学了。"我很快就要上学,这件事赋予我某种尊严,使我和圆胸脯的女人不能过于亲昵。尽管这样,我沿着维尔茨街的阴沟向上走时,她们总那么吸引我。我又从家里跑出来了,可我装出一副样子,仿佛要去做一件大人交给我的小事情。有时,我玩耍似的把什么东西顺着阴沟踢下去,我离我们的房子越来越远,我们家房子的山墙越过别人家低矮的房子和园子,不满地目送着我,似乎在说:"快回家,你这个全村有名的淘气鬼!"我刚刚感受到房子的目光,就赶紧跑起来。

在这种忐忑不安的情绪中,那些站在厨房窗户或楼梯铁栏杆边的脸色红润的女人的亲切目光对我无疑是一种安慰,转移了我的思绪。我一边回想起我们家的房子,一边对自己说,现在时间大概不早了,也确实太晚了点。不过,既然跑了,我就要饱尝禁止我享用的欢乐,省得跑了半截还是挨罚。我多半是吃完饭才跑出家门,尤其是在夏天,因为下午的时间很长,什么地方又传来铁砧上单调的铁锤声。有时,在楼梯上同时坐着好几个姑娘和妇女,互相挨在一起。她们多半不是农民。在家里,大家都说,农家女人没有时间饶舌;而且她们很少像那些丈夫在铁路上或在克温特铸铁厂做事的女人那样圆溜溜、胖乎乎的。我从家里大人的谈话中听出,到铁皮厂干活或者把女儿送到特里尔进卷烟厂的人,是最让人瞧不起的。

父亲和母亲千叮咛万嘱咐,叫我不要到这些人的家里去。我却觉得,正是这些人家特别有吸引力。农妇们从来没有空闲时间，而这些工人的妻子总是待在家里。她们也比农家妇女穿得漂亮，我在家里常常听大人用责备的口吻说，她们把什么都挂到屁股上显眼。这倒让我喜欢。首先她们有的是时间！她们坐在楼梯上，一边剥豌豆，一边聊天。她们中有的人给我饭吃，加了很多糖，甜得我无法吃下去。在家里，甜食本身就几乎被当作罪孽，当作没有规矩那是更不用说了。每次，我吃了甜的苹果饭，甚至吃了家里从来不做的布丁，总是低着头回家，怀着真正悔过的心情等着挨骂挨打，因为我相信，我做的是坏事。

他们中有一家，是父亲母亲特别不许我去的。那里从来没有布丁，也没有米饭，根本没有什么能吃的东西。我看见，住在这幢砂岩石房子里的这家人非常穷。我注意到，他们互相之间很粗暴，都骂人。低矮的阁楼里放着一张床，床几乎就挨着房顶的薄木板，从那里传来骂人的声音，从起居室后面的卧室里又传来另一个人的骂声。克伯里克老妈走到哪儿骂到哪儿，克伯里克老爹什么时候都有一股酒味，坐在桌子后面的长条椅上，一边伸懒腰一边骂。我也坐在这张桌子旁，面前放着一本书，在我一点不懂的、歪歪斜斜的黑色字母之间穿插着线条很细的小幅图画。我身边克伯里克一家人互相吵着骂着，我却不去听，只管看画着天父怎样把世界之球安放到光束的轨道上去的画。有一次，我到了玩九柱戏的地方，看见一位老先生——他肯定是城里人——也是那样不慌不忙、动作优美地把球推到球道上。我非常钦佩地看着，后来，一位胖子右手拿着球向后举起准备

83

投掷时打中了我的脸，把我碰倒了。从此，对我来说，看着球圆溜溜地向前滚动是一种享受外，我还觉得球也含有几分威胁；即使在天父的华丽的球里也潜伏着某种危险，他的球也会打中你的脸。有一幅画着天父站在动物前面的画我能痴痴地看上好几分钟，而且常常发生这样的事：克伯里克老两口用呵斥的声音呼叫着我正一门心思观看的动物的名字。我不明白，这些漂亮的动物的名字在人的嘴里怎么会变成骂人话。公牛、毛驴、大马、骆驼、公羊、母猪，这些动物，以及其他一些我不认识、也许根本不是天主创造的动物，不时地出现在克伯里克两口子愤怒对骂时的脏话里。他们从小房子的各个角落不停地、劈头盖脑地向对方倾倒这些骂人话。

我却静静地坐着，当他们特别大声地、长时间地用动物名字对骂时，我在画上围着造物主的一圈漂亮的动物中寻找我听说过名字的动物，然而一无所获。于是，我就问我对面的克伯里克老爹："克伯里克老爹，公山羊在哪里？"我把书向他那边推了推，"画上也没有老母鸭^①啊？"我又补充了一句。他把书拿到面前，虔诚地看了好一会儿，他老婆从房前的园子里向屋里骂他，他就冲他老婆骂道，这死不了的娘们，活该一生一世舔屁股，然后，他对我说："公山羊？你为什么要看公山羊？伟大的天主，小斯蒂夫，你为什么偏偏要看公山羊？"

"这里也该有一只公山羊啊！"我指给他看站在天主

①　在这里"公山羊"和"老母鸭"都是骂人话，意思是"王八蛋"和"破鞋"。

周围的动物，它们一个个仰着脸，仿佛要靠近前去吻天主的手；它们都微笑着，像刚洗完澡的婴儿那样光溜溜的。让它们的脸显得如此神采奕奕的是从大土头上发出的光。克伯里克老爹朝书上看了好一会儿，然后忧伤而沉思地看看我。我发现，他又有一股强烈的烧酒味，不过，他总是有酒味的，我没有在意。突然，他两眼涌出了眼泪。他把书推给我，轻轻地说："噢，我们还没有来到这个世界时，世界上是多么美好啊！那时多美好啊！我们总是来得太晚了，小斯蒂夫，老是赶不上好时光！"

整整几个星期，克伯里克家的这本书像磁石一样吸引着我，屋里的吵闹声也好，陈土豆和冷甘蓝的酸味也好，一点都不妨碍我看书。我对自己说，这幢小房子的味道也不过跟羊圈一样。就是那张样子很难看的桌子缝里全是发霉的面包渣，也没有使我恶心。我把书放到桌子上打开，立即就进入了天堂，那里，天主从亚当身上拉出夏娃，这件事让我产生了很多疑问。这些问题太难了，我都无法和父亲讨论。亚当和夏娃赤身裸体的，画得很漂亮，这幅画我特别喜欢，只是夏娃笨拙地站在一条树枝旁，让我看不见她中间是什么样子；亚当的那个地方是什么样子我是知道的，因而不值得去看。不过，挡住她身体的那点树叶并不怎样特别让我心神不宁，有夏娃漂亮的胸脯就够了，我想象我是她的孩子。我躺在她怀里，感到在脸上有白色的奶云，我快活极了。突然，有一股感情向我袭来，我觉得夏娃真的是我的母亲了。因为我的母亲有母亲，母亲的母亲又有母亲，这样一个个往后推——长长的队伍的尽头就是这位漂亮的夏娃，她的样子就像我在书里看到的那样，她是穿着毛发大衣①的人类之母，她光着身子，放射出金色的光彩，对我微笑着，把我从地上抱起，搂到自己怀里。因此，当天使把亚当和夏娃赶出天堂时，我对夏娃的同情要比对亚当的深得多。而远远地站在他的园子里，不愿向我们走近的那位小小的天主已经不再是那位玩世界之球、被动物包围的天主了。那是另一位天主，戴着斗篷、斗篷下的脸只是一股无法看清的气的天主，总是要人家做这个、禁止人家做那个的天主，因为有人偷了他一个苹果就大发雷霆、关闭天堂、把所有的人都赶出天堂的天主，他让地上长满荆棘，从而使人们受苦受累地干活，流血流汗。而且，他还给他们派来死神。这是我从父亲那里听来的，我曾小心地问过他，从他嘴里套出死神是从夏娃和亚当吃的苹果里爬出来的，用父亲的话说，是像一条虫那样从苹果里爬出来的。可是为什么是这样的？我自然没有向父亲提这个问题，我怕他会训斥我。因为这位黑色丝绒斗篷里藏着一张空气脸的天主所做的一切人们只能说好，他的意愿人们只能满足，连问也不必问，否则，就是犯了罪孽，最后就得进地狱。这一点我也曾听说过，而在克伯里克家的书里也有一幅地狱的画，每次看见它，我就起鸡皮疙瘩，正因为这样，我经常仔细地研究这幅画。这幅画在书的最后面，那里夹着一张明信片，画的是一辆红色邮政马车在金色的大道上

———————————

① 指裸体。

奔驰，路旁鼓起的灌木丛都能用手指摸到。我非常喜欢这张明信片。我坐进马车，在金色大道上向前奔驰……突然间，我看见那张地狱的画，一松手，把明信片放下了，马车里所有的东西，车子、马匹都翻进了地狱，最后我自己也进了地狱。我躺在裸体的男女中间，跟着他们一起呼喊。他们都像嘶叫着要喝水吃草的奶牛似的张着嘴巴。火焰从四面八方喷向他们。在家里，母亲生烤炉时，我就走到炉前，站在那里看，我离炉子很近，烫得我脸颊发疼，最后母亲把我赶走了，她说："傻孩子，你想挨烫不成！"我这样想象，现在我不得不爬进烤炉里去了。我进去后，门就关上了，我只好躺在里头，一分钟，一个小时，两个小时，整整一夜，整整一个星期——永远，从不。因为，父亲曾对我说过，地狱里的钟就是这样响的：永远，从不。永远——从不，永远——从不！这一切都是那另一个天主想出来的，谁也摸不透他是怎么想的。我也看见他在西奈板着面孔。我问克伯里克老爹，天主为什么这样满脸怒气地看人。老头子抽动了一下长鼻子，沉思地看着那幅画。他终于摇了摇头，看着窗外纳旦[1]肉铺的招牌，答道：

"这个，要是他结了婚的话，噢不，他没有结婚，没有没有，他是无穷无尽的智慧，这我在学校里学过，可不，我学过。不过，你看，他跟犹太人搞到一起去了！就是这个缘故！所以他才那么凶地看着你。小斯蒂夫，我告诉你，对面的纳旦……"克伯里克老爹不回

---

[1] 纳旦是古代犹太智者。这里是犹太人名。

答我的问题，倒给我讲开了卖肉的纳旦的事，说他已经半年不赊肉给他了。只要起北风又开着窗户，每星期有好几天纳旦店铺的肉味就一直飘到他的桌子上，有香肠味、酱肚味。"连根香肠头都不赊！这不，孩子，可见天主没有错，他是生气了！人变坏了，尤其是开肉铺的更坏！"接着，他压低声音对我说，我们家宰猪了，我也许能从烟道里捞出一串香肠，藏在盒子里带给他，算是给他的报答，他可是老让我看他这本好书的。"老看老看，书也要看坏的。"他添了一句，这一点我也看到了。因此，我没有犹豫很长时间，下一次我就给他拿了一串家常香肠。克伯里克老妈刚看见香肠，就系上围裙走出了房子。这一点没有引起克伯里克老爹和我的怀疑。我饶有兴味地看着以色列的孩子们出埃及的画，他嘴里嚼着香肠，给我解释摩西和亚伦创造了什么奇迹，红海有多深，他还躺到长条椅上，表演快淹死的埃及人呼救的喊声和在水里咕噜噜吐气的声音。这时，我们家里正在酝酿一场大祸呢。我刚刚跨进过道，父亲就一声不响地拽住我的手，把我拉到通地下室的库房里，拿起一根藤条，平静地说："好，这次可要让你看看，跟克伯里克老爹学《圣经》会有什么好结果。"

第二天，我还感到抽打的地方很疼。我饿着肚子上床，哭着睡了，在梦里看见魔鬼从地下室里走上来。他的样子就像我在《圣经》里看到的那样：身体像蜥蜴，可又长着角。他突然一把抓住我拖下去，我的肋骨蹭着楼梯，让我好疼，仿佛有人抽我似的。他稍一松手，我就跑上楼梯。可我还没有转过墙角，他又把我拽回去，我的肋骨又一次蹭着楼梯，似乎又有人在抽我。地下室的门变成了地狱的门，可是里头没有火，这就更可怕了：地狱又黑又静。地下室不再是砂岩砌的，却变成了魔鬼的没有尽头的尾巴，里头呈现拱形。有时，某一节角质的尾巴在黑墙里咯咯响了一声，时而这里，时而那里，于是我知道：尾巴把我团团围住，却没有碰到我。

　　我在梦中一百次跑上楼梯，又一百次被魔鬼的暴力拖下地下室，仿佛那扇门张着嘴，吸住我似的，我的肋骨在楼梯上蹭来蹭去，我全身冒汗，孤零零一个人——我已经一半在地狱里了。

疾病、害怕和星星游戏

冬天到了，早晨，房子里几乎空无一人。弗朗西斯卡和尼克尔在学校里，大姐、二姐和大哥不是去收拾草地就是在谷仓里脱粒。我看着他们怎样在地上跑来跑去。多半还有几个临时工在帮忙。连枷有节奏的声音充满了整幢房子。打谷人有力地、兴高采烈地挥动着木枷，一下又一下拍打着谷仓地面，发出四拍子或六拍子的声响，而后往往又来一下有趣的休止。禾把上的谷粒没有脱完时，发出的声音是低沉的，伴随着簌簌声，后来，禾草变薄了，被打的泥地也透过禾草发出声响。我站在谷仓门口，随着节拍跳动，看着金黄的禾草上下跳动，看着打谷人的身体平稳地前后摇摆。山毛榉木做的木枷像跳舞时的鬼怪的四肢一般在空中摆动，因为谷仓里光线不好，看不清你上我下摆动的木枷条。

有时，父亲来到谷仓门口，站在我旁边，然后把我拉走。我们一起散一会儿步，天黑下来，我就拉着他的手领着他。

　　父亲严厉地惩罚了我以后不久，便带我到叔叔的磨坊去。这时，差不多已经到了冬天，不过这一天天很好，阳光灿烂。磨坊位于阿策尔特树林附近，孤零零地在草地里，到那儿要走半个小时。我觉得路远得很，没有尽头，因为父亲走一步，我得走三步。我们离开村子走了一会儿，父亲跟我说起话来。他拉着我的手，眼睛直直地看着前方，好像他眼力很好，能看得很远很远似的。他开始讲起施洗约翰[1]，他降生人世时，他父母多大，他们怎样答应把他献给天主。从那时起，很多父母都这样做，许下诺言，把大儿子奉献给天主，不过也有奉献小儿子的。我母亲和他也是这样做的。虽然母亲怀我时，并不知道是男是女。他们说，假如是个男孩子，就让他当神父。"当然，只有你愿意才行。"他不慌不忙地补充了一句。

　　他让我和他并排走着，我们都默不作声。后来，他终于又打破了沉默，说我当然太小，还不能理解天意安排我从事哪一种崇高的职业。挑选人的是天主，人只能倾听天主的声音，听从他的安排。而天主的声音是很轻的，像那边柳树和草地里的微风那样轻。因此，一个人要听见天主的声音，就一定得喜欢清静。"他不能到酒馆去，不能到那些打老婆、嘴里总是说些不三不四的脏话的酒鬼家里去；也不能到那些整天背后说人家闲话，只知道买衣服、做布丁的女人家去。这些都不行，一个

---

[1] 《圣经》中载，在约旦为耶稣施洗礼的人。

人要听见天主的声音，就必须清静，观看天主十分喜欢的动物，到空气清新的森林与和煦的微风中散步。他必须早晚两次敞开他的心扉，让天主看他的心，白天要经常想到他是要做大事的，举止言谈不该像个顽童。他也不该爬到烟道里把香肠偷去给那些播种时来得晚，收割时又来得早的人。至于对那些在门口向天主祈祷的穷人，他要很快地施舍面包。游玩时，他不能跟别人争吵，输了弹子，就要二话不说给人家。"

父亲给了我许多这样的告诫。我想把它们全记在脑子里，可是当我们到达磨坊时，我差不多已经忘记了是什么事促使父亲一下子对我的行为提出这么多的要求。我仿佛寻找什么东西似的在磨坊里转了一圈，一边回忆着另一个磨坊——布莱特魏斯的磨坊。我从后面水闸旁的小门走出去，在草地上坐下，水从水池里流到轮子上，轮子慢慢地转动着。水声单调，倒也很有节奏。突然间——仿佛有人唤醒我似的——我感到发冷。我立即走进温暖的客厅。大人们激烈地谈论着我不懂的事情。我只听见他们的声音。他们坐在长条凳和椅子上：父亲，汉纳斯叔父，婶子，成年的堂姐和堂兄以及从森林里来的人。我觉得他们似乎都很小，有时几乎和老鼠一样大，突然他们又像大公牛那样大。我耳朵里只有嗡嗡的声音。婶子给我一大把干梨片，摸了一下我的头。后来我们就回家了。

我们刚刚走到大马路上，我就感到一阵发冷。我冷得发抖，牙齿打起架来。这一点父亲也看见了。到家后，他立即送我上床。我不肯，但最后我不得不躺下。

慢慢地，家里人谁都发觉我不喜欢上床睡觉。我害怕做梦，怕梦见我穿过敞开的门，被人拖到地下室，拖进地狱。此外，在这个星期我第一次看见杀猪。杀猪的人穿一件配上白色珠母扣的黑色针织外衣，挑着木桶和杀猪凳来到院子里。木桶上安了一个皮把手，里面插着刀和磨刀石。接着，他们用绳子拉着，赶来一头猪，把它绑到车后轮上，绑到凶狠的车后轮上，那轮子恨不得从猪身上压过去。猪站在那里，耳朵垂在眼睛上，叹息了一声，我看到，由于它在猪圈里长得太肥了，所以站在石子地面上很不舒服。一个男子从后面轻轻走近它。他从车上抽出车杆，用两只手把车杆高高举到头上，迅速地往下朝猪的头部打去。这是重重的一击，猪立即倒下了，伸直了四条腿。男人们立即拥上去，杀猪的抽出刀，捅进猪的胸膛，一个人用盆接着血，用炒勺搅着泡沫四溅、咕嘟嘟流动的血。猪好像做噩梦似的发出呻吟声，抽搐着，最后，一点声音也没有了。我发现，猪变长了，连我一向非常喜欢的那圆圆的小尾巴也伸直了。女人们把热水倒进桶里。人们把猪放进桶里，桶底下放着链条，大人们把链条拉过来拉过去，煺掉了猪毛，屠夫用刀刮了一遍猪的整个身体，刮得光光的，接着就开了膛。

到这时为止，事情一直很可怕。现在，我走近杀猪的地方，肚子里的东西一样挨一样，真好看。我看见淡红色的肺，大人告诉我那是管呼吸的；看见深红色的心，我早就听说过，让我们的身体活动的是心；我看见肝、腰、胃，还有发出臭气、盘在一起、没有尽头的肠，以及起初看不见、现在那么漂亮地呈现在你面前的膀胱。我哥哥尼克尔做给我看，怎样把膀胱洗干净，怎样吹气，怎样晾干。猪的灵魂原本待在膀胱里，这是我自己想出来的。不管人家怎样嘲笑我，我都没有放弃这个信仰。

这天晚上，因为我发冷，父亲早早打发我上床睡觉，我比以往哪天都怕梦见地下室的魔鬼或杀猪。脖子里插着刀的猪已经好多次进入我的梦乡，有时我梦见从它的心脏流出许多血，水泥地面和整个院子的地上全都是血。院子里的血越涨越高，形成了一个池子，男人们在血中跋涉，高举双手，大家都在哭。

不管我怎么害怕睡觉，我终于还是进入了一再重复出现的噩梦中，突然被我自己的声音唤醒。我周围一片黑暗。我猛地坐起来，两只手在头上拍击。我注意到，灯开了，房子里有人楼上楼下跑着。我看见家里人都围着我的床，看见他们的脸，但是我仍然做着这个动作，两只手在头上拍击，并大声呼喊天主的名字。我甚至听见母亲和大哥用责备的口吻对父亲说："他现在脑子里装满了那些故事。"我头脑很清楚，我真想为父亲辩解，可我总也停不下那些害怕的动作，不停地惊叫着，呼喊着天主，仿佛我要请求他放开我。

我在床上躺了几天，在墙上的粉刷花纹里看出了各种各样的图形。我不认识这些花。那些褐色的宽线条画的是花卉和叶片，这些线条不是连贯的，常常只是一些稍长的点。以前，我没有注意在浅绿色底子上向上伸展的花朵组成的整齐队伍。现在我可看见了，那都是脸，有的在窥视我，有的在逼视我。它们在四面墙上高高升起，向我俯视，仿佛它们还要向我提出无穷无尽的要求，可是看样子，它们也仿佛知道，现在这些要求都是做不到的。所以，它们都非常生我的气，假装平静地、淡漠地等待着我不得不听从它们的时刻。我越来越清楚地看到，它们都有点像黑斗篷下天主的那张无形的脸。

这些天，挂衣钩上的衣服也变得咄咄逼人了。它们是一群阴郁的造物，正在考虑它们要对我做什么。

我闭上眼睛，紧紧地按着眼球，我逃到星星的世界，以避开它们的威胁。在黑暗的蓝黑色底上立即升起亮闪闪的火星，几个小火星又合成一颗星。星星从下面升到上面，从左面移到右面，看着这支闪光的大军按着固定的顺序运动，我慢慢安静下来了。我只要轻轻地动一动眼球，那些星星就重新组合，可是它们的图形却不是由我来定的。我紧张地期待着，下一个图形出现时，天空是向上运动呢还是转动起来，星星是比我们看见的星光、小圆球或其他闪光的东西更小呢还是更大，因为每个图形都不同，都是新的。看着这些变幻无穷的星星，我感到从未有过的快乐。现在是冬天，白天很短，阳光早早地就离开了我们，所以，面对包围着我的褐色花束和衣架上垂挂的幽灵，我唯一的安慰和逃遁就是和星星游玩。同时，我也利用这个游戏作为走向星星之父的通道，那星星之父会保护我不受戴斗篷的天主的侵害。

一天下午，正像我曾经担心的那样，那些褐色的花像黄蜂那样尖叫着向我扑来。衣架上的幽灵也从空中向我飘来，越飘越近。只要我一赶，它们又都退回到墙上。我拉过床单和枕角蒙住眼睛。我独自躺着，感到左脸颊一阵轻微敲打的疼痛。我把手放到脸上，感到脸颊发烫。我等着卡塔琳娜进来。我觉得好像等了好几年似的。我有时听见院子里有水桶叮当的声音，水槽的槽口发出一声浊音，接着声音变清脆了，有人在喊些我听不懂的话。下面过道里有脚步声。我听见这些声音越来越响，越来越凶，每种声音都显得越来越生疏，同时又越来越放肆，越来越逼人，所有的声音都是对着我的。楼梯上吱嘎响了一声，我慢慢地明白了，楼梯正在向我逼近。那是从地下室里上来的库房尾巴，它现在变成了梯级，悄悄地、不可阻挡地进逼到我的房间门口。我突然发现，尾巴已经伸到我的床下，甚至已经伸到我的枕头下。因为我仔细倾听时发现，我枕头下发出有规律的、强烈的声响。我屏住呼吸，可是那声音依然存在；既像铁锤的敲打声，钟表的嘀嗒声，又像地狱的摆动声：永远——从不！永远——从不！

　　我的头像躺在火里，脸颊疼得更厉害了。同时，我感到非常难受，好像全身被绳子绑住似的。有人给我端来晚饭时，我一点不想吃，我只想喝水。我刚喝了一口水，就紧紧抓住给我喝水的人，不肯松手。随着夜幕的降临，挂衣钩上的幽灵又出现了，一跳一蹦地、迅速地、毫无声息地来到我的床前。像用带子束着腰那样捆在一起的花束里仿佛有褐色的脸逼视我，折磨我，我难受极了，非吐不可。夜很长，充满痛苦和恐惧。我谁也不认识，人家也不认识我，听不出我的话、我的叹息、我的信息。很高的热度烧得我发烫，粗硬的床单的每一道折都在干扰我，然而，我很快就不知道我在受苦，我还活着。我也感觉不到时光的流逝。有时，我看见许多张脸往下看我，他们的表情都像那些褐色的花，他们对我好像非常厌烦。我仿佛觉得，他们大家都期待着我身上发生什么确定的事情。我也看见一个长着小胡子的男人。小胡子两边翘起，像一对翅膀长在鼻子下面，我觉得小胡子和鼻子一起好像一只小鸟——我把它叫作小鼻鸟。我大笑着伸手去抓它，我一定要不惜一切代价拿到这只小鼻鸟。

从此刻起，我再也看不见别人的脸了，直到我在一张陌生的床上苏醒过来。有个什么东西看着我，我看了好久才看清，那是一个女人的头。她的头包着，包布白得耀眼。不过，她大概不觉得疼痛，因为她微笑着，亲切地看着我。她的绷带外面围着一块黑布。但是，她身上有一股不好闻的味儿。不多一会儿，我发现我自己身上也有一股很坏的气味。我突然感到非常恶心，和蔼的女人很快一把抓住我的肩膀，把一个盂递到我的嘴前。我看见那不是夜壶，样子很像盘子。所以，我忍了一会儿，我不愿把盘子弄脏了，可是刚忍了一会儿，就哇的一声全吐出来了。我马上就感到好受了；可是，只要想起刚才的气味，我就又恶心起来。发生这些事时，我不知道自己在哪里，我也不知道我的头为什么包得那么严实，几乎包得和那位和蔼地照顾我的女人一样。

后来父亲来了。他们用一块大单子把我包好，父亲抱着我穿过村子。经过教堂旁的点心铺时，我看见放在橱窗里的点心。我请求父亲给我买糕点。他当即走进铺子，我听见他跟店里的女人说话，要她好好包装。是呀，我住过医院，我现在又想吃饭了，可见我已经好了。我听见她说了好几次"手术"和"动手术"这两个词。这两个词夹在别的字里听起来很特别、很陌生，父亲和点心铺老板娘说起"手术""动手术"时，就做出一副肃然起敬的样子。店老板娘打量我，好像我做了什么特别的事情似的。我从他们的谈话中听说，我的脸颊开过刀，现在脸颊并不怎么太疼，而且我把糕点看成是我动手术而得到的礼物，所以，我觉得我的状况挺不错的。回到家里，他们又把我放到床上，我很快发现，我的每一个愿望都能得到满足。两天以后，父亲又要带我去看医生，母亲在我头上包了一块大包布，免得我的坏脸颊冻着，这时我才一下子明白，开了刀以后有多么可怕。父亲抱着我回村时，我不知道自己是怎么回事，当然也就无所谓害羞。现在可好，我跟在他身旁走着，头上围了块包头，跟女人们一样！起初我不肯戴。母亲严厉地说："你开了刀，外头冷，你一定得围上！"这时，我低下头，号啕大哭起来，我仿佛觉得我的头围了女人的头巾而蒙受了耻辱。我已经看见能维希人露出嘲笑的神情，看见窗帘在动，听见有人在我背后窃窃私语。一切反抗都没有用，我只好向父亲递过手去，跟他走。我们刚走出大门，他就说，我乖乖地听了话，这就够了，他会抱着我走过村子，我可以把包着围巾的头藏起来。他抱起了我，我透过一条小缝看见人们从我们身旁走过，他们露出亲切或同情的脸色，招呼我父亲。

我看见医生时，马上认出了，他就是那个鼻子下的小胡子像翅膀的人。他把我拉到两腿中间，夹着我，夹得我好疼。他拿起像毛茸茸的麻布那样的白东西，放进褐色药水里浸了浸，再用一根尖的东西夹着塞进我脸上的窟窿里。他一句话不说。我疼得厉害，使劲拧他的大腿。他喊了声"噢！"大声说道，我再拧他，他就要扇我耳光。这时，父亲平静地说道："喏喏，大夫先生，难道我们是在掌马掌？"

　　医生一边给我包着头，一边和父亲吵起来。父亲却答道，这里真是连掌马掌的师傅都不如呢，好的师傅掌马掌时，要是一匹马烦躁起来，他都不会用鞭打来威胁的。

　　大夫鼓起鼻子后圆圆的脸颊，脸红了。父亲抱起我，走到门边，安慰似的对我说："下次我们找护士去，她们手轻。"

失　望

　　我脸上包着绷带以及解下绷带后的一星期，父亲母亲和哥哥姐姐都很顺着我。我从尼克尔哥哥那里听说，我差不多快死了，因为母亲不愿意请医生来——这话他本来是不该对我说的。他说起这件事时，我们在谷仓里铡草。他摇着飞轮，铡刀上去下来，草不用人往里堆就自动地不断滑进刀下去。说起我曾濒临死亡的边缘，我自己倒一点儿也不感觉害怕。我伸出食指，好像要去戏弄铡草机似的，对着旋转的铡刀，大声嚷道："你咬，你咬！"我围着尼克尔，和铡草机又蹦又跳，又笑又嚷，把筐里的草扔到空中，扔到哥哥的头上。

　　在这几周里，我第一次想办法去结识住在我们附近的男孩子。到现在为止，父亲和母亲一直认为跟他们接近不好，而我也乖乖地听了他们的话，因为我每次到邻居家去，都能让人看见。这些简陋房子的门总是开着的，人家很容易看见、听见谁在里头，在做些什么。现在，爸爸妈妈和哥哥姐姐都顺从我，我感到这是去认识施莱默尔家的玛蒂和赫林家的小佩特的合适时机。我也很需要他们，我要让他们赞赏我还要包好几个星期的绷带，让他们害怕我曾经忍受过的痛苦。施莱默尔家的玛蒂比我大两岁。他脸色发青，浮肿，总是尴尬地，同时——在我看来——又是嘲弄地微笑着，所以我不喜欢他。家里人跟我说过，他有癫痫病。我添枝加叶地讲了我的手术以后，他马上告诉了我他的病。我告诉他，大夫用了这么长一把刀子，我的伤口这么大，几乎能塞进一条床单。玛蒂说起话来声音呼噜呼噜的，像从胸中爬出来似的，他硬说，跟他的病相比，我的手术连一颗山羊豆都算不上。我真该好好看看他的病！犯病时，他砰的一下倒到地上，大声喊叫，把全家人——假如他们正在睡觉——全给吵醒了。他讲述的声音越来越慢，微笑的嘲讽味越来越浓，他的脸越来越扁平、苍白。他坐在院子的圆桶上。桶是白铁皮做的，外面是铁环，我们做游戏时总拿它当火车头。玛蒂两臂撑地，头越来越低地在两肩中间沉下去。突然间他像奶牛那样大声又像狗那样伤心地叫起来，慢慢往前倒下去。我害怕得无法帮助他。赫林家的小佩特像只小麻雀似的跑了，很快又和玛蒂的母亲以及他的一个姐姐跑过来把玛蒂抬走了。他的母亲凯特不断哀叹说："我可怜的孩子，我可怜的孩子！"事过很久以后，我一闭上眼睛，就看到玛蒂的大喘气怎样把地上的灰尘吹起来，他的口水又怎样从嘴巴里流出来。

我很少到工人们那些胖乎乎的妻子那里去。有时，她们在窗口用黄的或草莓红的布丁引诱我，可是，每当我吃了一次甜食并离开禁止我去的那一家时，我感到我的罪孽更加深重了。我知道自己不仅违反了禁令，而且败坏了"我们家"——在我们那里大家都这样称呼家庭——的门风，因为我使那些给我吃东西的人有可能说：这可怜的孩子在家里从来吃不到甜东西。他们让这些我们家不允许来做客的人了解了我母亲的小柜子和厨房的底细，因为这些女人非常好奇，想知道我们是不是把黄油都卖了，我们涂面包时是不是在白奶酪下抹上黄油，在黄油上抹果酱，我们每天需要多少鸡蛋，为什么我妈妈不做酥饼和甜食，我们是不是光靠烟囱里的熏肠过活，是不是也买鲜肉，多长时间买一次。要痛痛快快吃布丁，就得回答这些问题，所以我事后觉得，肉桂味的米饭，像花朵那样五颜六色、像玻璃那样亮晶晶的果酱就像罪孽那样压着我的胃。我于是避开工厂工人住的砂岩石平房，而到农民、烤面包师或木匠家里去。我的父母有时也上这些人家去，尤其是木匠育尔家，他的妻子是特里腾海姆人。卡里塔斯一张嘴说话，我就听出她是德罗恩山谷附近的人，我就觉得到家了。育尔和卡里塔斯没有男孩，我觉得非常好。我每次去，育尔都给我系上蓝围裙，让我用砂纸擦家具：桌子、棺木和柜子。

一天下午，下着雪，天快黑了，我走进育尔的木匠铺，想到泥炉子旁烤烤火。我看见几张又矮又窄的长桌子，还连着长凳子。我不知道这是什么家具，育尔笑笑对我说："这是课桌。"他递给我砂纸，给我系上围裙。

"课桌?"我既惊讶又充满敬意地说了这两个字,接着又说:"对,对,男孩子得有课桌!"于是,我特别卖力地打磨凳子。我几次三番用手去摸摸是不是已经很光溜了,老是想着很快就要坐到这些凳子上的男孩子。我根本不知道学校是什么样子。我有时想象学校里有许多大柱子,就像那幅耶稣在圣殿的画那样,还有值得尊敬的老人向学生提问,我有时又根据尼克尔所说的情形想象教棍怎样抽打挺得笔直的学生。学校是什么样子,我心里漆黑一团,我干脆把明年复活节后等待我去的学校撇在一边。我实际上是在为我自己那一届——也是为我自己的课桌打砂纸。我装出同我想象中的孩子一起坐在凳子上的模样。面对那根教棍,我同情那些想象中的孩子,我一边来回擦着松木板,一边对他们说:"是啊,孩子们,每天得坐这么多个钟头,还不如当木匠舒服呢,不是吗?不过,学校一定得上!"

大约过了一个小时,育尔来了,用手掌摸了摸桌面,轻轻地说,桌子擦得很好,我是个当木匠的好材料。他一边和蔼地微笑着。我相信他的话,心里美滋滋的,仰着头走了出去。我要马上见到卡里塔斯,告诉她育尔称赞我的劳动,称赞我有当木匠的才能的话。我走上狭窄的楼梯,喊着卡里塔斯的名字,但是没有人答应。我接着打开厨房的门。里头差不多已经黑了。我有点害怕,环视了一下空房子,这时,我听见有人慢慢上楼的脚步声。那是卡里塔斯,她刚才肯定在地下室里。在这同一时刻,我决定吓唬卡里塔斯。我钻到切菜桌底下,倾听她越来越近的脚步。她终于——我觉得时间过得慢极了——打开门。她拖着脚步走路。她在灶旁停下，我看见她拿起厨房里的灯，听见她擦了一根火柴。现在她向桌子走过来，把灯放到桌子上，正当她划着火柴时，我看见了她的腿，伸开手指一把抓住她的腿，像猫那样叫了一声"喵"，火柴立刻灭了，卡里塔斯可怕地尖叫了一声。我果然把她吓得喊起来，感到很骄傲，不禁大笑起来。这时，两只手伸到桌下，把我拉了出去。"啊，是你啊，原来是你！快出来，现在可要让你尝点苦头！"我看见她全身还在发抖，她把我抱到她膝盖上，很快解开我的开裆裤，把裆口拽到一边，打起我的屁股来，我又痛又火又气，拼命嘶叫。后来，她终于放下我。我屁股火辣辣的，站在黑暗的房间里，听见卡里塔斯说："你这个促狭鬼！"我又听见她划火柴，屋子里亮了，这时我才感到害羞。她嘲笑开来，我赶紧从她身旁飞跑过去，到了楼梯上，我一边结裤裆扣子，一边喊道："噢，你这女人真凶！"

我跑进育尔的工房里，流着眼泪告诉他，从现在起，我只喜欢他，不再喜欢卡里塔斯了。她是个凶狠女人，是马西克（我们把踢人的马叫马西克）。育尔却语气温和而肯定地说，谁不喜欢卡里塔斯，谁就不能跟他交朋友。说完这句话，他才问，卡里塔斯为什么要把我抱到膝盖上。他用期待的眼光看着我。我回答说，女人不懂开玩笑。我只是跟她玩猫来着，别的什么也没有做，她可立即就当真了。"我再也不跟女人玩猫了。"我大声说着又哭起来。当我发现育尔长着淡黄色小胡子的嘴巴甚至在微笑——他笑起来总是轻轻的——，我觉得受了天大的委屈，跑开了。

发生这件事以后的几个星期里，我再也没有去找育尔。我常到面包铺找豪恩·亨利希。我甚至想，我以后不当木匠而去当面包师。我知道我该去上大学，当神父，但这是以后的、真正的职业。除此以外，还有一个我在梦中和游戏时渴望并且从事的职业。我看着豪恩·亨利希怎样干活，他那双手那么三动两动，软软的、撒上扑面的小圆球和耳圈，金丝卷和星星饼，小人和小动物就做好了，他把它们放到大烤盘里，送进烤炉，我看着它们在又黑又沉，可以在轨道上来回推动的铁门后烤了一会儿后，又被拉出来，并且完全变了模样。原先，这些面团做的东西放在烤盘里时又白又软又光，从烤炉里拿出来时却变成黄灿灿、圆溜溜的，多么好看，多么神气，看来，那烤炉真像是个变魔术的地方，于是我把烤炉说成是面包、蛋糕以及所有那些多半放在大筐子里的点心的炼狱。

一次，我在装有什锦饼的筐子旁的桌子下坐了整整一个上午。有时，豪恩·亨利希赠给我一块碎点心；他不给我，我就常常等他一个小时，我很想要点心，都忘了看了。这天上午亨利希很忙，他显然忘了我。我几乎嘟嘟囔囔很不高兴地坐在桌子下。我的头靠着柳条筐，什锦饼的味道包围着我，越来越浓，越来越甜。我的腿动起来，我觉得，两条腿仿佛要违背我的意愿，站起来跑开。亨利希忘了我，不给我甜东西吃，我很伤心。我想跑开还有一个原因，我手里紧紧拽着一点什么东西，它也在动，要离开这里。我的手几次伸到筐沿，每次又都放下了。我的眼睛一再地向四周观察，看看哪儿地上掉下一块酥饼或者小星球；因为我想，掉下的小酥饼我大概是可以拿走的。我甚至用肩膀撞了好几次装满点心的筐，希望能掉下一块什锦饼来，可惜什么也没有掉出来。这时，我的心怦怦跳起来，我对豪恩·亨利希恼火极了，气得流出了眼泪，我突然把手伸进筐子，拿了一块点心吃起来。刚吃完，我就站起来，想走出去。这时亨利希进来了。他大笑着，像我每次离开时那样，拍了一下我的背，叫我很快再来看他。

我回到家里走进客厅时，正是快吃晚饭的时候。父亲问我是不是到豪恩·亨利希家去了。我立即想起我的过错，低着头，吵着说没有去。父亲不声不响地抓住我的手，把我拉到库房里，拿起一根藤条，说："我让你看看，说谎有什么好结果！"我感到鞭打挺合适，因为这只是惩罚我撒了谎，可见父亲还不知道我偷了什锦饼呢。可是，有一点我不懂：父亲每次都知道，我是不是到面包铺去过，今天晚上也是马上就知道。可是，他为什么不能马上就知道，我在点心铺里干了什么事呢？他们不让我吃饭就上床。我轻轻地走进卧室，脱掉衣服。卡塔琳娜因为我说了谎，好像侮辱了她似的，给我点了一支蜡烛，便一声不响地走了出去。为了和卡塔琳娜和好，我脱下上衣，把衣服弄得好好的，摆到桌子上。这时我看见深色衣服的背上有一只白手在烛光中来回晃动，原来是一只白面手，豪恩·亨利希的手！我马上明白，正是这个记号告诉父亲我到过哪里。他其实并不是无所不知的，他还和豪恩·亨利希穿一条裤子呢；那个亨利希，我把他看成我的朋友，他却拿我寻开心。我为此感到很难为情，从这时起我再也不去面包铺了。家里有人生病，让我去买干面包片时，我不到豪恩·亨利希家买，而买巴克斯家的。我对我背上的那只白手太失望了。

在这段时间里，我也常常去看一位差不多和我姐姐卡塔琳娜一样大的姑娘。我去看她以前，曾为我的父母到她家送过一张条子。那次，我看见她坐在躺椅里，脸色苍白，脸非常瘦削，仿佛阳光都能穿透似的。她让我坐到她放脚的小凳上。我们说着话，她向我提了一些严肃的问题，仿佛我是个懂事的大人，这一点很让我喜欢。每当我回答了她的问题，她微微一笑时，我非常高兴，同时又感到骄傲；因为她那么认真地笑着，看着我，我感到一股暖流流进我的心窝。一次我问她，她干吗不和我去登鲁普罗特山。我从未到那座山上去过，我只想跟她一起去攀登。她眼睛睁得大大的，盯着我。最后她咳嗽起来，我不得不从屋里跑出去好几次，因为她母亲进来说得把克勒拉弄得舒服一点。我再次走进屋子时，我的大朋友比原先更苍白了。"还是给我讲讲天吧，别讲鲁普罗特山了！"她轻轻地说。"讲天？"我思考着。我说，天上肯定比鲁普罗特山漂亮，可是到了天上以后，就再也出不来了，这时，她母亲走进来。她解开克勒拉的头发梳理着。姑娘那苍白瘦小的脸枕着黑头发，就像枕着乌云似的。克勒拉两颊微露笑容，朝下看了我一眼。我抚弄着她的脚。"在天上，"我说，"天使为你梳头。"她一直微笑着，可是我看见，她的眼睛变小了，眼泪从里面涌出。我也不禁哭起来。接着，她母亲把我打发走。我不知道自己为什么哭，于是我羞愧地离开克勒拉家的房子。在家里我觉得有点不自在。他们问我到哪里去了，我说："到克勒拉那儿去了！""哪个克勒拉？"他们继续问。我详细讲了我的朋友住在哪幢房子里。

这次是轮到母亲了。我刚说出我去看了谁，她就非常严厉地禁止我再去看克勒拉。她说那姑娘有肺病，要是我老去，最后也只好成天坐在躺椅里咳嗽，甚至还会死的！

"可是妈妈，我们大家都要死的！"我表示不同意。

"这话不错，都是要死的，可是不能那么早！"

"可是，我们死后不是要到天上去的吗？"

"这也对！但愿都上天！不过，我们先得在地上生活，挣得上天的权利！"

"克勒拉已经挣得上天的权利了？"

"是的，克勒拉有了，可你还没有呢！"

事情就这样了结了。家里人全都很严肃地不让我再去找克勒拉，我也好长时间没有再去。一天，我不顾禁令，偷偷走上高高的楼梯，想溜进克勒拉的房间时，她母亲一边痴呆呆地看着我，一边对我说，克勒拉十四天前就死了。我麻木地走了，伤心地哭着。我哭父亲母亲的禁令，哭我对克勒拉的不忠，哭死神把美丽的克勒拉从躺椅上抱走，经过鲁普罗特山抱到了天上。

上学、赛车、皇帝驾临

上学的日子越近，我就越注意听弗朗西斯卡和尼克尔讲学校里的事情。我一一记住老师的名字，了解他们的特点，尤其关于他们是不是经常操起教棍，下手很狠还是手下留情。可是我很快发现，他们打起人来几乎全都又凶又狠，只是棍子不同而已。尼克尔告诉我，老布克斯用的是打起来很疼的细管子。"打起来可比想象的厉害多了。"哥哥带着希望我能尝一尝那滋味的威胁口吻说。胡斯曼用的是一根粗棍子，不过他不常用，宁可用两只手扇耳光。蒂普赫纳的那根是扫烟囱工人用的扫帚把，尼克尔说，那是一根能弯曲的木条；扫烟囱工人到我们这里来打扫时，把他的扫帚把橡皮管那样圈起来，斜套在胸前。由于用得次数多了，这根木棍头上已经裂开，蒂普赫纳在上头绑了根细铅丝。"它很省劲，"尼克尔说，"三下就把你打服了。"

这一天终于来到了，母亲带我到村子里去。在利希特胡同约瑟菲·施泰因的店里，她给我买了一块小石板、一盒石笔、一个背包。我最喜欢的是背包簧盖上的小铁片，亮闪闪的，至少在我的眼里，它的外观有节日的甚至有些城市的味道。过节时，马的轭上也挂着这样的小铁片。

接着便到了那天早晨，我第一次跟尼克尔去上学。弗朗西斯卡上的是老学校，那里都是女孩子。老学校在皮尔溪桥后面，离牧师家不远。男孩子上的新学校在施泰纳鲍姆街。火柴盒似的石砌大楼前后有一个大操场，我觉得操场很大。学校四周围着灰色高墙。我跨进大门时，有一点害怕。这时，我看见操场上的栗子树差不多已经绿了。

到处都是手拉着男孩的母亲。老师们向她们走去，跟她们说话。原来老师就是这样。真的，他们都笑眯眯的，然而，许多男孩子都在哭鼻子，不愿留在学校里。看着看着，我也又害怕起来。我想起各种不同的棍子，我信不过老师们和蔼可亲的脸。

我终于发现了布克斯。肯定是他，他白头发，剃平头，跟尼克尔哥哥形容的一模一样（尼克尔早就跟他的同班同学走进学校楼里不见影子了）。那个人的目光也跟布克斯一样严厉，而最重要的是，他披着一件黑色无袖大氅，尼克尔曾向我保证过，他只在上床时才脱掉这件大氅。

花了很长时间布克斯才让我们一个个都坐在教室的凳子上。我们是按名字的字母顺序排的，我坐在门边第一个位子上。不过，布克斯说，这个顺序是暂时的。

"第一名坐第一个位子，"他向大家宣布，"第二名坐第二个位子，笨蛋和懒汉坐这儿前面一排。"

接着我们学祈祷词"我们的主"，他说，以后每天上学时都要祈祷。布克斯把他的黑色大氅挂到衣钩上，于是我们看到了从他敞着的上衣里鼓出的肚子，以及横挂在前胸的一条金表链。他站到讲台上，给我们朗诵了一遍，让我们看怎么祈祷。他一边说，一边画十字。我们大家都站在桌子后面，跟着他说，照着他的样子画十字。头几次，男孩子呜咽的声音和老师瓮声瓮气的低音还合不到一起。但是，布克斯还是一遍又一遍继续教我们。"以天父——和——圣——子——之——名……"他每次说到"天父"时就把手抬到额前，他的目光迅速而犀利地扫视全班；说到"圣子"时，他的手猛地一下指向他的肚脐，说到"圣灵"时，又很快移到左肩，"阿门"声起，他的手正好飞到右肩。我觉得这游戏挺好玩，我的手很快就像老师要求的那样在我的身上来回移动。练完祷告，布克斯温和地批评了几个孩子，同时又明确地表扬了另外几个学生，其中也有我。他说，我们已经会了。我轻松地吐了一口气，高兴极了。

接着，布克斯又走到讲台上说，我们要把小石板准备好，放在桌子里，他一说"拿——石板！"我们就得立即拿出石板，轻轻放到桌子上，不过，只有说出"石板"两字时，才能拿。我把小石板放好。不过，先要做到："两手并拢！"他做给我们看，左手放在桌子上，右手放在左手上面，轻轻地抓住左手。我们都等着，整个大教室里鸦雀无声。他终于喊了"拿——石板！"可是刚听到"拿"字，大家就动手了，所有的桌子都发出乒乒乓乓的声音，乱成了一团。布克斯喊道："放回去！听到'石板'才拿！"又是一片寂静。"石板一定要轻轻地拿出来，很轻很轻！"布克斯伸出食指。为了拿的时候更有把握，我把石板前面那条边放到膝盖上。我一听到"石板"，就急忙往桌子底下伸手，结果碰到了石板的前沿；系着海绵擦和抹布的绳子带动了石笔盒，石笔哗啦啦撒了一地；因为我的盒子很大，装满了石笔。布克斯刚才还称赞了我，现在马上跑过来，打了我一记耳光。我感到很惭愧，因此，让我钻到桌子下捡东西，反倒很高兴。

我看见孩子们的腿，听见他们在那里笑。可是他们给训了一顿。教室里马上又静下来，我从底下向上看，看见布克斯向柜子走去。他伸进手去拿出一根空心棍给我们看，并大声说，谁在学校里笑，不听话，淘气，谁就得吃棍子，尤其是祷告以后才进教室的人。迟到要挨二至四下手心；不注意听课，答得不好，挨两下；在课堂里笑，妨碍别人学习，挨四下；淘气，不听话，各种各样的胡闹，根据不同情况，六至八下！

我们大家都静静地坐着，先是看着高高举起的、闪着金光的棍子，然后再看看规规矩矩放在桌子上的两只手。我慢慢明白了，我想象中装饰学校的漂亮的柱子，长着胡子、拿着条幅的虔诚老先生并不符合现实，尼克尔讲的棍子的故事倒是实实在在的。

第二天，老师给我们看一张画，告诉我们画上钉着耶稣的十字架旁的一男一女是谁。布克斯从柜子里拿出一根比他自己还高的棍子。我们大家都一下子安静了下来，低下头，把右手放到左手上。可是，他并没有向我们走过来，而是登上讲台，指着一位完全和小鼻鸟[①]一样长小胡子的人。那人的头发也很漂亮，斜着分开往后梳。布克斯好像画十字似的，用庄严的声音说："这是威廉二世，普鲁士国王和德国皇帝。"他指着十字架左边的女人说："这是他的夫人，普鲁士王后和德国皇后。""夫人"是什么意思，我不清楚，不过，我猜想，大概就是皇帝的妻子的意思。这个字的声音对我来说有一点特别，让人联想起"磨好的"一词[②]。磨好的谷物，磨好的女人。父亲说的人必须在生活的磨坊里经受磨炼的话涌上我的心头。我观看戴着皇冠的女人的画，我仿佛觉得皇后就是这样一个已经被磨过的人。她只是从外表上看还活着，实际上她已经死了，已经上天，她已经被磨过，成了天主的食物。正因为这样，老师用棍子指着她时，神色才那么虔诚。

然后，布克斯走到黑板前，拿出一根粉笔，在黑板上斜着向上画了一道又细又长的线，接着又向下，画了粗粗的一道，然后，轻轻抬起那只手，突然在粗线上使劲点了一点，黑板晃了一下，粉笔啪的一声成两截，学生们都笑了。布克斯突然转过身，脸也红了。"你们想想那件又硬又细的东西，它就在柜子里，"他大声说道，"听着，这是 i！"他用手指着黑板，"细，粗，细，点！我们也可以这样说，上去，下来，上去，上面再点一小

---

① 小鼻鸟：即前面提到的医生。

② 德语中，"Cemahlin"（夫人）跟"gemahlen"（磨好的）声音相近。

点，现在在石板上写i，写满为止。"

我画了个i，画了一个又一个。我发现我已经会了，就没有兴趣再写了，我画了一把锯树的锯子，又画了一个鸡冠。在鸡冠下加上头，再画上鸡的身子，这是我们家的母鸡佩特，我能认出它。我又在它面前的空中撒下一些谷粒，都是些小点，后来又画上母亲，因为大多数情况下都是母亲喂鸡，最后又添上几只母鸡。突然，我的头朝石板撞去，我听见那些母鸡咯咯惊叫着四散逃走，当我惊恐地抬起头来时，老师的口水溅了我一脸："你这个懒虫，快写i！全都擦掉！从头开始！上去，下来，上去，一点！"

休息铃响了，我觉得铃声就像磨坊漏斗上的龙头，但不像磨坊龙头那样怒气冲冲，倒是很高兴地告诉我们，所有的字母和数字都通过了，即从我们的头脑里过了一遍，现在该灌进新东西了。这下可好了，磨盘可以空转片刻，许许多多小磨自由自在地转着，转圈子，蹦跳着，甚至在地上扭打成一团。在学校大操场上只有一个老师，远远地看着我们胡闹。他站的地方没有别的地方那么热闹。有时，他慢慢地横过操场，走近罩着灰尘、扭成一团的学生，这些团团有的是由两个身体，有的看不清是由多少个身体所组成。老师走过来，那些扭打的男孩子十分扫兴，不得不在打得最来劲的时候停下来，等到第二天才重新开始。因此，那些当观众的学生常常在他们周围围成密密的一圈，一旦老师好奇地向这边走过来，他们就向喘着粗气的战斗者喊道"蒂普赫纳"或"布克斯"，这么一喊，仿佛就在他们身上浇了一桶凉水似的。他们立即互相松了手，站起身，等待下一个角逐的机会，因为既然打了，就得分个高下。

到学校没有几个星期，就轮到我头上了，我也不得不跟别人斗一番。向我挑战的孩子比我大一岁。他住的街上没有农民，都是穷人。他的衣服又脏又破，或者用别的布打着补丁。他七岁就穿上了长裤，可是裤腿只够到小腿肚中间。淡黄色的头发蓬乱地披在脸上，而且满脸大雀斑。最让我的对手生气的是我的书包，也许是簧盖上那块亮晶晶的小铁片。而他是用一根皮带把小石板和书捆起来背着上学的。他拿着皮带，把东西在空中乱舞，好几次，就在我的脑袋边擦过。

一天，我接受了他的挑战。那是快上课的时候，我们都等着铃声。开始时我有点怕他，他比我大一岁，而且很粗野，他在空中挥舞他的东西，又喊又跳，这使他在我的眼睛里显得更大更强了。我已经不能退避了——在我和昌帕尔斯家的佩特周围已经围了一圈观众，不可能悄悄地后撤了。我从右臂上退下书包，慢慢地把它放下，朝对手走去。他讥笑着向我迎来，问周围的人，他该怎样发落我：把我打得直挺挺地趴下，还是嗷嗷乱叫、抱成一团。"你个浑小子，"他说，"你还尿裤子呢！"说着，他就用右肩撞了一下我的右肩，我知道，战斗这就算打响了；我看得很多了。把对手脸朝天摔倒在地，再骑在他身上，这就算赢了。可以搔、踩、打、揪耳朵、揪头发——只是不能咬，大家都说，那是狗打架时用的方法。昌帕尔斯家的佩特的两只手刚抓住我的前胸，要把我向上提起时，我使足劲朝他的胫骨踢了一脚，他大喊了一声"哎哟"，松开了我，去抓他的腿。这时，我使劲一捶他的两肩，他骨碌碌就滚到了地上，我一屁股坐到他身上。他骂我尿裤子时，看着他那样凶，我觉得自己很小，一点没有把握。可是，我感到他的手紧紧抓住我时，一股无名怒火像火山爆发那样涌上心头。我不知道我在做什么。当我坐在他身上，小脑袋和肩膀组成的圈子越围越小时，我听见一个男孩——他已经是个老兵了，也就是说是个十四岁的孩子——说，对了，这是新来的农民的孩子，"他还真有劲"。他差不多比我大八岁，可以在操场上老兵待的角落里唱《老兵在休息》这支歌，从这么大的孩子嘴里说出赞许的话，我不用说有多骄傲了，此时此刻，即使比我大三岁的孩子向我挑战，我也会跟他斗。

从这天起，昌帕尔斯家的小子佩特再也不来惹我，我们班的男孩子都为我打倒了一个比我们高一班的孩子而骄傲。我自然没有告诉他们我原先是多么怕佩特。五分钟后，我更加害怕的是布克斯的棍子，这一点我也没有泄露。布克斯拿着金色的棍子站在教室前面，我从后面走到前面的路真长啊。我觉得再也没有比这顿打更不公平的事了。这次打架不是我起的头，也不是我愿意打，是胜利自己降临到我头上来的。我向前走去，第一次去挨棍子，心里怕得怦怦直跳，泪涌出了眼睛。我泪眼模糊，看见了两根棍子。"教员先生，"我走到布克斯面前说，"这'至是'一场玩耍嘛！"布克斯接过话茬，用解释的口气说，这里不叫教员先生，而是叫教师先生，而且也不是"至是"，而是"只是"。把别的孩子的胫骨踢得青一块红一块，一把一把揪下人家的头发，差不多揪下人家半只耳朵，这哪里是玩耍，至少在施维希的学校里不能算玩耍。

说着，他不慌不忙地来抓我的右手。我吓得连忙把手藏到背后。可是，他斩钉截铁地说："把手伸出来！"我脑子里忽然闪过一个念头，干脆跑开。可以后怎么办？我还得来啊！而且在家里我肯定还得专门挨一顿打。我看到这顿打无法逃避时，就慢慢抬起了手。我的胳膊等着挨打，都麻了。布克斯紧紧抓住我的手臂，棍子已经抽下来了。我疼得跳起来，可是我没有喊出声，我完全迷糊了。我觉得我的手突然有了理智，在那同一个瞬间，它大大地吃了一惊。左手也挨了一下，同样吃了一惊。打第三下时，我不觉得那么重了，第四下也这样。后来，手心的感觉和挨头几下时完全不同。两只手很快就麻木了，但它们又慢慢地活过来。不管你怎么弄，第一下棍子的疼痛延续了整整一小时。我仔细看我的手，手红了，慢慢地肿起来，火辣辣的，针扎一样疼。我呜呜咽咽地哭着，把手放到胳肢窝下，用上臂挟着。谁也没有跟我说过该这样做，是疼痛教我的。我发现，屁股挨打没有这么糟，只要过五分钟，屁股上的疼痛就减轻了，只是感到挠痒痒似的，有点发热，这种热感逐渐扩大，仿佛裤子里生了一个炉子。

从这天起，我觉得布克斯和他的金棍子似乎站到了那另一个天主一边，他曾经化作房子的天花板，也就是我的床上方紧盯着我的四角眼睛的脸和斗篷下无形的脸，出现在我眼前。这位天主一向想出一些我们自己想不到的事情。于是，我们总是提心吊胆的，怕自己去说去做我们内心的声音并不禁止，但为某个外来声音所禁止的事情，我们不得不时刻注意这外来的声音，以免发生某些不愉快的后果。学校里有很多这样的规章制度，我们一点不赞成，甚至不理解，可是却要我们记住执行。例如，不管天冷还是下雨，我们每天早晨都得去做弥撒。在礼拜堂里，我们要在矮凳子上跪半个小时，而且哪儿也不能靠，没等过完这半个小时，我们就已经累垮了。

冬天，礼拜堂里冷得像冰窖，在那里跪着祷告而又不能靠，我觉得比家里到地下室为奶牛洗甜菜或是擦劈柴、转铡草机还要糟糕。我虽然讨厌做这些事情，但是我可以随便活动，而且事后我看到自己毕竟做了一点有用的事。星期天去听讲道时，我们可以坐到矮凳上，听教长或神父讲经，这时，在这一分钟以前我还感到厌恶的同一个地方，那条折磨人的凳子一下子变成了很可爱的地方，我觉得在这里就像在家里一样自在。

可平时，我们必须在这里跪着祷告，每天早晨半个钟头！这可不是布克斯或者教长想出来的，更不是父亲母亲想出来的——人家告诉我，向来如此。而要求我们这样做的，除了那个藏在斗篷里的奇怪而不可捉摸的天主外，还能是谁呢？布克斯和他的金棍子就是管着我们，让我们完成天主的这些要求的。学校做弥撒时，布克斯很少不在场的。他穿着那件大氅，两只胳膊撑在靠背上，一动不动地跪在跪凳后面的头一把祈祷椅子里，我知道，他的眼睛正不停地来回扫视一排排小学生呢。

我知道这一点，是因为我有一次偶然玩我的小镜子，镜子背面写着"皮罗鞋油"。我用镜子看我后面的孩子的脸。突然，我在两个孩子之间发坝了帀克斯。他的眼睛很严厉很准确地来回扫视，好像在数数似的。我吓了一跳，赶紧收起镜子。我很喜欢这面小镜子，因为背面玻璃下面有许多彩色小珠子，镜子一动，小珠子就来回滚动，要是耐心地玩，珠子就会滚进"皮罗"两个字的笔画里。要是布克斯发现了我的镜子，我知道，我肯定丢了镜子还得挨四下，甚至六下板子呢。其实，那些小珠子都是些可怜的灵魂，要是滚进"皮罗"两个字的笔画里，这些灵魂就得到了拯救。但是，这样一种游戏布克斯肯定不喜欢的。

父亲母亲却站在这位严厉的监视人和他的金棍子一边，毫无限制地承认他的权力。因为我常常在餐桌上听见父亲或母亲怀着敬意说起"这位"——用他们的话说——"正直的教师"。他们谈起他老老实实、规规矩矩，怀着对天主的敬仰培养了多少学生，而几年以前，他就已经死了妻子，母亲几次强调说，他们结婚时，她没有带来什么嫁妆。我眼前常常出现布克斯太太，看见她婚前怎样站在教堂门前。布克斯披着大氅，站在台阶上，跟往常一样神情严肃。她伸开手臂说道："巴塔萨，我什么嫁妆也没有带来。"巴塔萨是布克斯的名字。所有的人，包括我的母亲，都露出遗憾和不理解的神情，摇了摇头。

布克斯老师看来不仅对我们严厉，他对世界上的一切事情都很严厉。一天，他告诉我们，在圣灵降临节那天要举行一场大规模的汽车赛，我们都欢呼起来，这时他说，对这种事我们该小心谨慎为好。他根本不理解为什么要让那么多汽车一辆接一辆从一个地方开过去。可是到了圣灵降临节，当我们去上斯蒂夫特街坐在熟人家高高的楼梯上时，我早就忘掉了布克斯反对汽车的话。不管往哪儿看，到处都是穿着节日盛装的人群，有的站着，有的在走动。他们的眼睛扫过来扫过去，仿佛汽车到处都从空中飞驰而过似的。我头天做过一个梦，汽车就是这样在空中飞过来飞过去。我在梦里看见的汽车都很小，快得像苍蝇，花花绿绿的像花朵。我伸手去抓小汽车，想得到它当玩具。可是刚到我的手里，它们就变成了很难看的纸做的破玩意儿。

街上的铺路石在阳光下闪烁，乡公所的办事员多纳尔穿着节日制服，在阴沟旁来回走着。谁也不敢走到路中央去。不时地跑过一些男孩子，他们大声呼叫着横过街道，每次，他们的母亲都害怕地惊呼起来。几个男人却大笑起来，然后平静地谈着话，穿过街道，有时，乡公所的办事员对着他们喊了句什么，他们干脆在路中央停留片刻，再走到街的另一边。后来，我们听见利希特街上的人呼喊起来，嘈杂的声音越来越近——原来开过来一辆黑色小汽车。

几只狗汪汪叫着，跟在汽车两旁。汽车里坐着四个人。后座上的女人戴着大帽子，用带子系在下巴下。在一块牌子上写着数字"17"。接着又开来一辆。这次是灰色的。车篷卷起，架在座位后面，车篷上蹲着一只白狗。跟着这辆车的狗汪汪叫着，车上的白狗跟它们对吠。跟着又开来第三辆，第四辆。大大的电石灯在灯座里丁零零发响，父亲沉思地说，他不懂，到了夜里，灯光为什么不会因颠簸而熄灭。母亲说，这些车在夜里也许不常开，至少开得不像白天那样快。

突然间我发现了小鼻鸟的车。我一眼就看出了他。胖医生似乎在生什么气。他把眼镜推到前额上，尖尖的手指指着跟在他的车旁跑动、冲着车狂吠的狗。后来还开来几辆车，其中有一辆很大，里面坐着装饰着飘带的姑娘。这些纸做的彩色飘带在风中飘动，年轻的男人大声地向她们送去亲热的话语。回到家里后，我们还谈了很长时间这次有趣的圣灵降临节和赛车。

这一年早秋，又有将近二十辆汽车驶过街道。这次谁也没有笑，不过，站在街边和敞开的窗户里观看的人却更多了。布克斯老师也不反对这天的汽车了，因为这是皇帝的汽车。

十四天以前，我们就开始练唱两首歌曲：《万岁，头戴胜利桂冠的》和《皇帝是可爱的人》。布克斯先让每个同学走到前面，跟着他在小提琴上拉出的音唱。轮到我时，我唱了个音，以为唱准了，可是我的音比提琴上的音低。布克斯抬起了头。"你这个笨蛋，"他说，"做算术题去！"从这时起，别的同学唱歌时，我都只能坐在一旁听他们唱，做算术题，只因为我的声音比他们低。我轻轻地跟着唱。当布克斯教唱《万岁，头戴胜利桂冠的》时，我在小石板上写的数字越来越大，我的声音越来越响，终于让布克斯听见了。他立即停止了练唱，向我走过来。我想，他要扇我耳光了，可是他却亲切地微笑着，对我说："这是首很好听的歌，对吧？你一定要唱的话，也可以一起唱。这首歌是每个人都得会唱的。"我向其他同学走过去，我们练唱时非常虔诚，也不怕唇燥口干，可是，皇帝从来没有从我们嘴里听见过这首歌。

我们在莱伊胡同背对着街道阴沟站好队，每个人手里都拿着一面黑白红三色小旗。有人给错了一个信号，布克斯根据这个信号，有力地起了一个音，我们以及其他班级就跟着唱了起来，这时，皇帝并没有来，而且过了好一会儿也没有来。

中午一点钟，我们还站在那里等着。灼热的阳光照在我们没有戴帽子的头上。头一个小时，我们谁也不敢说话。只有在站着女人的窗户里才不时地听得见一声短促的笑声。到了第二个钟头——我们能很清晰地看见红色的教堂钟楼——我们就开始交头接耳。只有当像祈祷游行时的领祷人的布克斯向我们走过来时，我们才住口。半小时后，他起了音，让我们唱另一支歌：《皇帝是可爱的人》。皇帝还没有来，我们聊起天来。大家越来越不耐烦。有一个孩子把另一个人推进了阴沟，挨了蒂普赫纳几记耳光。我们又交头接耳了起来。我对赫林家的小佩特说，皇帝的汽车也许坏了。小佩特却怀疑地摇摇头说："皇帝的汽车不会坏的！"可我很想知道，皇帝停在哪里，我早就憋不住尿，想到后面的房子里请求蒂克修斯的母亲让我上她家的厕所。有一点是肯定无疑的，我不能就这样离开队伍；我一定要看见皇帝，不管这样做会产生什么不愉快的后果。哪怕我离开五分钟，皇帝会正好在这五分钟里经过这里。那么情况会怎样呢？我不敢设想。我想，我一生中就会因此而缺点什么。而且，假如我因为小便这么一点小事而错过看见皇帝的机会，布克斯老师会说什么呢，他可是让我也去唱歌的呀！我的父亲母亲，我的哥哥姐姐，他们都占了位子，站在那里等着看皇帝呢！不行，一分钟也不能离开队伍。可是我感到我的内脏越来越难受，因而我也越来越害怕会发生对一个六岁的孩子来说是耻辱的事情，正像皇帝来以前就离开队伍是莫大的耻辱。我终于把我的情况告诉了赫林家的小佩特。他严肃地打量我，几乎吃了一惊，他可是一秒钟也没有累过。"宁可撒到裤子里，"他终于轻轻对我说道，扬起了眉毛，"皇帝就要来了！"

　　可是我始终有点犹豫，我不想为了看皇帝而做出这么大的牺牲，自我羞辱。害怕又一次向我袭来时，我很快向后面迈了一步，可是，老师那来回扫视的眼光这时正好落到我身上。布克斯神情庄严，他的目光似乎在问我："你要到哪里去，而且还拿着小旗？"是啊，我想拿着小旗到厕所去！这怎么行！我也不想把小旗给小佩特，或者给施密策家的育普，这不行，布克斯也会看见，也要问的。于是我又跨过阴沟，回到队伍里，我只好听天由命了，今天晚上，我只好像两岁孩子那样，又开腿，低着头，站在母亲、哥哥姐姐以及其他人的面前。

　　将近四点钟时，皇帝的黑色大汽车开过来了，我们高呼"呜拉"①，挥动旗子。汽车全都关着门，只能透过玻璃窗看坐在车里的人。我们不知道皇帝在第一辆车、最后一辆车，还是中间的车里。我原先以为，皇帝的车是镀金的，他自己穿紫袍，戴皇冠，就像某些画像那样。可是，我只看见军服。有一个人穿戴华丽，肩上和胸前挂满绶带，头戴羽毛帽，全身金光闪闪，我以为他就是皇帝，可是晚上，谁都说他是宫廷侍臣或者皇帝侍卫长。他们说，皇帝穿着一件猎人穿的制服，样子跟森林管理员齐里希一模一样。

我大哭了一场。母亲脱掉我的裤子，大声笑起来，她说，在这样的日子尿裤子并不坏，皇帝可不是常见的。我把头埋在她的怀里，抽泣着说："妈妈，可我没有看见他啊！"

① 行军的欢呼声。——编者注

飞船、谎言、天力和强烈的渴望

第二年春天，我在天上白云之间发现了另一朵白云，样子像雪茄，闪着银色的光。当时，我和赫林家的小佩特站在一座我称之为祖母坟的小土丘上。我知道，农民们在这些土堆下储藏甜菜，让它们过冬，可对我来说，这些土丘是埋葬着神秘的大肚子老奶奶的坟。我很喜欢站在这些褐色的土丘上。我们看着那朵漂亮的白云非常高兴，后来，小佩特抬起手，翘起手指说："斯蒂夫，你听，上面那朵云在嗡嗡地响呢！"那银色的雪茄现在到了特里尔上空，越来越近了。我也听见它的嗡嗡声了。我们垂下手，仲起头，什么话也说不出来。最后，我终于说了一句："云可不会嗡嗡响呀。"我们又沉默了一会儿，然后，小佩特慢条斯理地说，是不是云里有鬼，是鬼发出嗡嗡的响声。

"走，回去，"我惊恐地说，"魔鬼可爬不了这么高啊！"

"可是天使不会有这副模样呀。"小佩特严肃地说。我只能说，这话不错。首先，那东西没有翅膀。我们既激动，又纳闷。可是，当那银色的雪茄飞到我们上空时，我们什么都看到了：那巨大的银肚子下面挂着一间小房子，我在小房子上还发现了几扇小窗户。小佩特呼叫起来，挥动双臂。嗡嗡声非常大，我们不得不大声说话，否则就听不清。

"我现在知道了，"我突然非常肯定地说，"这是齐柏林 ① 飞船！"

小佩特重复了一遍齐柏林飞船这个词，我告诉他，我的哥哥马丁新近跟我们讲过齐柏林飞船。这是空中火车。

我们马上回村，要告诉别人我们看见了什么。可是，当我们喘着气回到村里时，飞船已经过了施维希，它比我们快。过了不几天，我们看到了第一架飞机。那是在课间休息的时候，我们在学校的院子里游玩，蒂普赫纳一阵小跑来到院子中间，他猛地把手从绿色粗呢大衣里抽出来，指着天上发出嗡嗡声的十字形东西，微笑着说："孩子们，快看，真的，这是双翼飞机！上面坐着人呢，难道说他们是英雄，神灵？要是诗人盖贝尔 ② 看见这个，他会说什么？"他又把手深深地插进口袋，斜低着头，走向教室楼。他常常在那里紧贴着墙壁走来走去，而一点不注意我们。

---

① 齐柏林（1838—1917），德国企业家、工程师，建造了第一架有实用价值的飞船。

② 盖贝尔（1815—1884），德国诗人，主张在普鲁士领导下统一德国。

第二天，赫林家的小佩特和我就在他家的院子里忙开了，我们要把小佩特平时常用来送《施维希信使报》的一辆旧的高轮儿童车改装成一架飞机。我们决定造飞机，因为我们一开头就看到，我们永远组装不出一架飞船。这辆柳条编的儿童车要当作双翼飞机的机身，因为它装不下三个人，所以我们没有让施莱默尔家的玛蒂参加建造工作。我们用几根木头把院子门顶住，我们在干活时听见玛蒂在想办法从外面爬到院墙上。他在外面威胁我们，说要是我们不让他进来，他就要得痉挛病，他要告诉每个人，这是我们的过错。可是我们仍然很坚定。柳条编的机身有四个非常坚固的轮子——这已经是很像样的东西了——我们又用铁丝和麻袋布在机身上做了四个机翼。做完这些天就黑了。第二天，我们紧闭院门，继续做我们的工作，玛蒂和头天一样在外面捣乱。马达是用许多把柄和铁丝做的。我们怀疑我们的飞机能不能飞上去；当我们终于打开院门，把我们的飞机开到街上时，我们在短暂的瞬间几乎忘记了我们的怀疑。可是说真的，也确实只有短暂的片刻。我们打开院门时，在胡斯曼老师家做事的赫林大娘做完事回家，正好朝我们走来。她刚看见我们和那辆车，就向我们跑过来。"噢，玛利亚，快帮忙！"她尖叫起来，"我这么好的儿童车让你们糟蹋了！你们这些糟践鬼！"小佩特挨了几记耳光，施莱默尔家的玛蒂这时却提高了嗓门，用他那副既慢又急的说话腔调嘲笑我们两人，而前一天，他还想跟我们一起上天呢……

　　几星期后，我在学校里告诉同学，我已经坐过一次飞机。当我注意到他们相信我的话时，我就同样非常热心地讲给他们听，飞机里是什么样子。人不是坐在椅子或圈手椅里，而是坐在皮袋里，皮袋是挂着的，下面有一个窟窿，要是有人害怕，想撒尿，就可以……整个玩意儿不像从下面看着那样危险。我们一直飞到了鲍伊伦①。这个洪斯鲁克②农村的名字中的eu，我们总念成ei，所以施密策家的育普就问道："什么？飞到了巴燕？"我立即说是。我知道，巴伐利亚比鲍伊伦要远几百倍。他们惊讶地看着我，不过，我觉得，我飞了那么远，而且还是坐飞机，他们好像在生我的气呢。可是谁也没有问我什么时候去旅行的。"而且，"我岔开坐飞机的话题说，"我身上有些地方就和你们不一样。看这里，我手掌上的这块肌肉是橡皮做的！"我让他们看我左手的手掌，我手掌上的肌肉确实比他们的厚。"橡皮做的？"提出这个问题、表示不相信的是摩萨斯家的小列奥，其他人都已经相信了。我给列奥解释说，有些人让飞机上的人涂上一层空气药膏，他们的肉就变成橡皮。一个人经常坐飞机，尤其是坐齐柏林飞船，他全身的肉就会变成橡皮——当然是外面的肉。"心和内脏是不变的，你们说呢？"我这么一说，他们都点头同意。列奥现在也相信了。我对此非常满意，我几乎自己也真的相信，我的手掌肌肉是橡皮做的。

我为什么不可以相信我的母亲是法国的一位高贵的太太，她把我给了我的父母，让我在此地清新干净的环

①　鲍伊伦（Beuren）系巴燕（Bayern，通译作：巴伐利亚）的误读。
②　洪斯鲁克：莱茵柯，摩泽尔河、那厄河之间的丘陵地区。

境里长大，以后——有一天——再来把我接回去？到那时，我要亲吻我的农家母亲，扑到她怀里哭泣，然后才离去。我要送给我的父亲两匹马和一辆美丽的马车，送给每个哥哥姐姐一点特别的东西，这些东西是我晚上入睡以前，尤其是他们惹我生气时想出来的。某个施维希的铁匠或爆破手在亚当酒馆的大厅里刚走上舞台，幕刚拉开，他就说起他的"臣仆"；一位平时非常老实甚至在星期天也拿着铃袋在教堂里走来走去的人，也喊起"你们这些可恶的教徒"，一边转动着眼珠，看得我非常害怕，赶紧低下头，甚至闭上眼睛。可不是吗，在施维希什么事都可能发生，为什么我不能相信我的母亲是一位高贵的法国太太呢？

在厩房里，我用钉耙从草堆里拽草喂牛，夕阳透过墙上的窄缝射进来。厩房上奇妙的事情就更多了。下面，奶牛哞哞地叫着等着你喂料。那道光的剑直刺到黑暗的草料上，成千上万的小尘埃在其中飞舞。掉下一把草，就升起许多新的灰尘世界，我只要轻轻一吹，灰尘就旋转得更快。于是，我就像父亲对我说过的那样，看到了那些火红的星星在旋转，我在它们中间寻找地球，寻找我们生活的小灰尘，我就站在这颗小灰尘上、站在我们家的草料房里，观看尘星的轮舞。你看，在这非常非常小的灰尘上有一幢属于我父亲的非常非常小的房子，在这幢房子里有一间堆放草料的顶楼，那里跟这里一样，也有无数灰尘在飞舞。奶牛大声叫唤起来，我才从空中小灰尘的小小草料房里回到较大一些的草料房里。我推开挡板，给牲口添上满满一槽草料。

喂完料，我小心地用脚摸索着下了楼梯，来到谷仓里。即使在夏天，到了这个时候，厩房里也已经黑了——窗户很小，电灯还没有安装，而马灯只有在不得已时才点。我走到奶牛中间，听它们吃草。有时，单调的咀嚼声中会掺进一声链条的当啷声。奶牛安详地并排站着，把大脑袋伸向饲料架，把舌头伸进料架的铁栏杆，拽住草往外拉，要是咬住较大的一把草，它们就闲适地把头偏向一边，把那捆草全拽出来。它们安静地、热切地不停咀嚼着，草秆从它们柔软的嘴上掉到槽里。我用手抚摩它们慈母的大肚子，对我来说，它们的肚子真像一座小山。每当它们吃了草，就把目光转向我，用鼻子轻轻哼了一声，表示满意。我抱住那些小牛的脖颈，亲它们软软的嘴巴，如果是一头小公牛，我就贴着它的脸颊哭泣。然后，我告诉它，大家都说，我们大家的生命都非常短暂，就像梦那样转瞬即逝，我们都要死的，要上天——但是要像跨过火海那样经过炼狱。然而我仍然不敢设想这头小公牛最近会发生什么事。他们会像对待那头猪似的对待它。小公牛一味地来回拱它的妈妈，妈妈则安详地舔它，一遍又一遍，看着这情景，我怎能不抱着它的头哭泣呢。如果小牛是公的，我从不给它起名字，因为我觉得，一头有名字的牲口被屠宰，真是太可怕了。猪也没有名字，而奶牛以及长大以后要当奶牛的小牛也许可以有名字。

　　后来我们终于有了电灯，谷仓、厩房、住房都有了电灯。可是这一来，厩房可没有以前好玩了。

　　家里来了几个穿蓝衣服的男子，在房子里拉起了闪亮的灰管子。他们在门旁安上像杯子那样的白瓷瓶，上面是可以转动的开关。房子中央挂下什么东西，样子像一把被狂风吹得倒卷的伞，人们也这样称呼它。伞尖上挂着一样玻璃做的东西，人们把它叫作"梨"①。玻璃灯泡里是灯丝，只要把门旁的开关一转，灯丝就立即发出金白色的光。我第一次看见时吃了一惊，不过是令人舒适的一惊。父亲母亲和哥哥姐姐也为这叫作"电"的新的光感到高兴。开头几天，我们老去动开关，开了关，关了开，我们甚至听见母亲高声喊道："噢，真亮，真好！"这时，父亲总爱说，这也是从德罗恩溪来的。当然——这话我不懂，我不明白我们那条小溪和这种光有什么关系。溪里面是水，水能变成光，这超出了我的理解力。

一天，我哥哥马丁把我叫到院子里。那里，几个邻居的成年男孩子围着一桶水站着。马丁指着水里的一枚钱币对我说，要是我能用手捞出那枚钱就归我。我半信半疑地环视了一圈——那是五十芬尼，在水里闪着银光——这枚钱能买一块上好巧克力。我立即忘记了我的怀疑，把手伸进水里，可是刚碰到水，我就大喊了一声，缩了回来。我仿佛觉得有千百只耗子咬了我。我全身感到一阵瘙痒，麻辣辣的，我被弄得晕头转向，说不出一句话来，我只是惊恐地看着水，又看看我的手，我以为手一定在流血。可是我什么也没有看见。别的人都笑我，我就跑去找母亲，告诉她那些大小子怎么捉弄

---

① 即灯泡，因灯泡外形像梨而得名。

我。吃晚饭时，父亲听说了这件事，发了一通脾气，他对马丁说，以后绝对不能做这种事了，这可是有生命危险的！这时我才知道，他们用铁丝在水里通了电。

事后，我感到很得意，我在学校里讲给别人听，我一度处于生命危险之中。这时我才听说，他们差不多每个人都曾有过类似的经验，可谁也没有死。有的人甚至在兄弟姐妹的床上拉了电线，至少他们是这样说的；有一家的男孩子在门把上通了电，甚至把灶上做饭用的锅也通了电。

我把这些事告诉了父亲，因为我不懂他为什么这样害怕电。他再一次告诉我，拿这种巨大的天力当儿戏，用它去吓唬别人是多么危险。他听别人说过，有些人接近它时不得法因而丧生，他说"就像被雷电打中一样"。当然这也不是什么奇怪的事，这种力量不是能推动很大的车行驶吗，比如在城里——我们说的是特里尔，但我们从来不说特里尔，而只说城里，因为对我们来说并没有别的城市。我很想看这种车，求父亲带我到特里尔去，他却说，我们今年夏天到鲍伊伦去，到城里去我年纪还太小。

在这段时间里，我常常思考父亲所说的这种天力。现在，街道边上立了一些粗大的树干，上面安着瓷瓶——像一只只白色的鸟。把耳朵贴到树干上，就听见那些小鸟嗡嗡的叫声。父亲说，那嗡嗡声不是小鸟发出的，而是电线发出的。他告诉我，电力通过这些线传播人的声音。一天，他在邮局里让我看一个木匣子。对着那匣子说话，城里人就能听见，别的城市的人也能听见。我知道，父亲从来不骗我，可是他说的事我不懂，很难相信。可是，当我把耳朵贴到粗大的杆子上，就听见那些声音，单调的、呜咽的、飘向远方的声音，我很清楚地听见那些我并不认识的人互相说些什么，他们住在特里尔后面，住在某个地方，住在文格罗尔，萨尔姆罗尔……声音从很远很远的地方传来，仿佛用蓝色的枕头盖着，从远方传来。他们互相讲的大多都是些伤心的事。"回来，回来，妈妈死了！"有时，有人在电话里哭泣，声音非常平静、均匀、深沉，后来我发现，那哀诉的声音同时也是说话声，但是，我听不懂他说的话，正像我不懂正在上面的电线里不停地把这些话传来传去的天力本身一样。只要我站在电线杆旁倾听别人说话，我就非常渴望到人们坐在电话机旁讲话的地方去，到那蓝色的、深邃的远方去，而且这种渴望越来越强烈。

鲍伊伦之行

一天，父亲说我们真的要到鲍伊伦去了，我非常高兴，晚上久久不能入睡。父亲选了个星期天去做这次远足。太阳一上山，我们就起床。走到摩泽尔河桥上，我看着下面的潺潺流水，骄傲极了，因为我以为摩泽尔河还在睡觉呢。在基尔施的绿色果园里鸟儿在欢唱。施维希和隆古希的钟楼发出当当的响声——这次可不像以往那样忧伤虔诚。在隆古希，我们进教堂做了弥撒，这时还不到十点，我们就登上了费勒山，父亲和卡塔琳娜在前面，我跟在母亲后面，我第一次到鲍伊伦去，心里不用说多高兴了，使劲推着母亲上山。我两只胳膊顶着母亲的后背，推她，她不时地说："来，你现在累了！"她不知道，我已经变成了一台火车头，火车头是不会累的。

我们爬上了诺伊梅林的山顶，父亲从楸树上摘下一束红花，插到我们的帽子上；我再也当不动火车头了，父亲就把我抱到肩上，紧紧抓住我的两条腿，边走边唱："蔚蓝的天空，碧绿的山谷。"母亲也跟着唱起来，卡塔琳娜和我听他们唱。此刻，就是合乎我梦想中的美丽无比的法国母亲换我的父母，我也不会换的。父亲个子很高，我骑在他脖子上够得着树枝。母亲卷起了裙子，高兴地眯起眼睛看太阳。路上的石子在阳光下闪烁，路两旁是一片荒草地，一直延伸到远方青色的森林，草地上长着一些落叶松。父亲让我看这看那。他听见鸟叫，就告诉我们这是什么鸟，还学两声鸟叫。他一学鸟叫，我就禁不住笑起来，因为父亲从来没有像鸟那样叽叽喳喳过。远处，我看见路旁有两幢房子。走近一看，一幢已经烧坏，另一幢的门用木板钉死了。突然，我看见母亲哭了，父亲问她怎么了，她说，看着这两栋房子，她就想起我们在布莱特魏斯的房子，我们的房子现在大概也是这副模样。"唉，那是多好的房子。"她轻轻地说，把下巴往前一撅，忍住不哭了。这两幢房子也让我很不好受，尤其是烧掉的那幢。房子是用深色岩板石砌的，雾气从窗户里穿过，看那样子，好像房子有眼睛，在那里转动似的。

我围着烧毁的房子绕圈，寻找着什么。我忽然发现了水井。井口用木板封住了，我把木板往旁边一推，发现了辘轳绳，拉动绳子，发现下面有水桶。我看着下面，等井水平静下来。我又看见了那个男孩子，我早就知道，男孩子就是我自己。可是我觉得，我的映象从深处看着我，背后衬着夏天的天空，仿佛是另外一个人似的。"喂，男孩子，你——"我向下喊道，接着从下面传上来一个短促的回声。"你在下面干什么？"我问。"你是怎么到水井里去的？"我接着问。我玩着，向我的映象——仿佛那是另一个人似的——提出这个问题，那问题又传回到我的耳边；在这么多的井里找到我的映象，我真感到无比惊讶。

卡塔琳娜来找我，到井边打了一桶水，我叫来父亲母亲，我们一起喝水。父亲称赞水好喝，可又说，爱萨尔波思的水才好喝呢，叫我一定要喝。他用手拉着我，妈妈和卡塔琳娜跟在我们后面，当我们走近松树林时，他告诉我，神圣家庭①在逃往埃及的途中曾到过爱萨尔灌木林。当时，在这幽暗荒凉的树林里还没有水井。约瑟拿着水罐到处找水，到头来一滴水也没有找到，傍晚，他又回到圣母和孩子身旁，他精疲力竭、情绪沮丧，渴得说不出一句话来。他在离他们稍远的地方坐下，因为他不忍看渴得唇干舌燥的可怜女人。这时，那头毛驴突然站在他面前，看着他，那样子正是毛驴所具有的秉性：善良、体贴、耐心。约瑟以为毛驴是向他要水的，他恼火地喊道："这是什么处境！在天主的身旁却没有一滴水喝！"毛驴依然看着约瑟，不过现在眼光里充满了责备。约瑟接着说："难道我说得不对？要是你比我清楚，那你去弄水！"他刚说完，毛驴就用右前腿扒起石头来，一会儿就从石缝里冒出一股泉水来。父亲最后说："那口泉的水我们大家一会儿就能喝上。"

又走了一刻钟，我们在高高的松树下发现了一块长

---

① 指耶稣及其父母约瑟和玛利亚。

满苔藓的砂岩石。石头中央有一个洞，大小形状都和马蹄铁差不多，水就从洞里冒出。父亲在石头旁蹲下，叉开十指，捞出水里的松针，用湿手摸了摸眼睛，轻轻地说："这水对眼睛也有好处。"他捧了一捧水喝起来。接着母亲跪下，也用水湿了湿眼睛，喝了一捧水。水有一股泉水的香味，有点酸。我们坐在泉水旁，默默地吃着香肠面包。松树上看来都长满了深色的蘑菇，我们看见有些地方绿金色的阳光透过树隙照射下来，可是，阳光很少能一直照射到长满苔藓、覆盖着厚厚的松针的地上。我们大家都稍许舒展开四肢，倾听森林里柔弱而清新的叹息声，吸进森林的香气。过了好一会儿，父亲一边站起来一边说："孩子他娘，我相信，我们死了以后一定也是这样宁静，跟这里差不多。你看，小斯蒂夫，"他笑起来，看着我，"这里你能闻到天主、听见天主！"

我们在森林里走着，几乎没有说话。有时，父亲停下脚步，举起手指，轻轻地说："听，要开始了！"我听见远处嘟地响了一声。父亲小声说："这是啄木鸟师傅，你听见了吗？""它干吗这么啄？"于是父亲给我讲起啄木鸟的生活，给我表演据以辨别啄木鸟的不同的声音。

突然，母亲停住脚步，指着我们前面通往山谷的林中大道："那后面，那儿——"她喊道，声音有些激动，"看那面高坡上的白房子，你妈就是在那里出生的，那就是鲍伊伦。"我怀着敬意看着她出生的地方，看着那些小小的、贴在地上的白色四方块，但鲍伊伦离我们还那么远，我不免伤心。我的腿沉甸甸的，抬不起来，两只脚很疼。卡塔琳娜拉着我的右手，父亲拉着我的左手。母亲越讲越快活，她说，一次她到这座树林里采蘑菇，遇见了一只野猪，她怕得要命，筐子从手臂上掉下来。"这一来，筐子吃了一惊，野猪也吓了一大跳。"她大笑起来，接着讲她花了多大的劲才在黑暗中捡回了蘑菇。到了家里，她母亲发现筐里有一个毒蘑菇。而她遇到了野猪的事，她母亲却不相信。"因为我平时不容易让人吓着的。"母亲添了一句。

中午时分，我们来到了村前。钟的声音很高，我觉得那声音里似乎已经包含着我们亲属中的女人的声音。母亲说："哎，我们念诵天使经吧！"说完，她就带头祈祷起来，我们跟着一起祈祷："天主，让死者的灵魂永远安宁，愿永恒的光时刻照耀他们！"说到这里，我们正好进了村口。

母亲放下卷起的裙子，整了整头上的黑色丝绸头巾，她的头发也是黑的，从中间分开。她审视了一下父亲的礼服，卡塔琳娜整了整我的丝绒外衣，然后我们继续向村里走去，我们谁也不说话，情绪有点肃穆。

村里的房子都刷成白色，窗框是绿的，阳光照耀着一切东西。我看到街边到处是水泵，就问母亲，这里是不是没有水井。"有的，我的孩子。"她骄傲地说，"好多房子里都有水井。这里的水很好，比施维希自来水管的水好。"

"可比起德罗恩溪的水，那就不如了。"父亲说。

"我又没有这样说，"母亲说，"小斯蒂夫，看，那是我们的教堂！很漂亮吧？"

教堂也跟其他房子一样，是白色的，黑色的钟楼顶上，一只金色的风信鸡在闪闪发光。

"施维希的教堂比它可大多了。"我说。母亲站住了："比它大？这是什么意思？照这么说，你爸爸比我还漂亮！"她爽朗地笑起来。"你们看，那里，"她大声喊起来，"老波尔·苏森还活着，他肯定快九十岁了！那是浪荡鬼克莱斯！看，他又喝醉了。他可怜的老婆为他操心，到了天国会有好报的！快走，别让他看见我们。"

"你们看，孩子们，"父亲说，"你们真运气！克莱斯差一点儿就成了你们的爸爸呢！"

"噢，你这个老傻瓜，"母亲说，"即使他当时的地产再多三倍，我也不嫁他，我宁可嫁开磨坊的穷小子，也不嫁富有的酒鬼！"

"可不是嘛，"父亲也操着同样的语气说，"我宁可娶个严厉的泼辣女人，也不娶有钱的邋遢女人！"

他们两人都笑了，我们就这样连说带笑，向我们亲戚家的房子走去。母亲有两个兄弟住在村里，一个在上面，一个在下面。我们先到她弟弟家去，村里人都叫他白脸佩特。

我们刚跨进敞开的厨房，大家一齐向我们寒暄问候，简直是一场大合唱。我们只能站在那里，接受大家的欢迎，几乎插不进话去。我又饿又渴，对我来说，亲戚们表示快乐的仪式真是太长了点。于是我走近我的表姐爱娃，她可能比我大三岁。她亲切地笑着，我很喜欢她。她给我井水喝，井就在厨房中央。小爱娃梳两条棕色粗辫子，垂在肩上。她眼睛大大的，眼睑有点发炎，她父亲对我们说，这是因为她书看得太多的缘故。他为这事说她，可是她一句话顶回来，他就不响了。

小舅舅长着卷曲的大胡子，他一生气，两只灰色的大眼睛鼓鼓的，几乎要跳出来，可他五分钟就要发一次火。他一拳打到桌子上，震得杯子都跳起来。舅妈是小个子，长得很漂亮，外表像个吉卜赛女人。她摇了摇头说："别这样，佩特，你这样会中风的！"

吃过饭，我就和小爱娃到村子四周的荒原和松树林里游逛。我给她讲了好些瞎编的故事，我也讲了我是襄礼员①。她立即露出虔诚的表情，请求我给她说一段拉丁文祷词。"等一会儿，给我说一遍 pater noster②，这听起来真美。"这下我可抓瞎了。我看着我的鞋，摆弄着我上衣的金色金属扣子，说了一句 pater noster，这时我忽然想起了一个解救的办法。我非常肯定地说："这个，襄礼员不一定要会。""对，"她说，"这是神父一个人祈祷时用的。我可会。要不要我给你说一遍？"我们当时坐在松树下，她那银铃般的声音就像松树林里不可理解的风那样，高高地从我头顶上飘过。我非常害怕她说完祈祷词，她说完后会向我提别的问题的。果然，她刚说完 Sed Libera nos a malo③，就问我："你会说 Confiteor④吗？这是襄礼员祈祷的。"

要是向我提这个问题的是别的女人，比如布德利希

---

① 襄礼员：天主教会中中低级神职人员，专司点燃教堂祭台上的蜡烛，弥撒前为神父准备葡萄酒和洗手水，弥撒时唱福音等。

② 拉丁语："我们的主。"

③ 拉丁语："拯救我们于罪恶。"

④ 拉丁语："我认罪。"

的妈妈，我就不难蒙混了，我可以胡诌与 Confiteor 相近的句子说给她听，可是在爱娃面前可不行。我脸红到了脖子根，结结巴巴地说："我们现在可不是在教堂里！""原来你不会！"她微笑着，挺干脆地说了一句。"你骗了我，"她接着又说，"你根本不是襄礼员，你做这种事年纪也太小。可是你不能说谎！""我没有说谎！"我喊着哭开了，"你真坏！我要回家了——远远离开这里，回到施维希去，再也不来了！"爱娃也哭了，我们面对面坐着，用手捂着脸，眼泪簌簌地落下来。

"爱娃，"过了好一会儿，我对她说，"他已经走了。"

"谁走了，小斯蒂夫？"

"嘻，那个说谎的人呗！"

"那好极了，小斯蒂夫。他到哪儿去了？"

"到爱萨尔灌木林去了。"

"他在那里干什么？"

"哎，他在啄木鸟在树上做的老虎钳里。你知道吗，啄木鸟把松球夹到老虎钳里，把里面啄空。"接着，我就把父亲今天早上讲给我听的啄木鸟的事全讲给她听。

"你从哪儿知道这些事的？"她非常钦佩地问我。我本想说，是啄木鸟自己告诉我的，可我马上想起说谎不好，很快改口说："我们的父亲知道世界上所有的鸟，大的小的，白的黑的，红的蓝的，他都认得。他还会学乌鸫叫，学老鹰叫。"

听了我这话，小爱娃也称赞起她的父亲来。她说，她父亲为一车木头的事跟神父吵了架。她父亲威胁神父说，要是他不还给他欠的三马克五十芬尼木头钱，他就再也不进教堂。最后她说："我的父亲谁也不怕，连神父他也不怕。"后来，我们回到家里，我仔细地观察我的舅舅佩特，仿佛他是童话里的熊或者狮子似的。

我们到下面那家亲戚家喝咖啡。表姐妹已经到我们家做过客。我只听见客厅里全是女人的声音，自然想起爱娃，她没有一起下来。喝完咖啡，我溜了出来，去找爱娃。我在水泵旁发现了她。她看见我，向我迎过来。她带我走进村子，让我看教堂，看放在普罗斯特拉附近田野里的大石头。这样的石头我从来没有见过，石头像房子那么大。

小爱娃告诉我，这些石头是从哪儿来的。鲍伊伦和普罗斯特拉一带的土地以前非常肥沃，全年都是夏天，树木都长到天上，苹果像小孩的头那么大。一次，天主和魔鬼到鲍伊伦和普罗斯特拉，看他们的朋友。普罗斯特拉人端上干梨，招待天主，因为他的样子像个穷人。魔鬼也坐在桌边，看见后笑得前俯后仰。这时，天主站起来，在干梨上画了个十字，那些梨立即变大了，越变越大，每个梨都有七幢房子那么大。魔鬼还在那里笑呢，天主在他头上也画了个十字，魔鬼也变大了，越变越大。接着，天主对普罗斯特拉人说："你们给天主吃干梨。现在让你们看看，天主怎样招待魔鬼。"天主手一摆，魔鬼就连核带把，吃了七个大梨。魔鬼马上倒下了，哼哼唧唧地在地上打滚："我的肚子，我的肚子好难受！"最后，他骂骂咧咧地逃走了，到了空中，他把干梨的粪渣拉到了普罗斯特拉的房子上，房子都被魔鬼的屎掩盖了，只留下了大石头。最后，小爱娃伤心地说，肥沃的土壤、清新的空气、永恒的夏天，全都一去不复返了，仅仅因为普罗斯特拉人没有认出那个穷人就是天主。

我走近那些石头，小心而又厌恶地摸了摸巨大无比的魔鬼的粪，一边想，当时，这些石头肯定使魔鬼疼得受不了。我向四周看了一遍，看见了那些可怜的梨树，越过梨树，看见下面山坡上普罗斯特拉的房子。我说："当时的情景一定相当可怕。"小爱娃用坚定的口吻说："天主是对的。谁不帮助穷人，谁就是在嘲弄天主。"

魔鬼、库尔特、辅祭列奥
和找到的罪孽单

我上学后的第二个冬天，一天晚上我坐在桌子后面的长凳上看书。我常常被叫起来，往客厅里抱柴火；有时，我白天忘了擦洗甜菜，就叫我晚上补，我老大不情愿，嘟嘟囔囔地到地下室去，那里什么气味都有：有苹果酒味、酸菜味、腌豆角味、土豆味，还有当饲料用的红萝卜味。

我站在砂岩石拱形房顶下，用刀削掉甜菜上沾满泥土的须根，我的思想却在巴尔干，那里，土耳其人、塞尔维亚人和希腊人在互相杀戮，一种新式武器机关枪就像割麦子那样把成批成批的士兵撂倒。我在画报里看到过照片和图画；连卡塔琳娜姐姐的时装杂志里也有很多这样的照片和图画。打死的士兵就像萝卜那样躺在地上。泥土向空中飞溅，好像泥土也是流动的。在这喷射的火与泥的洪流中，可以看见人、马、车一起飞向空中，有时是钢盔和武器的部件随着泥土飞向高空，仿佛所有这一切都想在此刻升天似的。在学校里，更多的是在家里，在哥哥姐姐的帮助下我很快学会了认字看书，因此我能给同学讲非常可怕的故事，当然，并不是所有故事都是从画册里看来的。

在这期间，我阅读描写美国的印第安人、拓荒者和捕兽者的书籍，每当我晚上一个人在地下室干活时，在我和萝卜之间就展开了一场激烈的战斗，我的刀变成了剑，萝卜就成了危险的、成群结队涌来的敌人的脑袋。打仗、残杀已经让人毛骨悚然，辅祭又在忏悔室里讲了魔鬼的故事。我听说，魔鬼不嫌男孩子小，也会引诱他去做恶事的，如果他作孽死了，魔鬼就把他拖到地狱里去。他给我们看图画，画的是那些罪人在地狱里受魔鬼的各种折磨。男男女女躺在火红的棺材里，有的赤身裸体，伸开手脚，被魔鬼钉在地上。另外一些人在火河里漂流，或者在永恒的黑暗里像蝙蝠那样飞来飞去，还有的人像树杈那样扭曲了四肢，永远保持某一种姿势，再也动不了。在有关巴尔干战争的图画里，在印第安人的罪人柱上，在地狱里罪人的痛苦中，我一再看见那另一个天主的脸，是他以不可思议的方式想出所有这些恐怖的事情，因为人犯了罪孽而惩罚他们。我现在完全清楚了，这个天主是很容易生气的，惩罚起来非常可怕。连我们的老师对他也非常温和，就像对待一头怀了小牛的母牛一样。

可是事情就是这样，这一点我看得越来越清楚了：这个天主是不能反对的，他可以为所欲为，他不需要向任何人报告他的所作所为，他是天主嘛！天主！可是——不是还有另外一个天主吗？每当我晚上躺在床上，闭上眼睛，让闪烁的星星跳起轮舞，我就这样热切地发问，不是还有一个天主，他不喜欢，甚至不承认那个严厉的天主；他想着我们，爱我们，我听得很清楚，他有时对我说："我的孩子，告诉你你心里想什么！"我在一张画的下面看到过这个句子，画的是躺在摇篮里的笑眯眯的孩子，我知道，那个天主是为我们来到世上的。可是这有多少用处呢？魔鬼仍然在地下室里，在酒桶后面窥视着，画报里的描述越来越可怕了。

这年冬天，一个城里孩子来探望我们的邻居。他穿着海军服，戴一顶盘形海军帽，帽的下沿有几个字，"S. M. S.艾姆登"①。因为我们说农村的土话，这个男孩子一有机会就嘲笑我们，尤其是我。然而，我们做游戏时依然让他当上尉，接受他的指挥。他手里总拿着一根棍，我们当中谁做错了事或者没有立即听从他的命令，他就拿棍抽小腿肚，打得我们在地上乱跳。不过他是从远方来的，长得很俊，说起话来跟老师一样，准确优美。一天，我们排着队站在他前面，一共十个人。他命令我们爬过一道两米多高的院墙。这堵墙的石头之间裂缝很深，中间的灰泥都已经脱落。我们立即一字儿排开，向墙壁冲过去。可是我担心的事发生了，我不善于爬高，爬到一米就再也上不去了。我害怕我的脚尖会从墙缝里滑出来，会在石头上蹭得满脸是血。我甚至已经

---

① S. M. S. 是"皇家海军"的缩略语，艾姆登是德国北部港口城市。

清清楚楚地看见我流着鲜血的脸，感到我的身体在粗糙的石头墙上往下滑时的惊恐和疼痛。

在这一瞬间，我听见库尔特的声音。他吼道，我是个笨橛子，又是胆小鬼。我仍然没有动，他就用棒子在我腿上狠狠打了一下，我吓得动弹不得，他又打了一下。我突然怒吼了一声，一松手，跳了下来，库尔特是个聪明孩子，立刻看到会发生什么事。我还没有站起来，他就转身跑了。我跑得慢，同学们常常嘲笑我，所以，他让我跟在他后面跑了好一会儿，跑得我上气不接下气，他以为用这种办法可以加倍捉弄我。可我还是紧追不舍，而且再也没有喊叫。起初，我们相距五米，我追了半天，我们的距离没有缩小，反而加大了。库尔特顺兰富尔溪向上跑。我的心怦怦直跳。我只知道一点：我一定要抓住你，把你打趴下，你这个魔鬼！他在我前面跑着，我一面追一面想象着他的脸是什么样子，仿佛从前面看见过他的脸，看见过他帽子上的字，"S.M.S. 艾姆登"。"你个魔鬼。"我的心怦怦跳得很快，继续跑着。

突然，库尔特向左拐进地里。他像兔子那样跑着跳着，可是脚下的地很软。我看见他摔倒在冬天种下的作物上，就向他冲过去。我把他压在底下，我的手立即抓住他的头。我使劲把他的脸摁到土里，摁得他后来乱晃脑袋，尖声叫起来，摊开了两只手臂。这时我说："好，就这样，对付魔鬼就得这样！"他站起身，看也不看我一眼，哭着从我身旁走过，上了大路。听见他哭，我的愤怒突然消失了。我紧跟在他后面，顺着兰富尔溪向村子走去。我心里不断对他说："你干吗打我！我只让老师和爸爸打……来，库尔特，我们和好！……尽管这样，你还是个漂亮孩子！你的头发眼睛都很美。你讲话也好听。来，库尔特！到那棵大苹果树后面去，我要吻你一下！我一定得吻你一下！……把我们分开、让我们吵架的是魔鬼！"

实际上我并没有说话。我们进了村子，我才说："你听着，库尔特！"他突然转过身，小眼睛看着我。"你大概害怕了吧。"他说，嘲讽似的看了我一眼，走了。

过了两个星期，快临近圣诞节的时候，辅祭下午在老学校——女子学校——上完忏悔课回来，把我叫住了。我想起以前上课时他已经瞧过我好几次，好像要看穿我似的。可是，我们这些男孩子都习惯了，列奥辅祭常常出人意料地用阴郁的眼睛看我们，看了他那样子我们都想笑出来。然而我们不敢笑，他抓住一点小事就打我们，而且一边打一边还给我们各种各样虔诚的告诫和规劝，这样，他的责打对我来说就成了双重的痛苦，因为我觉得他打得有些道理，蛮相信他在责打的间歇说的每句话，他说我是个调皮的孩子，我在学校做弥撒时溜号，在礼拜堂里轻慢神灵，这些都清楚地表明我的灵魂爱做坏事，因此不愿到教堂，不愿到天主的面前。说完，他又打了一下，这一记手心打得我好疼，让我觉得鞭打者的话语更加有力，让我更加折服包含在这些责备中的可悲的真理。惩罚以后，辅祭列奥依然像笨拙地拿起棍子要打我时那样，直视我的眼睛，两瓣嘴唇紧闭在一起，抿成一条缝，他的嘴巴时而噘成一小点，时而拉成一长条，接着，他会突然拿起棍子，用低沉而颤抖的声音说"来！"或者放下棍子说"走！"

这天下午，别的同学都出去了，他关上门，又那样逼视着我，看得我全身发毛。他又脸露凶相，来回撅起嘴唇，终于向我低下头来说道："我看得出，你大概知道，什么好事等着你！"

我瞪大眼睛，直直地看着他。

"好！你干的事太坏了，我得分几次惩罚你。不过，只要你勇敢地承认你做的事，惩罚就可以减轻。"

我一边听他说话，一边就想我都干了些什么，哪些事情可能已经传到辅祭的耳朵里。我把我的过错一一想了一遍：学校做弥撒时逃走，在赖特胡同用豆秸小小打了一架，啊对了，我们曾经齐声冲着总是饿肚子的穷犹太人威利喊过："威利，咬香肠！"我们每次碰见他，都这么做的。威利每次都咬了一下自己的手，总想追我们。我决定承认这种粗暴的行为，此刻，我觉得这件事很严重，尽管这是我们这一带小学生的习惯。我结结巴巴地承认了我对犹太人威利喊的话，可是辅祭却冲我微微一笑说，噢，不，你别想这样骗我。接着他说出了我追赶过的外地来的男孩的名字。我为自己辩护，我说是库尔特先用棍打了我，一起玩的同学都可以为我做证。

"可是他们不能证明另一件事，"辅祭说，"另一件事——你承认还是不承认？"

我激动得喘不过气来，说起话来连不成句，我断断续续地说，我追过他，最后真的追上了他……

"追上后，你对他又做了什么？"

我结结巴巴地承认，我把库尔特的脸撇到了地上，因为他嘲笑我，还骂我是胆小鬼。后来——我说了这两个字就停下了，因为辅祭上身往前一倾，问道："是啊，后来——后来呢？快说！"

我突然感到，他要指责我的不可能是那件把脑袋往土里撇的事情。我根本想不起来我做了什么了不得的坏事让辅祭这么生气。我当然早就预感到库尔特跟他父母讲了点什么，他父母又去告诉了辅祭。可是，不管我怎样反复回想也想不起他们推到我头上的过错。我甚至想象不出我的过错是哪一方面的。

"你真冥顽不化！我会叫你说话的！"

他把我屁股朝上按到凳子上，我倒觉得不错。我希望受点皮肉之苦，流点眼泪，把事情挨过去。他打了几下停住了。"你说不说？"

我依然不吭声，我甚至使劲忍住痛，不哼一声。

他的棍子又向我劈来，接着又是用低沉的声音提出那个老问题。我突然狂暴地大声吼叫起来，搞得辅祭列奥立即住手不打了。

我站起身，泪眼汪汪地看着他，一句话不说，就想走出去。

"你给我留在这里，你这个坏孩子！"他喊道。我于是转过脸去不再看他。我也不哭了。

他接着命令我下次上忏悔课以前得好好考虑问题。要是不承认我做过的事情和说过的话，我还得像今天这样挨一顿打——"打得你开口说话为止，你……你……"他又一次把我叫作坏孩子。

我慢慢回家去，一直沿着阴沟走。好在天已经黑了。我总看见库尔特穿着漂亮的蓝衣服，戴着白色水兵帽，在我前面走着。我一心想着怎样不让家里人知道我又挨了辅祭的打。于是我对尼克尔说我肚子疼，上床睡觉了。当我躺在枕头上，看着漆黑的屋子时，眼泪像泉涌一样夺眶而出，我哭着哭着睡着了。

从此以后，在我的梦里从地下室的楼梯走上来的魔鬼再也不是大蜥蜴的模样，而是戴着水兵帽，帽上写着"S. M. S. 艾姆登"几个字。他像库尔特那样放声嘲笑，一把把我从地下室的楼梯上拉下去，蹭得我的肋骨痒痒的，我好几次大叫一声醒过来，浑身汗淋淋的，非常害怕，都不敢睡觉了。

辅祭第二次又这样折腾我。又问又打。这天回到家里，母亲问我为什么哭了，发生了什么事。我于是当着全家人，把事情一五一十说了一遍，最后还告诉他们，辅祭还要继续惩罚我，一直到我认错为止。我看见父亲母亲互相看了一眼，然后，母亲猛地站起来说道："我明天去找教长！"

她第二天真去了。从这天起，辅祭列奥压根儿不看我了。但是他有几次在课堂上谈到冥顽不化的心灵，谈起隐秘的罪孽，他说，这些罪孽瞒得了人，却瞒不过天主的眼睛，这时，我知道他指的是我，他更多的是针对我说的。

平时，他到学校里来总是穿一直扣到脖子的黑色礼服，有一天，他却穿了一件教士穿的黑色长袍。刚进教室，他就对我们说，他今天是特意为我们穿这件衣服的，他要让我们看点东西。他解开所有扣子，又从上到下一一把扣子扣好。最上面的扣子扣错了。他向我们讲解道："你们看，每个纽扣都意味着一次忏悔。要是某次忏悔没有做好，要是你们哪怕只在一次忏悔时有意隐瞒一个罪过，那么，以后的忏悔就都无效，你们就得重新来一次，就像我现在必须重新扣扣子一样。你们看，扣错的只是一个扣子，其余的扣子表面上都是扣对的，可实际上也都扣错了。"说完，他又开始解扣子，扣扣子。

当他扣好最后一个扣子时，我既激动又沮丧。我搞不清这次辅祭是否也只针对我一个人的。不过有一点我是清楚的：扣子多么容易扣错！要是忏悔真是像扣扣子一样，那么一个人事实上就很容易做无效的忏悔，必须重做，因而这些无效忏悔之间的各次忏悔也都必须重做。辅祭把这样一种重复叫作总忏悔。这个词差不多像扣扣子的例子一样沉重地压在我心里。我看见我身上充满了各种罪恶，它们像藏在家具后面那样藏在各种谎言后面。在梦里，这些罪恶变成了小圆珠，在小镜子的背面滚来滚去，我摇动镜子，要让它们滚进"皮罗"的洞里去。所有的珠子都得滚到洞里去，一个不剩；只要有一个留在洞外，一切都白费了。我急出了一身汗，我害怕镜子会突然掉下去，镜子可是玻璃做的！忽然，"皮罗"两个字分成了两半，小珠子也都不见了——一切都过去了，再也无法挽回了，一切都永成定局了。做这些梦时，我感到一阵钻心的害怕，而且即使苏醒过来也没有用，因为罪恶、忏悔、死亡和诅咒不是梦境里的事，而是属于明亮的白天、我的良心和我的生活的。

第二年复活节前那个星期的某一天要做的第一次忏悔甚至使圣诞节蒙上了一层阴影。为了做好忏悔，求得忏悔指南中所说的灵魂的安宁，我在漫长的下午把自己关在客厅里，白天，家里几乎没人会到客厅来。我坐在绿色长沙发上，一遍又一遍地阅读收集了各种各样罪孽的忏悔辑录。为了保险起见，为了侦察每一个罪孽，把它从我身上清除掉，我让每个问题都在我脑子里过了一遍，这些问题的开头都是带威胁性的"你干了……""你做了……"。提的问题多了，它们就慢慢地变成了有生命的东西。它们一个个都像辅祭那样，目光严厉，眼睛里闪着炽烈的火光，每提一个"你做了……"的问题，我就变得更胆小、更颓丧了。

第一个问题是，我除了真正的、唯一的天主以外，是否还崇敬过另外的天主，这第一个问题就让我谨慎起来。在我身上，不是有两个互不相容的天主吗？可不是嘛，我现在坐在桌子后面的沙发上，不是又感到太阳天主与忏悔毫无关系吗？想出所有这一切的难道不是那另一个天主吗？什么可饶恕的罪孽呀，不可赦免的深重罪孽呀，属于深重罪孽的三恶[1]呀，什么参与或容忍他人

---

[1] 三恶即肉欲、眼欲、傲慢。

犯罪的罪孽 ① 呀，什么滔天罪孽 ② 呀，还有什么违背教堂的十诫和五诫 ③ 的罪孽呀，这些难道不都是那另一个天主想出来的吗？然而这另一个天主非常强大——这一点我感到确定无疑——，正像辅祭所说的那样，什么事情他都要放到他的天平上称一称，而且称得很仔细，很精确。人们得设法对付他，从这件事情中摆脱出来，而不让自己的灵魂受到损害。因为，教堂允许我们接受圣礼，就把我们提高到了理智的高度，对这一点，辅祭不让人有丝毫怀疑的余地。而有理智的造物在神的天平上不是称着玩的。绝对不是的，事情很严肃，我已进入了理智人的等级，如果现在我死了而到不了使人圣洁的天国，那么，我就得入地狱。一旦那另一位天主——公正的、拿着天平、按规定办事的天主——把我推进地狱，那么，神圣的太阳天主就无法把我从地狱里救出来，不管他听不听我的忏悔。

父亲看见我如此忧伤、如此热心地准备着我的第一次忏悔，也对我说，这么严肃地对待迈入忏悔室的第一步是对的。因为——他说——我们到了忏悔室就像来到天主的法庭。

于是，对每个"你干了什么"的问题，我几乎都回

---

① 天主教所列参与或容忍他人犯罪的罪孽共九种，如命令、唆使、赞同、直接参与、默认、隐瞒他人犯罪。

② 天主教所列滔天罪孽共四种：谋杀、鸡奸或兽奸，欺压穷人，尤其是欺压鳏寡孤儿，扣留应得的报酬。

③ 天主教除十诫外还有五诫：1）要过规定的节日；2）每个孕期日和节日都要虔诚地望弥撒；3）要过斋戒日；4）每年至少向指定的神父忏悔一次罪孽；5）每年至少一次（而且是在复活节时）到教区礼拜堂领至尊至圣的祭坛圣餐。

答"是的"。

过了不到一星期，我写完了在忏悔室认罪的第一份草稿，这时正是圣诞节这个礼拜。一天，我从学校回来，看见大家坐在桌子四周，一个个露出笑脸，吃完饭，尼克尔马上偷偷告诉我，弗朗西斯卡在沙发靠背的缝里发现了我记着罪孽的条子，并把它交给了父亲。

我又羞又恼。当屋子里只剩下我、弗朗西斯卡和父亲时，我对她说，看别人的罪条肯定是大罪，是亵渎神明。"甚至得把你开除出教会！"我最后眼泪汪汪地喊了起来，因为——我继续说道——谁敢擅用神父的权利，谁就是亵渎神明。这可比偷杯子、打修女耳光糟多了。

"你学得很好，"父亲微笑着说，"不过照你这么说，我也得开除出教会啰，我也看了条子呀。"

"你是父亲。"我不假思索地说。

父亲把条子叠好，放到一边说话。我知道，像我这样的小字他看不清了，所以他让弗朗西斯卡替他读。他希望弗朗西斯卡不要跟别人谈我的罪条的详情。红铜色头发的弗朗西斯卡满口答应，可是一边说，一边得意地向我笑笑，要不是她比我大六岁，要不是父亲坐在我们两人中间，我真想用拳头揍她一顿。

父亲说开了，不错，我确实是个很认真的人。不过，他继续说，他事先看到了条子，这对我和可怜的忏悔神父来说都是好事，因为我肯定是在教长面前做忏悔，要是我这个八岁孩子念了这些罪恶，他一定会过去。因为根据这些罪孽推断，要么我们家就是地狱的一个前厅，要么——他也许更相信这一点——他的忏悔课就是罪孽压榨器，要从小孩身上尽量多挤压出一些无稽的东西。可是，除了我想象的那些大罪孽，也即背离真正的天主，怀疑他的善良和慈悲；除了我亵渎神明，我的诅咒，我对教会的仇恨，我杀生的乐趣，除了所有被我杀死的动物（我指的是被我打死的苍蝇，被我埋掉的甲虫，在地的犁沟里踩死的老鼠）；除了和已婚妇女胡乱来往（听到这里，我姐姐弗朗西斯卡突然咴咴笑起来，跑到门外去了），除了我所有的假誓言，除了所有这一切，我的认罪书里还有更多的东西与他有关："因为妈妈把我叫回来，不让我玩，我就在从家里到贝伦特十字架的路上不跟她说一句话，有意伤她的心。"父亲轻轻地说："我对你妈妈还从来没有做过这种事呢！"我听了他的话，一下动了心，大哭起来，他赶紧把手伸进口袋里，拿出一个钱币给我，问道："你知道我为什么给你钱？"我摇了摇头，他说："省得你悄悄偷你妈妈的钱买零食吃。还不害羞！在家里偷，到外头也会偷，比如在面包房里。"

我现在成了小偷，站在父亲面前，羞得无地自容。接着，他用胳膊搂住我，吻我，对我说，我仍然是他可爱的孩子。他要我不要把天主想象成像柜台后面卖杂货的女人那样的人。"天主就是你的父亲，"他轻轻地说，"我也是你的父亲，可是跟他不一样！"他还告诉我，对父亲什么都可以讲，什么事都可以，他看见我们这样坦率真诚会让我们更加信任他。互相信赖了，我们的心都会变得很轻很轻。"就像外面的雪花那样轻。"他一边说，一边指着窗户。我看见外面下起雪来了，吃了一惊，心里很高兴。我看着纷纷扬扬、无边无际的雪花，在我的眼睛里，所有的雪花都变成了人的心，都想飘到天主身边。

房间角落里的炉子响了一声。我靠到父亲的怀抱里，舒了一口气，觉得很幸福。

凯塔、城市和第一次忏悔

　　这一年，做完圣诞节弥撒后，我和几个孩子一起走上楼梯，到约瑟夫祭坛——放在枞树下面的马槽，这是我第一次看见凯塔。按她的样子，一眼就能看出，她不是施维希人，而是城里来的孩子。她眼睛睁得大大的，站在我旁边。她的两排牙齿紧紧咬在一起，可是她的嘴唇却咧开着，露出迷人的笑容。浅色的头发垂在肩上。她穿着一件蓝大衣，矢车菊蓝的大衣，黄袜子，棕褐色鞋。我看着她，就像我平时——当她不在时——观看马槽里的雕像一样。她却站在那里，一动不动，脸上露着笑容。后来，她画了个十字，屈了一下双膝，走了。我跟在她身后。走出教堂大门，我看到外面还有一个凯塔，只是小一点，我以前没有看到过她。那是她的妹妹玛丽亚。我们三个人一起走着。天慢慢亮了。我们踩在雪地上，发出低沉的脚步声。我们前后，穿着黑衣服上教堂做礼拜的人纷纷回家去。我们这样并排走了几分钟后，我问道："你叫什么名字？"她说她叫凯塔。她的声音很柔和爽朗。我也问了玛丽亚叫什么，她也告诉了我她的名字。接着我问她们住在哪里。凯塔说她们实际上住在城里，平时住在火车站旁边铁路工人的家里；星期天因为要上教堂，就住在外婆家。我很高兴地听说她们的外婆住在维尔茨街。这样，我们就同路，她们还得从我们家门前经过。我自豪地指给她们看我们家的房子，这时，鲁普罗特山上升起了灿烂的朝霞，我们互相看得清对方的脸了。"凯塔，你听我说，"我说，"我到火车站去看你——骑自行车去！"

"你有自行车？"她惊讶地问道。

"我哥哥马丁有一辆，他的车有飞轮和倒闸。这是世界上最好的车。他能一口气骑到特里尔。他带过我一次，带到利希特街。"

"那么说，你没有自行车？"

"没有——可是我有一个轮子，自行车轮子，我骑这个轮子，差不多和骑自行车的人一样快。"

"可是骑一个轮子，你没法带我。我很想跟你一起骑车。你叫什么名字？"

"斯蒂芬！大家都叫我小斯蒂夫。你可不用这样叫我，凯塔！我是个大孩子了。我就要去忏悔了，今年春天。"

我一边说，一边想象着，我怎样骑着马丁的车，前面带着凯塔，往什么地方骑去，从村子中间穿过……不，这可不行，大家会笑的。到别的什么地方去骑。说着，我们来到了我家门前。

"你也要当农民吗？"凯塔通过栅栏门看着院子问道；从外面就能看见粪堆和猪圈。

我把手插在裤袋里，我觉得有点冷。我不像凯塔和玛丽亚那样穿着大衣，农村的男孩子不穿大衣，只穿厚厚的内裤。可是，有凯塔在我面前，我可以在雪地里站上几个钟头！玛丽亚不断地看着街道的两头，不说一句话。

要是别人问我以后干什么，我总是马上回答，我要上大学，当神父，可是站在凯塔面前，我要仔细考虑一下，她是否也喜欢这个职业，这个职业是否会给她留下深刻的印象。我可以回答："我要当教授。"可是我并不很清楚，教授是干什么的。我也可以说："我要当大夫。"可是，自从我认识小鼻鸟以来，我觉得这个职业在她眼里太低贱了。于是我轻轻地，然而很确定地说："我要当主教。"

"当主教？噢！"小玛丽亚用轻轻的，然而几乎惊吓的声音吐出了这么一句，而凯塔却眨了眨眼睛，露出了紧紧合在一起的牙齿。"那你就不能结婚了。"她也跟我一样镇静而明确地说。

这一点我没有想过，我看着凯塔的眼睛，想到我永远不能结婚，心里简直吃了一惊。

于是我对她说，这些事情还没有最后定呢。"我们的辅祭非常反对这件事。"我补充道。"再说，"我突然想起了一点很重要的事情，"当了神职人员，家里还有女管家呢。"

"可是，她们只是做饭，"凯塔立即说道，"如果你娶我的话，我们就一起睡觉，整个晚上都互相亲吻。然后就有孩子。这个你不知道吗？你要当了神职人员，就永远不能吻我。"

我心里乱透了，也有一点不好意思，可是，我更多的是感到，一朵火热的粉红色云彩怎样落到我身上。凯塔说了，如果你娶我。好像这是不言而喻的事情似的！

"噢，凯塔，瞧，我们家里人来了！我来看你……骑自行车……到上面铁路师傅家里。现在握握我的手。好，凯塔，祝你圣诞节幸福！祝你圣诞节幸福，玛丽亚！你喜欢吃莱茵河黄香蕉苹果吗？我爸爸有世界上最好的苹果。"

我很快跑进屋里。厨房里的灶已经点了火。平锅里煎着苹果。咖啡发出香味。可是我不能跟其他人坐在一起。

圣诞节后过了几天，我到铁路师傅家做第一次拜访。一位穿蓝制服、耳朵上架着一支很宽的红铅笔的铁路工人给我开了门。我说："我——我要见凯塔，我给凯塔带来了一点东西。"

那人带我走下楼梯，房子是盖在山坡上的。凯塔的母亲向我迎过来，肯定是她母亲。那蓝眼睛和凯塔的一模一样，她微微张着嘴，露出合在一起的白牙齿。我不好意思地看着这个漂亮的女人，力图用纯正的德语说话，我问她我能不能给凯塔一些苹果。

"你是谁呀？"她问我，笑了。

"我是高个子斯蒂夫的小儿子，我爸爸是新来的农民，住在维尔茨街。"

"啊，"她说，笑得更厉害了，"你是那位要当主教的小家伙啰？"

"是，就是我。"我一边点头一边说。

"那快进来吧，两个女孩子在床上互相扔枕头玩呢，不过你得把鞋和上衣脱掉，你会觉得热的。"

我立即脱掉又厚又沉的鞋，穿着袜子，轻轻走进房间。两个女孩子刚看见我，两个枕头就落到我的脑袋上。

我还从来没有见过这种游戏。我要是在家里扔枕头，肯定得挨耳光。开始，我去抓枕头时还有些胆小，后来，我也是抓起那些白色的羽毛云朵就扔，越扔越有力，越扔越兴奋，我从一张床跳到另一张床上，觉得仿佛真是在天上一样。在我的想象中，在天上，人们可以从这朵云跳到那朵云上，仰卧在云上看太阳，阳光一点不刺痛眼睛。两个女孩子朗朗大笑，她们的笑声让我醉了。而我总是不断地喊着凯塔的名字，只用她的名字作为对一切的回答。

打完枕头仗，我们坐到桌旁吃点心，喝一种褐色的饮料，很甜，味道像巧克力。女孩子们把它叫作可可，我喝了三杯，甜到了嗓子眼上，可可那么好喝，我都忘记看凯塔了。喝完可可，我们来到最上一层，从窗户往外望去。街的那一边是轨道，又亮又细，像两根打毛线的针。不时地开过一列火车，有时里面是人，有时装的是货物。火车往左开，那是进城的；向右开，那是开往福伦、赫策拉特、萨尔姆罗尔和文格罗尔的。对我们来说，世界就到那里为止。我们虽然在路牌上看见"通往科布伦茨"的字——我们也知道这个名字意味着是个城市，但是这个城市位于摩泽尔河的另一头，我们这里没有人谈起过它。而关于特里尔，我已经听到很多了，可是在这和凯特在一起的第一个下午，我听到了更多特里尔的事。天黑时我回家去，在路上，我常常在电线杆旁停下，倾听电线杆上传过的悲伤的声音，兰富尔田野的树听见了叹息。

让我去特里尔的日子终于来到了，我和母亲一起去。那一年春天，我几乎天天到凯塔家去，目送火车渐渐远去，我多么想坐火车啊。这个特别的日子到来以前，我只是从远处模模糊糊地看见过城市的蓝色塔尖，比如，哥哥姐姐们在种土豆，我在一块地旁把奶牛赶到马罗尔山吃草的时候。四月，城市时而笼罩在雾霭里，时而被云彩遮蔽，无论是在白天遐想时还是在夜晚的梦境里，我已经多次像盲人似的漫游了这座神秘的城市。

当我在学校里第一次听说，摩西怎样从一座高高的山上看见许诺给他的土地而又不能踏上这块土地时，我很容易设想他的心情。从这时起，我常常扮演摩西，把褐色奶牛和白色奶牛当作约苏阿[①]和另一个随从，我们向西边观看金色的天空。淡蓝色的小尖塔耸立在山峦之间的缝隙中，我们三个看着看着叹了口气。我知道，那里有大电车，不用马拉就能在街上行驶；那里埋着圣徒马提亚[②]的遗体；那里有波特拉·尼克拉大门，据

---

① 摩西死后的以色列统帅。
② 耶稣使徒，据《圣经·使徒行传》称，犹大出卖耶稣后死去，门徒们补选了马提亚。

说，这座大门又黑又大，几乎跟天主一样年代久远，天主曾经在德罗恩溪我们家磨坊附近的克罗恩山上，手执十字旗，在君士坦丁皇帝面前显灵。那里有海伦皇后住过的大教堂。这个城市有许多圣地，殉道者的鲜血染红了那里的土地。教堂广场上放着魔鬼亲自扔到那里的教堂石，从前，迫害基督教的里克修斯·法鲁斯曾一度在教堂广场肆虐作恶，后来被一位神圣的主教赶进摩伊伦森林，镇在一棵大树里。我知道很多这位凶残的罗马人的故事，因此无论如何要去看看教堂广场上他变球、变马、变火圈胡闹的地方。凯塔还给我讲了多少这个城市的事情啊！对了，她还讲了在高高的山上的玛利亚柱子、鼠疫十字架①、罗马人桥！东西太多了，人们不可能全知道，全了解，这个城市的许多事情简直神秘得很，完完全全不可理解。比如，人们带着盒子回家，盒子上画着一只蓝手，里面装着皱褶衣服——据说，那是他们在"蓝手"买的衣服。人们怎么能走进蓝手，在里头买散发着暗香的花衣服呢？在我知道谜底以前，这种事对我来说简直不可思议，我都不敢往这方面提问题。我甚至不想把我在理解上遇到的困难告诉凯塔，有时，她笑我的问题。这时我发觉，她是城里人，比我聪明得多，可是她的嘲笑仍然让我不好受。

现在就要到特里尔去了！我向父亲母亲，同时也是向特里尔所有神圣的殉难者提出的请求突然被听见了。我母亲有事，必须到农民协会去一趟，于是，一个

---

① 为让人们记住鼠疫灾害而建的十字架。

晚上，我姐姐拿来一个大锌桶，告诉我，第二天早晨我要乘国营铁路到特里尔去，因此她们要好好给我擦洗一通；到城里去，就得干干净净、整整齐齐。这一夜我睡不着，也许因为我脑子里装的关于神圣的特里尔的事比"蓝手"里的各种纺织品还多。第二天早晨，母亲系上黑色丝围裙，头上围上一块黑色丝头巾，一边给我穿钉着金纽扣的棕色丝绒上衣，一边对我说："好，我的孩子，再给你一块手绢，跟在我身边，别走散了。城里很大，你要走丢了，谁也找不到你！"

我跟在母亲身旁，沿着兰富尔溪走向火车站，把村子的最后几排房子、奶牛和路旁的苹果树都留在了身后，我一方面感到有点可怜它们，同时又意识到我是受优待的造物——这时，灿烂的阳光照在鲁普罗特山上，电线杆里的声音也跟往常不同，欢快地唱着，我不时地走到电线杆旁，把耳朵贴到粗糙的树干上。今天，嗡嗡响的尽是"特里尔——特里尔"几个字，电线杆不知道有别的字，而以往，它们有时也会传来远方的地名，像念玫瑰经的女人那样默默念诵。

当时火车上还有四等车，这对我母亲以及所有农民是再合适不过了——我也觉得很好，尽管出于另外的理由。车厢前后有两条很硬的长凳，整个地板全都能看见，这样，我仿佛觉得这不是车，而是木头房子。火车向西开，而我们可以在房子里往东跑，这一点简直就像那只"蓝手"的秘密一样使我激动不已。我向母亲提了一些问题，母亲只是摇头听着，就像她摇摇头、默许我跑来跑去一样。

"妈妈，要是火车很长，会不会有从特里尔到科布伦茨那样长……"

"从特里尔到——到哪里？哪里会那么长，我的孩子！"

"那——我能不能从一节车跑到另一节车……"

"你干吗要跑到另一节车去呢？现在坐着别动！"

"要是我跑得很快很快，我就能在火车里跑回家去，可是你，妈妈，你就到了特里尔！"

母亲忧虑地看了我一会儿说："我的天哪，你都想些什么！"

坐在母亲旁边的一个老农妇叹了口气说："可不，今天的孩子，他们脑子里知道好多事呢！"

母亲严肃地点了点头，不过，也可能是火车的震动让她不得不做出这赞许的动作。我看出那位老农妇眼露不悦，于是就问她是不是不喜欢坐火车。

"可不，"听她那语气，好像我说了蠢话，说了不可理解的话似的，"到特里尔去一趟，几乎花掉我半袋面粉呢！这种事我可不喜欢，傻孩子！"

母亲和老农妇搭上了话，她们谈起谷物的价格，谈起面粉和我们以前住过的磨坊，谈起德罗恩水坝和城里的先生，尤其是农民协会的先生——今天，我母亲——如果必要的话——要用锤子和斧子敲开那些城里人的榆木脑瓜。老妇人兴奋地点点头。接着，她们说起她们的孩子，最后，老婆子指着我问母亲，我是否已经能干点活帮点忙了。母亲看看我，忧郁地摇摇头说："这小鬼？他可鬼着呢！不在萝卜地里弯腰干活，拣了一个萝卜、土豆，就蹲在那里玩一通。不，他干活倒不笨，只是我们要让他上大学呢！"

"什么——上大学？"老婆了阴郁的眼睛看着我，可是我发觉，她的眼睛突然充满了敬意。"那以后他就当神父啰？"她说，听那语气，根本不是问话。

在火车上的最后几分钟，母亲总是紧张地看着窗外。"我们到了，我们到了。"最后她激动地喃喃说道，拿起她的旅行袋，招呼我跟着她一起走到门边。可是过了好几分钟火车才停下，我听见有人大声喊道："特里尔总站到了！"

狂喜和激动一齐向我袭来，使我不能自制，我默默地把手伸到母亲的手里，我要不慌不忙地欣赏一番这里的一切美景，哪怕它们像波特拉·尼克拉大门那样沉重。

我们在茂盛的树木下，在比我们的打谷场还坚硬光滑的灰泥路上到处走动。人们都穿得整整齐齐的，没有人扛着鹤嘴锄或禾杈。有些男人穿着绿色制服，佩着刀，母亲告诉我他们是士兵。可是，看来她不喜欢士兵，因为她翘起下唇，很不高兴。突然，我停住了脚步，喊了一声"噢！"瞧，波特拉·尼克拉大门耸立在我面前。它真是又高又大，非常雄伟，我惊呆了，说不出一句话来。可是——我觉得它全然不管观看的人，无论我们走到哪一边，它都背对着我们，这让我心里好生纳闷。我们从它下面走过，穿过两个门洞中的一个。我们又站住了，看着这黑色的庞然大物。我感到每一扇又高又窄的窗洞仿佛都是眼睛，一动不动地、漠然地从上面看着我。

"噢，妈妈，尼克拉大门可真是……"

"嗯，我的孩子，你说它是什么？"

"噢，一只可怕的独角兽！一只大牦牛，一只九头怪兽！"

"你说什么——一只九头……！"

"对，一只九头怪兽！"我又说了几遍这个词，同时谨慎地看着尼克拉大门，好像我这个难听的字会刺激它，它会突然变得狂暴起来，不再像千百年来那样一动不动地耸立在那里，而是愤怒地向前跨出一步，来追我。

"妈妈，你说，要是尼克拉大门长了两条腿……"

她半惊讶半生气地打断了我的话，她说我的话是无稽之谈。她说，尼克拉大门不是动物，而是一幢房子，甚至是一幢虔诚的房子，以前，那里头是个礼拜堂，叫西梅翁教堂。

"噢，那我们可以进去啰？"

母亲随便应了声"是的"，我可马上恳求她立刻带我到波特拉·尼克拉大门里头去。最后，我哭着求她，她还是不为所动。"这要花好多钱的，"她严厉地摇摇头，回答了好几次，"教堂里没有天主了，我们进去干吗？而且还要花钱！"

出于同样的理由，她也不想上电车。电车漆着鲜艳的颜色，一边开一边发出丁零零的响声，像旋转木马那样吸引着我。母亲告诉我，特里尔不大，电车只是为懒惰的城里人造的，他们大手大脚地花钱，老了靠皇帝或者特里尔市养活。"这真是罪孽和耻辱，"她说，"不去坐了，我的孩子，宁可年轻时走路，老了坐马车。"

"可你已经不年轻了呀。"我顶了一句，伤心地看着电车隆隆隆地开过去。

"我？你真不了解你的妈妈！今天我本来可以走到特里尔来的，可是在春天，我们农民没有时间。"

我不言语了。我看到，她说的是对的；不管我怎么难受，我也只好作罢了。

在农民协会，我连一个农民也没有看见，非常惊讶。一只光亮的大木箱上放着许多书和一摞摞纸，后面坐着一位先生，他套着白色硬领子，系着领结，小胡子两边刮得干干净净，农民们即使过圣诞节、复活节或者一年一度的教会节庆，也没有打扮得这么漂亮。他鼻子上架着一副闪光的眼镜，说起话来和蒂普赫纳老师一样文雅。

我母亲刚说了几句，就像在家里有时做的那样，竟伸出了指头，指着那位文雅的先生的鼻子，有一次，甚至用手敲起大木箱来，这把我惊呆了，在我眼里，她变高大了。我一下子明白了，她不仅身体强壮，干起活来像一头熊，而且这位衣冠楚楚的先生也非常清楚，他在跟谁打交道；因为他都不敢敲桌子回敬她，而只是说："当然，艾纳特太太，当然，当然！"我记下了这个词和称呼，我以后也要这样去试试看，我不再说"布德利希大妈"或"赫林大娘"，而说"布德利希太太"或"当然，赫林太太"，村里人从用词上就能看出，我已经到城里去过了。

他们两人后面的谈话我听不懂，我不知道他们谈什么，于是那些字都成了孤零零的字，连不成句子，听起来又奇特又虔诚，我觉得仿佛在教堂里似的。我听见了托马斯面粉、钾肥、鸟粪等词；又听见圣十字架、国有土地、公证人。当我被这些词所迷住，还在回味这些词的意思时，看见那位文雅的先生走向一个从上到下关着的柜子，他用手指在上面轻轻一碰，嘎吱一声，柜子门就很快地从上到下消失不见了，吓得我两腿一蹦，跳了起来，我只顾寻找消失了的柜门，来不及看清到底发生了什么事。我接着问母亲，我能不能到厕所去一趟。那文雅的先生摇了摇铃，立刻进来一位年轻姑娘，把我带进一间非常小的房间里。我旁边挂着一样陶做的白色东西，样子像个大胡萝卜，上面写着一个"拉"字。我照着写的拉了一下，结果比刚才自动开门的柜子更让我吃惊害怕，我屁股全湿了。当我们来到街上时，我把事情告诉了母亲。她露出几乎是满意的微笑回答我："你看，城市也有它的脾气，而且会一天比一天坏。"

　　接着母亲对我说，我们现在到大教堂去。她在大门前停住，给我讲我已经从凯塔那里听说过的教堂石的故事。我看见几个男孩子在残破的深色柱子上划着玩。石头表面像陈肉皮，人们马上就看出，魔鬼曾经用爪子抓过它，因此我不愿用手去碰它。

　　在教堂里，母亲登上后面的楼梯，在忏悔室里跪下——她轻轻告诉我，她现在要忏悔了。"里面坐的是副主教。"她说，于是我怀着敬意与好奇向那紫色的帘幕看去，从那里传出一个低沉而温柔的声音。我突然想，反正忏悔快临近了，我是否干脆不在施维希教长那里忏悔，而在副主教这里忏悔。我猜想，副主教比主教还人呢，在他这里忏悔比在教长或辅祭那里忏悔更有效——这肯定也是我母亲的看法——忏悔以后，我就不用再怕黑色教士袍的纽扣了。于是，当母亲和副主教说完话走出去时，我从另一面走进忏悔室，像我学过的那样说道："耶稣基督受赞颂。"副主教轻轻地说："永远，阿门。"

我继续说："我这可怜的罪人，向天主——万能的主——承认……"可是我说了半句就喘不过气来。那位德高望重的人注意到我很激动，于是他亲切地说："你这淘气鬼，"然后向我提出各种各样的问题，我是不是有时不听父母的话，在学校里是不是不注意听课，是不是说过一些不三不四的话，是不是逃过弥撒，说过谎，跟别人打过架？我听得非常专心，总是非常沉痛地说"是"，心里暗暗吃惊，对我的情况副主教怎么知道得那么清楚。他给了我几条忠告，然后问我是不是已经会祈祷"你——我的保护神，天主的天使"，我说会，我会祈祷。那么，我现在就该念这个祈祷词悔罪。然后我看见他举起手，在我头上画了个十字。我感到，我身上的罪孽一个个往下掉，就像靴子上的泥渣烤着火往下掉一样。我深深吸了口气，当副主教轻轻对我说"耶稣基督受赞颂"时，我庄严地回答："永远，阿门。"就走出去了。

"唉，你呀！"母亲说着摇了摇头。正在这时，忏悔室的门开了，副主教从里头走出来。他朝我们两人看着，凳子上还跪着两三个女人。他向我们笑笑，我不知道我该做什么。要是我是个女孩子，我就行了屈膝礼。可是我觉得需要向副主教表示我领会了他的微笑，于是很快画了个十字。这时，他笑得更厉害了，然后就走了——到下面教堂的大殿里去。我看见他后脑勺上戴着一顶小小的红帽子，那帽子真让我喜欢。

我看到，我以后当主教是选对了；现在我甚至想当副主教了。当我们在边厢的小礼拜堂里坐在祭坛前吃黄油面包时，我一点没有告诉母亲我的伟大决定。到头来她会责备我，说我想得太高了。可是，她常常跟我说的库斯的红衣大主教尼古拉·克莱普斯难道不也是贫寒家庭出身吗？修道院院长特里特赫缪斯也并不像他的名字所表示的那样来自特里腾海姆，而是来自我们家磨坊后面的小海登堡村，为了上大学，他也不得不像尼古拉·克莱普斯那样从家里跑出去。我还用不着这样，上大学的钱已经有了，父亲用亲切的话语多次暗示过这一点。只是这一来，我得放弃凯塔，这一点，我今天下午跟着母亲在教堂里时完全看清了。在教堂的气氛中，这一点似乎并不怎么坏。千百年来在这高高的穹隆下燃烧的香火渗透进了石头和木头里，从外面进来的空气立即就变得虔诚、肃穆、严肃、甜蜜、庄重了。祭坛里的圣徒像的眼神也与香火气相吻合。他们说："跟我们比，凯塔算得了什么！人身上唯一有价值的东西是他不朽的灵魂。"这一点我现在学到了！就连曾经跟随他神圣的母亲海伦在这幢房子里住过的君士坦丁大帝——他的价值也只在于他是一个人，有一个灵魂，并且受过洗礼。这一点是毫无疑问的，尽管教给我们这一点的是辅祭。我的思想从凯塔转到神圣的海伦和她的儿子身上。我嚼着黄油面包，心里想着他们两人，几百年以前，他们也曾一度并排坐在这里，啃他们的面包。现在他们已经到了永恒的天国！而这永恒的天国就在这些圣徒的脸后面，他们正庄严入神地向下看着我们呢。

我满心想着这永恒的天国，就恳求母亲带我到奥勒维希去，在那里的竞技场里，基督徒被豹和狼咬得鲜血淋淋，惨死在场上。起先，母亲不同意，说我们没有时间了。于是我告诉她，我们在学校里听了好多这方面的故事，而且老师嘱咐我们——这一点当然不符合事实——请求我们的父母带我们去朝拜这个圣地，这么一说她终于同意了。

我觉得奥勒维希这个名字有点圣油味、香火味和墓地的气味，这也许是由布克斯的讲述引起的。我们往外走时，我把自己想象成一个年轻的基督徒，跟母亲一起被人扔到了野兽面前。我们遇见的特里尔人对我的想法一无所知，我让他们在我的游戏里充当异教徒，他们用手指指着我们，祝愿狼和豹享受一顿美餐……

"人多么坏啊。"我从心底叹了口气说。母亲诧异地问我："你说什么来着？"

"妈妈，你好好设想一下，人们让野兽吃掉我们两个人，只是因为我们是基督徒！"

"噢，你这个傻孩子，今天没有人这样做了。那种时代已经过去了！基督徒并不因为某个人有别的信仰就打死他！"

"这太好了。"我充满了坚定的信念说，想到现在世界终于变好了，我心里松了一口气。

当我们穿过圆形露天剧场，我看见残垣颓壁上的红砖时，不禁想起基督徒的鲜血。我曾经听人说过：用手攥起一把土，使劲一挤就会挤出血来。于是我走到一堵墙后面，很快捡起一点土，祈祷起来。可是接着我没有把手攥紧，母亲在喊我。我看了看手里的土，把它扔了。我害怕我的手里突然会有血；同时我又害怕从土里会挤不出血来。那真是非常奇特的矛盾感觉。

母亲表情严肃，看看这里，又看看那里，一句话不说。最后她画了个十字，大声说道："好，我们走了。我还得到'蓝手'去呢。"

我立即回答："是，妈妈！"我非常好奇，想搞清楚"蓝手"到底是怎么回事儿，就像我很想看圆形露天剧场一样。

我们在一家布料店里买了各种各样的东西，朝火车站走去，这时我问母亲，我们到底什么时刻到"蓝手"去。母亲说："噢，傻孩子，我们已经去过了！你看，这不，"她指指我的纸盒子说，"我们在'蓝手'买的东西你不都拿着吗！"

"原来这样。"我说。我对"蓝手"的梦想一下子全垮了，以致我不能告诉母亲我是多么失望。另外，城里还有一些事物也并不像我想象的那样大，那样美；可是有许多事物大大超过了我的想象力。

救护日、和父亲的谈话、战争爆发

一天，布克斯老师在最后一节课结束时说，现在天气很好，大地回暖，我们可以举行救护日活动了。对举行这种活动，三个高年级的学生比我们高兴得多——他们将扮演伤员，藏在草地和田野上，由救护人员去寻找他们，低年级学生则帮着寻找。

到了下一个星期天，我们在学校前集合，医生和教员站在最上面一级阶梯上。小鼻鸟大夫站在一张桌子边上，桌上放着许多小卡片。大夫拿起一张卡片，胡斯曼老师便喊一个学生的名字。被喊到的学生走上阶梯，小鼻鸟用别针把卡片别到他身上，说："好，你是肚子上挨了一枪。"他对第二个学生说："记住，你断了一条腿！"一边也给他别上一张卡片。轮到我哥哥尼克尔时他说："你脖子上挨了一枪。"当三个高年级的学生都在胸前别上卡片回到队伍里时，布克斯——他声音最大——走到前面说，全体学生都要仔细看一遍注明受伤部位的卡片，要按照规定做。谁丢了卡片或者把它弄得无法辨认，谁就要受到严厉的惩罚；星期一早晨要把卡片交回到学校来。大家都要当成真事那样，好让救护员得到真正的练习。有几个孩子向轻伤员夸耀自己伤重，以扮演重伤员为荣。布克斯向他们喊道："这不是游戏。"他接着说，练习时，全体老师都将在场，要看着大家，让救护日进行得像个样子，救护日是严肃的爱国行动，参加这样一个活动对我们来说是一项特别的荣誉。

接着，蒂普赫纳老师拿起提琴放到下巴下，说道："最后我们唱那首优美的歌《我对你无限忠诚》。不过，只有明天演勇敢的伤兵的高年级学生才能唱。"我不会这首歌，而且也不让唱，明天又不能演伤员，感到非常伤心。

回到家里吃饭时，我问什么是《你壮丽的赫尔曼 [①] 之国》，大家都盯着看我，好像我是个笨蛋似的。哥哥姐姐中有一个说，这还不明白，就是德国呗，否则还能是什么！可是当我接着问，为什么德国叫这个名字时，谁也讲不出道理来，连父亲也不知道。在我们村子里，赫尔曼是个人名，不过，同西格弗里德、西格蒙德一样，只有犹太人才取这个名字。因此对我来说，赫尔曼之国这个词好像锁在一个盛放没有用的、逐渐被人遗忘的东西的柜子里似的。

星期天早上吃过饭，尼克尔和我就站在这样一个柜

————————

① 古日耳曼部族齐鲁斯克人的首领阿米尼乌斯的别名，公元九年打败罗马人。

子前面。这个柜子放在父母亲的卧室里，正好完全罩在对面的库房投到窗户的影子里。柜子里放着好多乱七八糟的东西，不论你怎样翻过来倒过去地琢磨，还是不知道它们曾经派过什么用场。比如那里有些像勺子那样的金属小玩意儿，但肯定不是用来舀汤的；我看见一块红色石头，一面已经像蜡那样不成形状了，仿佛曾经被水滴出了许多孔眼，而实际上却非常坚硬；还有链条，但不知道是表链、狗链还是项链；还有发出苦味的锅，不同形状和大小的瓶子。翻了一会儿，尼克尔就找到了一样东西，后面是木把，前面是钢管，中间是一个有许多孔的滚筒。"这是手枪，"尼克尔一边对我说，一边就把它插到衬衣下面，"今天我得有武器。"他走了，我几乎哭起来，只怪我年纪小，不能像尼克尔那样藏起来，让救护员寻找。我甚至不能当通讯员，跟他们一起去找，因为据父亲解释说，跟救护员一起去找伤员的小男孩有的是，所以，他要我留在他身边，吃完饭，他跟我一起去火车站。我会看见那些傻乎乎的孩子怎样成批成批地被装上车。母亲沉着脸点点头，嘟哝了一句："可不是嘛，谁知道他们的救护会闹出什么名堂来！"

我不懂父母亲对这个活动有什么好反对的。整个早晨，我都站在房子前面，看着那些孩子跟在随着音乐行进的救护员队伍后面往前走。吃完饭，父亲站起身，带着我去火车站。当我们走近凯塔住的房子时，我松开父亲的手转到他的另一面，免得她看见我。在她面前，我感到非常羞愧，因为我还像个小孩子那样跟在父亲屁股后面，而其他跟我同龄的学生都已经自己上路了。

我们来到低洼地，这里溪水潺潺，岸边柳枝飘拂，一个救护员告诉我父亲，战役就是在这里进行的，我们听见铁道后面传来呼喊和回答的声音。哨子吹响了信号，命令一个传一个，汽车隆隆地开过，鸣着喇叭，从人群中开出一条路，这些人都是村里来的，三五成群地站着聊天，火车站前的空地像星期天做完弥撒后的游艺场。我转动脑袋，向四面八方看，等待抬着担架的救护员不时地在穿得整整齐齐的农民中间出现。担架上躺着男孩子，一个个缠着白布，有的缠着腿，有的裹着头，有的缠着身子，他们东张西望找人，压低声音呼爹喊娘，或者呼叫着某个熟人的名字，好让大家看见他们让别人抬着是多么舒服，多么美妙。

救护员抬着担架，走向停在旁边轨道上的牲口车。有时，当躺在担架上的人喊得太厉害时，老师们也走到车厢那里去。我看见胡斯曼和布克斯手指着黑洞洞的车厢门威胁着。可是吵吵嚷嚷的声音并没有减弱多少，老师们只好你看我、我看你地摇摇头。有时，车厢里传出歌声，"预备兵在休息"或者"喊声震耳如雷鸣"。父亲对汉纳斯叔父说——他是从他的磨坊经过草地到这儿来的："你说，汉纳斯，有必要这么抬着孩子，好像他们一个个都被打得半死似的吗？"正在这时，两个救护员抬着我哥哥过来了。尼克尔靠着小铁皮箱，半坐着躺在担架上，早上，他已经告诉过我，他脖子受伤不能躺下。他打算找一个救护员不容易找到他的地方。他把这件事看作捉迷藏游戏，他要最后一个让人找到。可是赫林家的小佩特过于热心，早就把他找着了，现在，他汗涔涔的，得意地跟在担架旁走着，而尼克尔却似乎对小佩特非常恼火。尼克尔向父亲递了个眼色，父亲却马上别过脸，好像没有认出儿了似的。

"你看，"他怒气冲冲地接着说，"我们突然就到了这步田地！他们连问都不问一声就立即把我们的孩子拉走！然后，胳膊腿什么的就都飞上了天，就像在巴尔干那样。是为了什么呀？谁也不知道。"

我很清楚，父亲想说什么。即使我不知道，也能从他的脸上看出来。他站在男人们中间，比谁都高，他越过他们的脑袋看着远处。——他对叔父说，他的眼睛已经变得迟钝无光了，可是他比周围的人看得深，他们只是觉得这一切很有趣，很好玩。他接着说："汉纳斯，我看见它来了，不过我不会亲身经历到它。可是我们可怜的孩子！告诉你，在我们的时代没有预言家了，要是有预言家，他就会看见什么，太可怕了，他都没法说出来。"

接着，他讲了他在画报上看到的那些可怕的事情。他已经不能看字了，画还能看得清。"倒不如连画也看不清呢，"他叹了口气，轻轻地说，"已经不是什么打仗了，是屠杀，不，是……是……地狱！"

汉纳斯叔叔似乎不喜欢听他哥哥这些阴郁的话。他四下看看，抽着猎人烟斗，踏着脚。"是啊，斯蒂夫，"他说，"是啊，是啊，可我们的父亲就说过你，说你能听见跳蚤咳嗽，却听不见猪倌的号声！"接着，汉纳斯叔叔说明了，我们还是得按老规矩办事。难道父亲愿意把莱茵河给法国人？

"噢，你别说法国人，你走开吧，"父亲一边说，一边抓住我的手，"走，小斯蒂夫！"他又转向汉纳斯叔叔说："法国人！要是我会法语，到那边去找开磨坊的法国人，问他：你真的要我们的莱茵河吗？他会说，你的莱茵河管我什么屁事，斯蒂夫，只要我们的溪里有足够的水让我开磨就行了！再见，汉纳斯，向你媳妇问好！"说着，他就带着我离开了喧闹的人群。

我们离开人群后，父亲轻轻地说："你还记得我们到鲍伊伦去的日子吗？那一天也是好天气！"他指指刚种下的地和草地。"你看，"他说，声音里带着忧伤的味道，"很快就要割草了。"他接着问我，我是不是好好念书了。我支支吾吾地做了回答，他告诉我，辅祭跟他谈过话。他对我很不满意。我连第一次忏悔也没有去。"我给他讲了，说你已经在副主教那里忏悔了，他听了非常生气。这次忏悔你真该在教长那里做。"

但是，父亲似乎很快就忘了辅祭对我不满的事。因为他说，他仍然希望我是当神父的材料。如果他在近几年真的去见天主的话，母亲不能违背我上大学的愿望，他已经跟她说好了，他要我知道这一点。

我放下父亲的手，哭了。还在火车站上时，他就跟他的弟弟说，他见不到打仗了，当时我听了他的话就非常心酸。父亲却停住了脚步，轻轻地呼喊着我的名字。我抬头看他，眼泪模糊了我的眼睛，使我看不清他，他责备似的摇摇头，平静地说："听我说，小斯蒂夫，我总不能老留在你身边呀。你好好记住：我们大家都得走的。所以我们最好还是及时做好准备。"

说完，他就用他那长满老茧的大手抓住我的手，我还在那里哭着。他用一种从未有过的亲切信赖的语气向我讲起他的各种病痛。他说，他年轻时是个强壮活泼的汉子，装起车来，麻袋就像飞似的，这一点母亲可以做证。"可是磨坊既磨了面，也磨垮了人。你想冬天夜里的冰房，水结成了冰，轮子变成了一块闪光的岩石，却还要跳进去，用破冰斧连着敲打几个小时，身上的衣服都结成了冰，硬得像木板。上来后坐到炉边烤火，我就这样伤了眼睛！也伤了心脏！后来，大夫把道理都给我讲了！有朝一日去见天主的话，所有那些把天主的工作和忧虑当成自己的工作和忧虑的人，到了那边，都会得到好报的。我也一向为我的家庭操了心，我可以为自己出证明——而且我还要继续为你们操心！"

我们默默地往前走；过了一会儿他喃喃自语地说起来："这肯定非常简单：死是一扇门——不多不少。那一天到来了，人们就去敲门，因为他很想到另一个世界里去。对他来说，战争、动荡不安、劳碌和经营都停止了！"接着，他对我说，假如我以后在埃弗尔①或洪斯鲁克山区的某个小村子当了神父，我应该解除人们对这扇门的恐惧心理。我不能摆出一副老爷或学者的架子，而应该接近穷苦的小百姓，去了解他们，发现他们身上的优良品质。我不能只坐在书房或忏悔室里引导他们，帮助他们，而要在平日引导他们，帮助他们，我必须想办法让孩子洗得干干净净，穿得整整齐齐。我还得懂一

---

① 摩泽尔河北岸的丘陵地区。

点养奶牛养猪的事，懂一点农业，这样，人们才会真的信任我。你是教区之父嘛！正因为如此，这样一个人自己不能做父亲，不能养自己的孩子。

他又沉默了一会儿，然后用一种我觉得完全陌生的语调——好像跟一个同龄人讲话似的——说，他年轻时，特拉普会①的修道士在莱文讲道，当时他大约十五岁。他跟一位长老谈了话，请求长老把他带到修道院去。可是，当长老来到磨坊问爷爷他是否愿意把孩子送到修道院学校——那里完全免费——时，爷爷大笑起来，说："我的孩子您都可以带去，唯独这个不行！他要继承磨坊。"——"而只要我爸爸说了不字，再说什么都白费口舌，简直跟石头说话一样。就这样，我当了磨坊主，做了一家之长。你现在看得更清楚了吧，要是你——我的小儿子，你跟我同名——能完成我年轻时立下而未能实现的誓愿，对我是多大的安慰啊。"

我沐浴在五月的阳光里，沿着兰富尔溪走去，我感到父亲的话像一副虔诚的担子落在我身上，我觉得，我的两条腿仿佛离开了地面，像在梦里往前行走。父亲没让我去跟那些救护员一起乱跑，我现在觉得很高兴。我在他身边走着，理解了他的心。他这么信任我，我几乎感到有些心情沉重。

救护日我早就忘了。这一天，在校青年到火车站去接入伍青年。后者帽子上插着羽毛，从特里尔回来，大声地告诉每个想听的人，他们进了炮兵、步兵或者骑兵

---

① 一一四〇年在法国诺曼底的特拉普创立的一个天主教教派。

部队。他们一个个都喝醉了酒，鼓鼓囊囊的礼服口袋里装着好几磅糖，显得更加鼓鼓囊囊。我们的马丁也有点醉了。他走进家门时，我非常骄傲地观看他帽子上的羽毛束、手杖上的彩带和插在纽扣眼里闪光的纸花。父亲只是一个劲地摇头，说："你们看，一个醉鬼！"我却暗暗觉得，马丁很帅，雄赳赳的，只缺一把军刀了。他哈哈笑着，给了我一包结成块了的糖豆。父亲不让我跟在入伍青年屁股后面跑，我也无所谓了，他们往孩子头上撒糖果，我用不着去抢，我的一份已经到手了。

天黑了，我们正坐在客厅里聊天，听见外面鼓号齐鸣。我们赶紧跑出去，看见入伍青年正列队通过。街道那边高耸着赫林家园子的砂岩石砌的高墙，墙那边是火红的晚霞，霞光刺得我看不清入伍青年的脸。我只看见一面旗和彩色的羽毛束，看见绶带、彩带和各种金银装饰物在闪闪发光。街道仿佛变成了一条泡沫飞溅、充满旋涡的溪流。因为入伍青年都迈着均匀整齐的步伐，仰着头，把结着彩带的手杖高高地、均匀地举到空中，他们像是被水流推动着往前漂游似的。他们的嘴一张一合，像游泳时呼吸那样。我听见他们自豪地嘶叫着，唱着一首歌：

> 一个士兵站立着，同橡树一般坚强，
> 他已经受过几回狂风暴雨。
> 明天他也许成了一具尸体，
> 同他的许多弟兄一样。

"就为这个你们现在像圣灵降临节的公牛①那样吼叫!"父亲说了这么一句就进去了。

几天以后,我站在我们家门前。那是星期六,该我扫街。我像扛着子弹上膛的步枪那样扛着扫帚,看着北面,看着通向火车站的兰富尔溪。我知道,一开仗,法国人就会沿着兰富尔溪开过来,这我也告诉了赫林家的小佩特和布德利希家的小贝普。那些蓝衣红裤的法国兵从法国到施维希,不坐火车还能走别的什么路呢? 布克斯老师也曾说过,打起仗来,施维希这个地方很重要。"施维希是交通枢纽。"他这样教导我们,并提到了隧道和摩泽尔大桥。我每次向布德利希家的小贝普说起法国人打进来的事时她就哭。她一哭我就觉得很荣耀,飘飘然的——为了引出她更多的眼泪,我就小心地给她以及专心倾听着的布德利希大妈,描绘那些蓝衣红裤的家伙打进来以后会怎样立即蹿进民房。"当然带着军刀,用军刀乱捅房子。"我对老铁匠说,他该用铁板把门钉上,把窗户挡上。布德利希大妈轻声而严厉地对她的丈夫说:"你看,泰斯,孩子都知道了,而你还去割燕麦!"

这个星期六,我站在街上,扫帚变成了步枪,步枪又马上变成了标杆。我走到街道中央,远远地伸出扫帚把,闭上左眼,对着扫帚,看着远处街道中央的一块铺路石。这样,三点之间形成了一条直线,把维尔茨街正好分为左右两半。去扫赫林以及其他邻居家那边的街道

———————

① 圣灵降临节时,人们给将要屠宰的牛戴上花环,牵着它在村子里转一圈。

184

上的垃圾，哪怕只扫一点点，我都觉得很蠢——不是说自扫门前雪吗！母亲已经批评过我好多次了，说我是个又懒又笨的孩子，说我笨，那是因为我完全跟海舍尔家的儿子一样，没有把该扫走的东西都弄到肥料堆上去。当我这么站着，确定该归我扫的那一半的界线时，突然听见她在我身后问道："你到底在干什么？"

我吓了一跳，因为我把这条线往右稍稍偏了一点，几堆深绿色的牛粪就到了线的左边。听到母亲的声音，我才意识到，我是有意瞄错的。"我……我……我在看法国人呀！"我撒了谎。

"唉，快给我走吧！"她用低沉的声音说，"你还是去找牛粪，把它扫掉吧，这比打仗重要，比法国人重要！人家要打仗，法国人要来，我们有什么办法！"

这一天，我扫得非常仔细。扫完后，街道干干净净，石子闪闪发亮，我干脆坐到街上。天空开阔，灰白。天慢慢黑下来。街上没有人，过了好一会儿，才小步跑过来几个孩子，他们是到齐默施面包店去的。我知道，她们是那个工厂的工人的女孩子，去买饼干。我听见铃舌弹动发出清脆的铃声。我虽不在店里，却闻到糖、肉桂、咖啡和饼干的香味，看着贴在店门上那张招贴画上的老黑人，鼻子穿着鼻环，向每个进店的人亲切微笑。我仍然坐在街道中央，闻着这股味，仿佛坐在一朵傍晚孤零零的云彩上飘向远方，飘向这个黑人居住的地方，飘向生长肉桂和咖啡的地方，飘向黑色人、棕色人和黄色人居住的地方，一直飘到耶路撒冷，飘到世界的尽头。我知道，世界的尽头正好就在我的脚下。地球是圆的嘛，父亲跟我讲过，如果虱子有翅膀，从我的后脑勺一直往东飞，绕地球一圈以后，肯定落在我的脑袋的前面。母亲弯着腰织丝袜，摇了摇头，说父亲是个"吹牛大王"。可是对于我来说，我想象的是另一个世界的尽头，我指的是一个远离施维希的地方，到了那里以后就再也不能继续往前跑了，也许再也回不来了。而当我坐在维尔茨街扫得干干净净的石子路面上这么想的时候，我感到我又非常喜欢施维希。

天慢慢黑了。我走进屋去，到客厅里坐下，这里很少有人来，开了灯，拿起一张画报，打量着士兵。我经常看这些画报，有些士兵我都认识了，有几个还有名字。他们一个个都很安静，使人都可以把手指头放到他们身上。可是，他们中的大部分都在动，他们在跳跃、射击、刺杀、呼喊、死亡。只有楚鲁夫已经死了躺在那里，血从太阳穴里流出来。血已经流了多长时间？班布西用刀刺进阿列克修斯·克勒夫的肚子，已经刺了多长时间？他张大嘴，好像刀就刺在他自己身上一样。我用卡塔琳娜剪纽扣眼的剪子把我喜欢的士兵——这都是那些看得最清楚的士兵——从报纸上剪下来，贴到一张马粪纸上，然后再把他们剪下来。现在，他们的身体变厚了些，不再那么单薄了，可以从后面攻击他们，只是别从后面瞧他们，背面只有马粪纸。这天晚上和以后的几个晚上，我在桌上摆了一个战场。桌上放着石头和苔藓，好像要盖个托儿所似的，我的小朋友们就趴在石头和苔藓之间，跃起，匍匐前进，互相厮杀，英勇阵亡。我不认得他们的制服，因此不知道他们是土耳其人、保加利亚人、希腊人还是塞尔维亚人。我要做的只是把他们列上阵势，仔细地看着他们，给他们无声的厮杀和痛苦配上声音。我一直玩到我的一个姐姐——多半是丽丝辛——开门喊道："你到哪儿去了，懒鬼！快拿柴火和煤球来！"有时，她这么喊我，我也不醒，她就对着我的耳朵大喊一声我的名字："斯蒂——芬！"我这才一跃而起，从喊醒我的人的身旁跑出房间，像在梦里那样完成要我做的事情。我回到桌旁，发现我的士兵原封未动地摆在那里，感到说不出的压抑。

黑麦已经割完了，那天下午整理好了长柄镰刀，留待下一次割小麦。我坐在厨房桌子后面，嘟嘟囔囔地学着一乘一，母亲坐在灶旁的小凳上切豆角。正当母亲飞快地切着，我不停地说着一个个数字时，我们听见房门开了，响起了两个人念《天主经》的声音；一进门就祈祷，这是乞丐的习惯。过道里的祈祷声停止后，母亲一边继续低头切豆角，一边对我说："碗橱里还有一个面包，去拿给他们，再抹上点奶酪。"

我正要给这两个每月都来的老人面包时，外面响起了乡公所办事员的铃声。从我在施维希跑丢后由他带着我摇铃招领那天起，我就觉得他的铃声跟学校的铃声一样让我不舒服。两个小铃像小钟却又完全不同。那破锣似的声音这次比以往长，把母亲也吸引到门外，站在最上面一级阶梯上。我们四个人——母亲、我和两位老乞丐——站在那里，看着多纳尔，他因喝了苹果酒而通红的脸，正像老乞丐所说，过节日似的红光闪亮。他穿着白裤子，靴子擦得锃亮，连刀鞘都好像刚漆过似的。

他终于把铃夹到左胳膊肘下，铃响了几下就不出声了，然后，他庄重地从制服胸前中间两个纽扣之间拿出一张纸条，大声喊道："注意——通告！"

我没有听多纳尔又红又密的胡子下的那张嘴巴念的是什么，我只想着我迷了路，跟在他旁边，用手捂住撕破的裤子的那一天。此外，我不知道为什么竟想起第二天上学的事，并且为现在还没有发生、我也根本不知道的事情担起心来。这种感觉同在赖特胡同经常有的感觉相似，那就是当我隔着园子听见学校的铃声已经敲响，我在思想中看见所有其他同学都已坐在凳子上，而我还没有真正跨进学校，却已在想象中打开了教室的门走进去时的那种感觉。我害怕的倒不是布克斯既不问也不责备便根据不可推翻的法则打起我来，不，我害怕的是走到前面去的二十五步，是那些没有迟到、端端正正坐在位子上的同学，是高高的铁炉子，皇帝和皇后的画像、窗户、十字架、黑板、地图，所有这些东西都在各自的位置上，只有我迟到了。有时，即使我没有迟到，学校的铃声也会唤起我害怕与羞愧的感觉；每当这时，这种感觉都是由于我悲伤地预感到有可能迟到而产生的。

今天，乡公所办事员的铃声从远处听起来和学校的铃声一样也带有威胁的味道。我仿佛看见我穿着破裤子站在多纳尔身旁，耳边断断续续听见几个字，像"国王和皇帝陛下"啦，"俄国"啦，等等。可是已经宣战这一点，我却没有听见，直到母亲好像打嗝似的叹了口气，叫了一声我哥哥的名字——他突然站在我们后面

的门里 —— 我才注意到已经开战了。接着她就哭起来，走开了。

"打仗了？"我问马丁。他说："是，现在打仗了。"

两个乞丐一边走下阶梯，一边诉起苦来，他们说，明天起就要挨饿了。老头子恶狠狠地喃喃自语："是呀，俄国人，俄国人！我早就说过了！"半瞎的老太婆挽着丈夫的胳膊摸索着往前走去，大声祈祷着："主啊，救救我们，别让我们受瘟疫、饥饿和战争之灾！主啊，别让我们突然死去！主啊，别对我们发怒！"

我虔诚地听着她祷告。他们离去后，我走下阶梯，来到街上。我走到多纳尔宣读坏文告的地方。我又朝北看去，朝兰富尔溪看去。我听见远处传来乡公所办事员的铃声，接着传来他又粗又哑的声音。街上空荡荡的，大部分人都在地里干活。母亲不时地从屋里出来，往街道两头看看，又走进房子。我觉得她好像根本没有看见我。我抬头看天。满天蓝色和火 —— 一个没有尽头的夏日下午，看不见有一点变化。我很惊讶，钟声怎么不一齐响起来。每次着了火、摩泽尔河发大水，钟声就一齐响起来。我知道，赫林家的小佩特在送报纸，布德利希一家在割麦子。我慢慢从大门走进我们家的院子。鸡都聚在粪堆上，好像什么事也没有发生，对鸡生气可犯不着。而对佩罗①，我则告诉它，我们现在打仗了。可是它伸出舌头，汪汪叫起来，好像要邀请我跳跃。我严厉地对它说："你是只笨狗，我们现在打仗了！"我觉得它

①　狗名。

好像听懂了。它把舌头缩回去，从一旁小心地向上看看我，走开了。我爬到樱桃树上，不是为了摘樱桃，樱桃时节已经过去。我忽然想藏起来。我已经多次发现，要是我爬到樱桃树上，他们就找不到我——因此我现在想，今天，这是最好的地方。母亲没有看见我，她对我视而不见。她从心底深处叫出马丁的名字。战争还不想要我。我是多余的。没有人为我叹息。这样，我就可以离开这里，走得远远的，走到世界的尽头。我坐在樱桃树的枝杈上，晃动着垂挂的腿，看着下面的院子。磨镰刀的磨石附近没有人。过了一会儿，马丁进来了，把牛套到车上，喊了几次我的名字，我没有答应，他就把车赶走了。我心里有数，今天谁也不会惩罚我，连问也不会问我一声的，今天打仗了嘛。

我透过树叶往下看着院子。佩罗把鸡赶到粪堆上。它自己跑到水槽后面，随便找了个地方躺下。我看不见它了。整个院子都空了。噢不——地下室楼梯旁仓库的影子下站着战争，呼叫着我的名字。他又矮又瘦。当然，我定神看去时，那里又什么也没有。可是，只要我一闭上眼睛，我就非常清楚地看见他。后来，我终于看清了：他的样子像库尔特，他的父亲到辅祭那里告过我。他甚至穿着库尔特的白色水兵衫，戴着水兵帽。额前的帽檐上写着"S. M. S. 艾姆登"几个字。战争有时会用鞋跟蹭路面上的石头，库尔特就蹭得很好。他脚下肯定有爆竹，因为一小团一小团的烟雾随着刺耳的爆炸声从战争的脚下升起。我已经剪过许多画上的烟云，发现里面含有火与铁。而战争却像顽皮孩子那样放肆地对着这一切发笑，每当跳动的爆竹跳到女人的裙子下把她们吓得团团转时，这些顽童就开心地哈哈大笑。可是当我再次睁开眼睛时，我的目光又落到水泥地面上，那里有一条干干净净的水沟，水槽里的水就从这沟里流过，杀猪时，滚热的脏水和污血也从这里流出来。我一闭上眼睛，随即看到水泥地上杀猪的凳子，听见猪的尖叫声。当然，我早就知道，战争和杀猪是两回事。我不再笨到像小时候那样把屠宰场和战场当成一码事。不，士兵不会被绑到车轮上，再用刀子捅进他的喉咙，然而，我仍然看见水泥地上的水沟里流着鲜血。可是，当我仔细看时，那里并没有血。猪也不再尖叫。我听见房子前面的街上慢慢开过一辆车，它疲惫地跟铺在路面上的石头说着话。捶打的木棍敲击着砧子：当、当、当——。声音短促，音高相同。可是，战争始终站在院子里。我一闭上眼睛就看见他。我不敢从树上爬下来。

终于响起了《主的天使》的钟声。祈祷钟声庄重柔和。我立刻注意到，钟什么事情都知道，但它装出一副什么也不知道的样子。平时，我们在午饭和晚饭后祈祷《主的天使》。今天晚上，我虽然嘴巴没有动，却随着钟声祈祷起来——我总不能在树上坐一个晚上吧，总得下来，穿过院子，经过通地下室的梯子。我也这样做了——甚至还走过战争曾经站过、从石头里磨出响声、扬起烟雾的地方。可是，当我来到房子后门的阶梯上时，我就跑了起来。每逢晚上经过通地下室的楼梯时，我就害怕——在梦里，魔鬼就在这里暗暗地等着我。现在，我仿佛觉得战争走进了地下室，到魔鬼那里去了。

这天晚上，尼克尔不在家，他们要我一个人去地下室取酒，我很害怕，刚踏上地下室的楼梯，就祈祷起来，不停地画着十字。布德利希大妈对我说过，魔鬼受不了包含在这些字里的光。我拔下塞子，酒哗哗流进罐子时，我也没有停止祈祷。我祈祷了一遍又一遍，祷词念完了，就从头开始："我相信天主，相信万能的主——"我离开地下室，登上最后几级楼梯时，就赶紧跑起来。我一脚踩空，跌倒了，向下滑了几级楼梯。酒罐摔碎了；可是，只是在我走进客厅，大家轰的一声笑起来责怪我时，我才发现，我手里拿的根本不是灰底蓝花的大肚子陶罐，而只是一个把。我听见丽丝辛姐姐说道："噢——这小鬼害怕了！""不！"我怒冲冲地喊道，拿起另一只罐子，又跑到地下室去。这次，我大声地，几乎带着哭音说："向你致意，噢女王，慈悲之母。"因为我觉得自己孤零零地被扔进了恶势力的包围之中。当我念诵着祈祷词"我们在人世间叹息啼哭，向你呼救"时，我真的哭了。我倾听着酒哗哗流动的声音，眼里噙着泪水，没看见酒都满出来了。不过，我平静下来了。

夜里，我做了个梦，梦见我又得到地下室去，可是在梦里，我却站在酒桶和栅栏之间，栅栏后面放着土豆。这一回，我找不到言辞，也想不出办法去镇住在土豆下面活动的可怕的东西，也无法跑开。我的脚好像在地里生了根，舌头贴在上颚上动弹不得。土豆慢慢地从土豆堆上滚下来，滚到我的脚边，像水那样围着我的脚慢慢地升高。最后，我充满恐怖等着的事情终于发生了，从土豆堆里慢慢地钻出那顶白色水兵帽。我看见那上面的字："S. M. S. 艾姆登"。接着就出现了我认识的那张脸．库尔特的脸。我这天晚上穿过院子时猜想的事情果然得到了证实：战争走进了地下室。他对我很残忍，像魔鬼一样。我惊叫一声醒了过来，这时我看清了在找梦中的地下室里的战争和魔鬼肯定是同一个人。

号房、采集荨麻、被偷的梨
和当英雄的渴望

　　此后几天甚至几周内，来的并不是"蓝衣红裤"，而是穿绿军装、蓝军装，最后是穿灰军装的士兵。他们睡在我们的谷仓里，干草铺地，院子里拴着他们的马，房前停着他们的车，式样跟我们的车完全不同。有几个兵仪表威武，举止得体，他们睡在平时很少用的大客房里。整个村子全是士兵；到处都能看见步枪、钢盔、马粪、皮带、靴子、闪亮的纽扣、彩色花边、白铁罐头盒，以及"红烧牛肉大炮"，这是士兵们对活动的军用厨房的称呼。入夜后还能听见街上有马蹄的嗯嗯声、马匹的嘶鸣声和粗重的呼吸声；听得见命令声、跑动的脚步声、行军声、歌声、笑声，以及车辆的隆隆声。虽然在梦里，我还常常不得不到地下室去，受战争的折磨，可是在大白天，我跟村子里的孩子一样，总是跟在战争后面转。我很喜欢它的喧闹和杂乱，它的铿锵的金属撞击声以及向远方的突进。我不断地发问，很快就知道了钢盔上的土豆以及上面那个尖是什么意思。我知道了闪亮的钢盔为什么喷上一层绿灰色的漆，肩章为什么中间隆起，我一眼就能分辨出野战炮兵和步行炮兵。在谷仓里，我拿起他们的军刀，挥动双手，砍向一捆捆干草，很快我就能根据刀的重量、长度和弯度，判别它们是轻骑兵的、重骑兵的还是野战炮兵的。我每次见到凯塔，就告诉她："我当兵了！"而且，我每次都一口气答应她，从战场回来就跟她结婚，当然谁也说不准是不是一定能回得来。我看见她脸上一副愁容，感到是一种享受：她平时总是张着嘴唇，露出牙齿，显得十分爽朗，现在，她红红的嘴唇闭上了，微微颤抖，洁白的牙齿看不见了。那样子像是在哭泣。

士兵们住了一星期就走了，我只有到火车站看凯塔时才看见士兵。运载伤病员的火车从这里开过。我们站在铁轨前的铁栅栏边，数着一节节车厢。火车慢慢地向弗伦驶去，我们可以久久地目送它远去，凯塔说，开得这么慢是"因为士兵们都受了伤"。我不禁回想起救护节，回想起牲口车里快活的喧闹声，口哨声，火车站前空旷地上穿着礼服的大人。牲口车现在都关着门。我们只看见从客车窗户向外挥手的士兵——他们是轻伤员。

到了落叶时节，我们每天都听见空中传来轻轻的隆隆声，夜里也常常听见，有些天，这隆隆声使窗玻璃白天黑夜不停地颤动、震响。这是在法国境内的大炮声。一天吃晚饭时，我问这是我们的大炮还是别人的大炮。父亲严厉地看着我，说："这是大炮，你还觉得不够吗！"母亲叹了口气说："唉，可怜的法国人，现在，他们只好让土豆烂在地里了！播种也谈不上了！"

在学校里我们学了一些诗，都是骂法国人、英国人、俄国人和塞尔维亚人的，威胁说要到天主的刑事法庭去告他们，惩办他们。我的哥哥还不是士兵，我当时感到有点羞愧。老师在每个班里都问，谁的父亲或哥哥在部队当兵，我却不能举手。

学校的黑板上用彩色粉笔画着西方的战线。每过一天，德国人挺进的弧形肚子就大一点。人们都说，战争很快就会结束。父母亲很喜欢听这话，因为他们希望马丁留在家里。第二年复活节，蒂普赫纳老师来教我们这个班。他把战线和战役计划都画在黑板上，比布克斯还热心，他说，德国人撤退时给法国人设下了一个大陷阱。可是有一天，他用海绵擦掉西方的战线图，又给我们解释什么是阵地战，但很快就不再提阵地战了。人们反而说，德国和奥地利处在东西夹击之中，残忍的敌人企图让我们饿死，从而对妇女和儿童也开了战。所以我们必须自救。于是有一天，我们开始采集荨麻。

在此之前我从来没有摸过这种植物。据说，可以从这种植物的茎里抽出线来。在我看来这是很自然的，因为我们必须从荨麻这个词里抽出第三个N[①]。可是，正是考虑到这个完全无用的N，我才不相信用这些线可以做成麻布。相反，我估计他们让我们去采集荨麻是因为这

---

① 德文"荨麻"（Brennessel）系由 brennen（燃烧）的词根 brenn 和 Nessel（原意为荨麻）复合而成，在复合词中，如有三个字母重叠，就要删去一个，据此，该词中的第三个 N 就省去了。荨麻表面有螫毛，触到皮肤上有烧灼样的奇痛。故有烧人一说。

项工作很苦，我们采集时把手都烧坏了。现在不是打仗嘛，谁都得受点苦。正像蒂普赫纳老师所宣布的那样，我们村了里已经有两位英雄为了天主、皇帝和祖国在光荣的战场上阵亡了，我的哥哥马丁也很快就要应征入伍了。

于是我在采集荨麻时非常卖力气。我用愤怒的手去抓阴险的植物，就像抓毒蛇似的，在它咬你以前就得扼死它。荨麻生长在偏僻的、没有开垦的山坡上，非常繁茂，我把它看成战争，咬牙切齿地用镰刀向它乱砍，最后，在这场变形游戏中，我自己也变成了战争，拿着镰刀一批批把人割倒。蒂普赫纳看见我很卖力气，常常——像朗诵盖贝尔的诗那样——抑扬顿挫地当着大家的面表扬我。他双手深藏在粗呢大衣口袋里，站在那里说道："荨麻烧人，没有错，是烧人！可是，难道天上就不燃烧着战斗的烈火吗？难道英雄的伤口就不烧得人火辣辣地疼痛吗？难道高尚的人脸上就不燃烧着满腔的怒火吗？跟这种大火相比，荨麻的小火算得了什么！"然后，他就一动不动地站在那里，歪着脑袋听着远方，或者用小耳勺挖耳朵，看看挖出来的耳屎，用嘴一吹，小心地用指甲把耳屎从耳勺里抠掉，突然，他愤怒的眼睛盯着我们，大声喊道："你们干吗呆呆地站着，像你们的父亲做完弥撒、站在教堂前的广场上一样？干吗那么瞪着我，我又不是宝袋！你们是在荨麻战线！尽你们的力量去战斗！即使你们光着身子冲进荨麻丛里，在里面打滚，比起那位诗人歌颂过的某个英勇少年来又算得了什么，我告诉你们，那位少年在祖国的祭坛上，在烈

火中牺牲了他的右手，连眉毛都没有皱一下。有一首诗
是歌颂这位少年的，可惜大家都不知道，诗的结尾几句
是——我朗诵给你们听，你们要记住：

　　　一只孩子的手

　　　在祭坛的烈火中焚烧，

　　　拯救了整个国家。"

　　学校库房里晾着一串荨麻。我们不断地学习爱国诗
歌和歌曲，有时停课——虽说这种情况越来越少——
庆祝攻陷某个要塞或某个战役的胜利。可是后来采集荨
麻的活动停止了，学校派我们到森林里去采集山毛榉的
棕色种子，因为这种子能榨油。打仗的事，在学校里谈
得越来越少了，而在家里以及别的地方却谈得越来越
多了。

　　马丁现在在部队里。他走了以后，母亲在家里总是
阴沉着脸。她不理解我为什么还继续玩纸做的士兵。冬
天，我和尼克尔在煮饲料的小屋里把铅灌进借来的模子
里，铸成士兵。一个晚上，她突然闯了进来。她看着我
们把铅放到铲勺上，把铲勺伸进火里，然后把熔化的金
属倒进模子，把模子放进水里冷却，熔化的铅就凝固成
了闪着银光的士兵。

　　"你们在这里干什么？"她问。"铸铅士兵。""原来
这样，铸铅士兵！"她看着我们，当我们打开模子，给
她看新铸的铅士兵时，她只是摇摇头。然后，她揭开
锅盖，看看给牲口吃的甜菜拌谷糠熟了没有。她把盖盖

好，抬头看看挂着第一批香肠的烟道说："你们别再往灶里添煤了。香肠熏好后每个星期给他寄一包。"她沉默了一会儿，接着轻轻地说："他已经写信来了。"她下巴往前努了努，只有眼泪快流出来时，她才这样做。"他现在在前线。"她用沙哑的声音继续说。"听，你们听！"饲料房的玻璃窗在震响，我们早就习惯了。听那声音，好像有一只看不见的纤弱的手在敲击玻璃似的。同时，我们听见一声轻微的、沉浊的轰响。

"这是凡尔登的炮声，"尼克尔说，"胡斯曼老师说了，世界上最大的战役正在凡尔登进行！"

"啊——在凡尔登！"母亲轻轻地说，"最大的战役，马丁大概也在那里。他们总是把最强壮的人派去打最大的仗。这可怜的孩子，以前连头猪也不会宰，现在要他杀人。他的父母可没有教过他杀人。"她沉默了一会儿，直直地凝视着饲料房蒙上灰尘的窗户。她两手交叉着放在裙子下的肚子上，每当她沉思时，她都这样。"你们可不该做这种事！"她突然说道，用脚在地上扫了一圈——正好从新铸好的士兵身上扫过去。"噢，妈妈，"我喊起来，"多漂亮的士兵！我们只不过玩玩嘛！"

"是的，玩玩！而那些孩子却在那里送死！我真不明白！"说最后几个字时，她已经往外走了。我们把踢倒的士兵一个个扶好了，又铸了些新的，喂了牲口以后，我们把所有的士兵都放到刨木头的刨板上，尼克尔数我的军队有多少兵，我数他的。刨板中间张起一只袋子，使双方都看不见对方怎样列阵。我们把士兵掩蔽起来，让对方看不见他们部署在哪里。最后搬掉分界墙。

尼克尔用一把旧的小号吹出一个信号，我摇动了一阵锅盖，战斗就开始了。每人有一门大炮，用鞋钉当炮弹，尽快地从自己的士兵头顶上向敌方射击。战役持续了五分钟，然后，"我们团结一致，飞驰过战场"，我们用的是骑兵的术语。取胜的并不是射死敌兵多的那一方，而是被打死的士兵多的那一方，因为这证明这一方最英勇，最大胆。

打完一仗，胜利者就在刨板上往前挪动一个孔；平时，这些孔是用来插铁钉以固定要刨的木头的，现在正好用来插表示战线的标记。倒下的士兵从战场上撤下，游戏继续进行，直到一方没有兵了，或者虽然还有士兵却没有地方部署兵力为止。接着签订和约，在多数情况下——如果不存在进贡某种东西的可能——和约规定失败一方必须在第二个星期做一项本来归胜利者的工作。如果尼克尔代替我做我本来该做的某件活计，父母亲和姐姐们就说我是懒鬼，称赞尼克尔勤快、好帮助人，到了下个星期，他们的批评和表扬的对象就换了个儿。他们没有发现这里暗中起作用的是战场上谁有幸取胜。被打败的军人不得不洗甜菜、拔草、取酒、码劈柴、抱劈柴，他得到别人的表扬，却从来不跟人说一句，他事实上是被俘的军人，在为胜利者做事，一直做到自己成为胜利者为止。这期间，尼克尔非常热心地阅读《特星尔人民之友报》。这样，很快就有一些在真正的战争中比如在凡尔登使用的说法进入我们的战争游戏，我们用小炮射击时，凡尔登的大炮每天晚上都为我们做伴。

在这段时间里，我和尼克尔一起在床上作了一首战争诗。第二天，我把诗交给了《施维希信使报》。然后，我们等了足足好几个星期，等着诗歌在报纸的最后一页登出来。尼克尔把他读过的好些东西写进了诗里，就像他把好多读到的字眼用到我们的军事游戏里一样。我不知道，我们的诗的这部分外来成分是从哪儿来的，尤其是最后两行：

勇敢的儿孙跟他们完全一样，
今天在麦茨和龙维①打了胜仗。

过了不到四个星期，一次下课以后，蒂普赫纳老师慢慢向我走过来，用手指招呼我，其实只是用半个手指，弯了弯指尖。我立刻就觉得胃里不好受，很快考虑着，他现在到底为了我无数过错中的哪一件要惩罚我。我从一人高的铸铁炉子旁走过时，炉子里噼啪响了一声，我赶紧跨了一大步跑过去，好像炉子要抓住我烫我似的。蒂普赫纳把头往左边一偏，抠起左耳来，他不看我，而是看着远处。最后，他习惯地看看小耳勺，吹了吹，收起耳勺，突然，用闪亮的眼睛看着我，好像朗诵诗歌似的很庄严地对我说："你的父母都是值得尊敬的人，虽然你不是施维希人，你现在怎么也陷进了施维希的泥坑里，滑上了轻率的道路，甚至跌进罪恶的深渊？"说着，他从一直扣到脖子的上衣口袋里拿出一把小梳子，梳理起棕色的小胡子。这时，他稍稍仰起头，好像

———————————

① 法国城市。普法战争中普军击败法军之地。

把我忘了似的。

我在我良心的厅堂里跑来跑去，看见墙上挂着各种各样我回想起来都觉得讨厌的事。最近几个月，我不去做学校的弥撒的次数越来越多。我倒是每次都去教堂的，不过是一个人，一进教堂，就爬上楼梯，登上钟楼，从那儿眺望施维希，直到我身边的钟响起来，告诉弥撒已经做了一半，我便立即从钟楼上爬下来，在一条小胡同里等着，当学生排着两行过来时，我赶快溜进队伍，连布克斯到现在为止都没有发现我每天早晨是怎样逃避跪硬板凳的。难道现在露了馅不成？

蒂普赫纳这时却说道："我说，你怎么也加入了越过别人的财产的篱笆、偷别人东西的人的行列？"

我吃了一惊——当蒂普赫纳像炒菜时闻味那样往前伸鼻子时，我承认了："是的，我拿了人家的梨。"

"是这样——拿了？你是要说，你偷了梨？好，你也偷过梨！为什么不会呢！那么，是在哪儿偷的，你说！你还是你们家的骄傲呢！"

"在赫施他们的园子里。"

"你现在还讲错误的德语！跟我说，'在赫施的园子里'或者'属于赫施先生的园子里'，这样一个韵文字眼把你的罪过表现得更清楚了。好，先说梨的事情！"

当蒂普赫纳——他大多不看我，而看着远方——说这一大段话时，我回想起那天下午的事，大概是两个月以前的事了。母亲让我给一个老太婆送一锅豆汤。我在回家的路上碰见了一个编入预备役的学生。他立刻命令我陪他一段路。我不能拒绝预备役士兵的要求，否则他会揍我一顿的。我跟他走到摩泽尔河和村子之间的一片草地上。那是晴朗的秋天，我们在赫施园子后面的草地上躺下。园子的墙是红色的，用砖头砌得整整齐齐，墙上露出一排排果树的树冠。预备兵开始讲起我从来没有见过的赫施先生的许多坏事，大部分我都听不懂。最后，他轻轻地对我说："他还是个共济会会员呢，这个赫施！"

我不知道共济会是什么，就问他。预备兵告诉我，他们是些把灵魂给了魔鬼的人，为此，他们一辈子得到他的钱。"魔鬼帮助他们三次，"我的同伴轻声说，"到第四次魔鬼就要把他们勾走。"预备兵甚至知道魔鬼活活地掏出牺牲者的心脏。他接着说，这种共济会会员的东西可以随便拿，爱拿多少就拿多少，因为这不是偷人的东西，而是偷魔鬼的东西，这种富有的恶人都是从魔鬼那里得到他的一切的。

说到这里，预备兵要我爬到墙上摘梨，我的锅和口袋能装多少就摘多少。赫施这个懒虫每天中午都睡觉，他也没有狗，而且果园离他的家很远。

我仍然一动不动地躺着，思考着。梨并不怎么吸引我。可是，梨是属于魔鬼的，这一点倒刺激了我，因为我当即相信这种梨肯定特别好，那是魔鬼买他灵魂的钱嘛。我看了看果树的树冠，随即就站了起来。预备兵帮我爬上了墙。直到踏上别人家果园的土地，我才吃了一惊，感到我的行为是坏的。果园很美，我从来没有见过这样漂亮的园子。花畦和修整得很漂亮的树篱旁是闪光的石子路。我站在原地没动。小树沐浴着阳光，仿佛让我给吓着了，当我壮起胆子挪动脚步时，石子路就发出了声响。在我听来，仿佛每一块白色小石子都是看守人。我深深地叹了口气，恨不得哭出来，一切都是那样光彩夺目，那样宁静，那样井井有条，只有我不是，我是入侵者，是小偷，跟这一切多么不协调。可是我害怕那个预备役士兵，他在墙外轻轻地催我快点摘。就这样，我跑到最近一棵树旁，摘满了一锅，然后，踩着拴铁丝的铁柱，翻过墙回到草地上。我把梨倒在预备兵前面的地上，一句话不说就跑开了。

我现在给蒂普赫纳讲述我翻墙进了赫施家的果园。

"你是一个人跳进去的?"

我点了点头。我非常羞愧，要不是怕预备兵挨了蒂普赫纳的打以后会加倍地报复我，我会立刻说出他是教唆犯。

"你这只贼手从树上拿了多少梨?"

"一满锅。"

"好，一满锅! 锅多大?"

"这么大——"我用手大致比画了一下锅的大小。

"原来这样! 你的锅肯定比这要大，谁不想缩小他的罪孽! 你，你曾经在割荨麻时为祖国勇敢地烧坏你的手，却在夜间——"

"那是中午。"我恐惧地喊道。

蒂普赫纳呆呆地看着我，好像吃了一惊。"中午? 我的天主，你难道不怕太阳的眼睛? 不是说，窃贼都是夜里出来的吗? 而你却在光天化日之下，带着这样大一只锅爬墙! 那么说，你的可耻行为是早就有准备的，早就计划好了的。在大白天——爬到墙上……现在我明白了，那么对这个，我也不奇怪了，我现在明白了——"

说到这里，蒂普赫纳慢慢地把手伸进上衣里面的口袋，拿出一张条子，条子上是我用工整的字体写的诗。他用两个手指拿着那张纸，其他几个手指远远地叉开，仿佛那张纸很肮脏。我不懂这首诗怎么会落到他手里的，为什么他正好在这个时候拿出这首诗。

"这比梨还糟，"他一边说，一边用空着的那只手又理起胡子来，"因为锅里放着你偷来的梨，那里头没有属于你的东西。而在这首诗里，你却把你自己不成熟的、酸涩的、虫蛀的、长满疣子的诗句和洁白的、甜蜜的、光滑的、无可指责的、健康高尚的诗句放在一起。你听听这几句优美的诗：

　　哪里有像他们那样骄傲的男子汉？
　　哪里有如此渴望胜利的军队？"

蒂普赫纳老师把头往后斜仰着朗诵了上面两句诗。他会背这首诗，诗是我写的，可我却只会背其中真正由我自己写的那几句。仿佛为了谨慎起见，蒂普赫纳看了一眼纸条，皱起鼻子说："现在你听着，你接着这两句都写了些什么东西：

　　有的很快开进巴黎，
　　有的很快进入天国。"

"一个诗人看见他的艺术跟这类垃圾混在一起，他会有什么感觉啊！他的感觉就像一匹高贵的战马到头来和剁成碎末的猪肉混在一起，灌进香肠里的感觉一样。"他停顿了一会儿，摇着头看我，"巴黎和天国——韵押得多蠢！再说'有的……有的……'这哪里行，这是最枯燥的散文。"

蒂普赫纳又停住了，他的眼睛闪射出怒火。"九岁就做这种事！九岁，你就向报纸投诗稿，而诗里一半是偷的。昨天，《施维希信使报》的基帕弗尔先生把这张条给我时，我都不敢相信我的眼睛。"

他转过身走向柜子。"让我碰上这种事……这种事。"他抬高了声音，说了好几遍。我看见他从柜子里拿出一根棍子，吓了一跳，他拿的就是尼克尔所说的那根扫烟囱工人的弯扫帚把。他用棍子指了指凳子说："偷一锅梨打一下，爬墙打三下；抄袭人家的诗打十下！算算一共多少下！"

我太激动了，算错了好几次。

"十四次，"他最后说，"在荨麻战线，你在敌人面前表现得很勇敢，给你减四下，剩十下！"

我本以为在赫施的果园里偷的是魔鬼的梨，我也一个没有吃，现在却得到了报应。别人的诗也不是我糅进诗里去的，那是尼克尔干的，因此我大大抱怨了他一顿。当天晚上，我在饲料厨房里把事情一五一十全告诉了他，开始他非常同情我。可是，尽管我详详细细地讲了蒂普赫纳的责备，他还是不理解为什么不能把别人的诗糅合到自己的诗里。晚上，他给我看一张明信片，他就是从明信片上抄下那些诗的。上面画着士兵们在炮火的硝烟中冲上一面山坡。画的下面写着：

当英雄的渴望
赫宁·封·蒂本贝格作

我们的姐姐也凑过来想看那张明信片。尼克尔递给她们，可是对发生的事我们一句话没说。

丽丝辛怀着敬意轻声读了一遍那首诗后说："这首诗是蒂普赫纳老师作的。他把名字倒了个个儿，中间加了个'封'字。村子里的人都这么说。是首好诗！"

父亲想听听诗。当丽丝辛抑扬顿挫地朗诵了一遍后，我听见父亲说："什么玩意儿！就是这种人在教我们的孩子！"弗朗西斯卡姐姐说，蒂普赫纳左脚中趾戴着一个戒指。父亲也和我们大家一样不禁笑起来，戒指怎么能戴在这种地方，可接着他就说："不会的，别听人胡说！"他不相信这是真的。谁看见过这个？弗朗西斯卡接着说，蒂普赫纳的一位朋友每年夏天都来看他，甚至还给他的脚指甲镀过银呢。"镀银？为什么？你怎么知道他镀银？"

"他穿拖鞋走路。"

"穿拖鞋？是吗？倒也是，为什么不呢？穿拖鞋——大概对脚很有好处。可是，如果一个人名叫蒂普赫纳，又要称自己为封·蒂本贝格，这可真是不怎么的！而且还写这样的东西。好像他是个小男孩似的！什么叫'当英雄的渴望'？不过，快去灌酒吧，孩子们。

马丁写了一封长信来。"

这天晚上，我屁股上还痛得火辣辣的，入睡以前我想，世界上怎么这样乱七八糟的。父亲这样说，蒂普赫纳又那样说。他把他的诗比作高贵的战马的肉，把我的比作猪肉。而父亲则说，蒂普赫纳的诗像个小孩子写的。偷了那么多梨，只打一下，翻墙却打四五下。而真正的罪魁祸首却一下没有挨着，预备兵也好，尼克尔也好，都没有挨打。不过，赫施先生一定会让魔鬼勾去的，因为他签了字，拿了钱。

我问尼克尔，他对共济会会员怎么想。我把从预备兵那里听来的话讲给他听。他没有回答，我就喊了一声他的名字，屋里依然非常安静。马丁入伍了，尼克尔提前一年离开了学校，接过了哥哥原先干的活。他每天晚上都非常累。我自己也很快就要睡着了，他却突然跳起来，坐在床上，喘着气，用害怕的声音在黑咕隆咚的屋子里喊道："在哪里？在哪里？"

我问他指的是谁，他这才松了口气，说他做了个梦，梦见他当了共济会会员，魔鬼刚才挖出了他的心，他在旁边的储藏室里找了一阵——找他自己的心。

深秋的暴雨从房顶的瓦片上流下，使房顶有时发出唦唦的响声。我用耳语般的声音问他："喂，你相信共济会会员的事？"

尼克尔已经清醒了一点，说："不，不，可是跟魔鬼打交道得小心——别白纸黑字写下来。"

然后，屋子就静寂无声了。我思考着他的看法，这天我最后的想法，甚至可以说我的坚定的决心是：今后再也不把我心里感觉到的东西用文字写下来。不，我再也不写诗了，尤其是不跟别人合写——谁知道他的诗是从哪儿弄来的。从这点上说，我觉得蒂普赫纳是完全对的，他的棍子把下面这个道理深深地烙在了我的身上：既不能偷梨，也不能偷诗。

圣诞节

我们的鸡窝在饲料房的上面。梯子一条腿长，一条腿短，长的那条放在水泥地面上，短的那条撑在院墙上。因此，只有身体轻巧的人才能登上这架不稳的梯子。

自从尼克尔代替大哥干活以来，到鸡窝里取鸡蛋的活就落到我头上。母亲站在下面，扶着外面那根梯柱，每次都是那句话："小心点，别摔下来。"我每个口袋里都装着鸡蛋，小心地爬下梯子时，母亲就递过小筐。每次装完鸡蛋，她就问："要个鸡蛋吗，小斯蒂夫？"我则每次都说："要，妈妈。"我在墙上磕开鸡蛋，像喝葡萄酒那样把鸡蛋喝下去。到了十二月，母鸡又下起蛋来，这时，母亲就不这么问了。她让我把鸡蛋全装进小筐里，喃喃自语地走了："很快就要做点心了，得留着鸡蛋。"我知道，圣诞节或者照我们村里人的说法，基督日快到了。

我们开始为庆祝开仗后的第二个圣诞节做准备时，我常常听见母亲自言自语地说："唉，马丁不在，过什么节！"不过，后来还是宰了猪杀了鸡，烤了点心。

父亲站在饲料厨房里的烤炉前，把发出木头香味的桦树劈柴添到炉子里。我站在旁边，观看火焰的游戏。柴火上，小人形的火焰骑着马往来驰骋，用手挥舞着军刀，跳跃，高高地蹿起，跳舞。火焰不愿再单独跳舞了，一个火焰跳进另一个火焰，使它燃得更旺，从而自己也燃烧得更旺更明亮。此后，吸一口气的工夫，火焰就变样了。火焰不停地变化，一会儿跳进炉壁的石头里，轻轻地唱起一支咝咝的歌。父亲架好的柴火却长时间一动也不动。后来，上面火焰跳舞的地方，柴火首先变黑，然后啪地轻轻响了一下，柴火中间折成两截，掉了下来。就这样，火焰变幻无穷，变成各种各样狂暴的形象和可怕的生灵，他们大概原本就潜伏在木头里，只是现在才被火从木头中吸引出来。最后，火焰累了，离去了。可是它们跑到哪里去了呢？我向父亲提出这个问题，他也不停地看着敞开炉口的烤炉。父亲反问了一句："火焰？"

"是呀，刚才它们还在这里呢！"

"是啊，它们跑到哪里去了？它们熄灭了，人们都这么说！"父亲摇了摇头。"你也可以这样问，木头到哪里去了？木头也没有了嘛！"

这时，母亲和姐姐们拿着放在四周翘起的圆铁盘上的生面点心进来了。"再说点心，它们现在还在这里，新年后也没有了。难道你也不知道，点心上哪儿去了！"

她们把放着发出香味的生面点心的铁盘放到刨板上，点心上浇了花、撒了各种水果。母亲检查了一下炉子的温度，接着用一把铁铲把火扒了出来。我递给她铁盘，把它们放到木头推杆上，母亲小心地把铁盘推进火热的石头炉膛，一盘挨一盘，把炉子装满。事先，我在每个点心四周刷上一圈蛋黄，我断定，每个点心都太厚了，吃的时候得把嘴巴张得大大的。母亲说，吃点心时，我爱怎么吃就怎么吃。我是这样吃的：把点心切成上下两块，在下面这半块上抹上黄油和果汁冻。这种吃法几乎使全家人都很恼火，可是母亲却不管我，说我的嘴巴确实太小了，可以让我那么吃——"而且他以后要当神父呢。"她有时还添上一句，"他现在就得养成习惯！"

过节前三天，父亲在吃早饭时对尼克尔和我说："你们男孩子帮不上忙，我们男人只好避开。今天家里大清扫！要是我们不想被当作抹布使，我们就出去吧。我们去割柳条，我已经请了编筐师傅过新年来编筐。我们还可以接着就给莱姆溪边的草地浇浇水，撒点肥料。明天，房子打扫干净后，我们大家都到忏悔室忏悔，清除身上的污秽。你看，过节真可怕。"他微微一笑，站起身，领头走了。弗朗西斯卡已经不上学了，这天早晨，我骄傲地从她身旁走过；因为今天，父亲当着全家人把我划到男子汉的行列里去了。弗朗西斯卡立即领会了我的眼神的意思，对我说："噢，你还尿裤子呢，别跌到莱姆溪里！"这条溪很小很浅，连耗子都淹不死的。我听懂了她的讽刺，狠狠地瞪了她一眼，可是我不能说什么，父亲母亲就在近旁。我挨着她身旁走过时，她轻轻对我说："再给我们写一份漂漂亮亮、详详细细的认罪书。"说完，她就跑上楼梯不见了。我又恼又羞，脸都涨红了，可是只能冲着她的后背喊了一句跟她的红头发有关的难听话。我恼愤地感到在兄弟姐妹中当最小一个有多难。谁都比你大，比你有力气，而且首先比你聪明。

我们男人快中午时回到家里，整幢房子都是一股母亲和姐姐用来擦地板的亚麻油味。进房子时，我们都得换鞋，地上到处放着纸和袋子，免得在黑油油、亮闪闪的地板上踩出脚印来。弗朗西斯卡不顾我拼命反对，拉着我的手，把我带到我的位子上说："坐下，等着吃饭！"我坐在那里，想着两件事，一件是割柳条，一件是在全家面前对弗朗西斯卡说点什么气气她。

吃着饭，母亲问起割柳条的事，父亲说，过了节，我们还得接着割。这时，我偷偷看了一眼我的姐姐弗朗西斯卡，用大家听得见的声音问父亲，白柳条是不是比红柳条有价值得多。父亲头也没有抬就说是的，于是我对弗朗西斯卡说："你看，连柳条都是这样！"这时，大家才注意到我提这个问题的意图；大家都笑了，丽丝辛也是红头发，连她也不禁笑起来。弗朗西斯卡看着我，眼里好像充满了血，什么也看不见似的。于是她问我："要是你柳条割得那么好，你干什么不去给我们砍圣诞树？"她的眼睛眯细了，我却从桌子那头斜着冲她嚷道："干吗不敢去！要多大的？"这时她笑了，接着大家都笑了，弗朗西斯卡对我预言，我背不回小树来，倒会带一大张警察的罚款单回来呢。

我不太清楚，罚款单是什么。至于冒险到公有林里砍一棵圣诞树，这在圣诞节前是必要的；谁还到乡里买棵小树呢！有些德行，在我们这里是没有人相信的。以前，曾经有过一个农民来看我们，他甚至在下午喝咖啡前后都要一个人独自做祈祷。他非常严肃地告诉我们，吃几个小土豆也得感谢天主。母亲回答他，桌子上可没有土豆，尤其是没有猪吃的小土豆。真的去买圣诞树，那就跟这位农民虔诚的祈祷差不多。当我衣服里藏着砍柴刀偷偷走出家门时，这一点我很清楚。但同时我也知道，罚款单终究让人难堪别扭，只会给得到它的人带来像咒骂一类的东西。"你别让人抓住。"我走前尼克尔在厨房里对我说的这番话还在我耳边回响；这次冒险行动对我提出的要求，全都包含在这句话里了。

我先走进教堂，把砍柴刀偷偷放到凳子下面，登上唱经楼，去找教长忏悔。纯粹出于小心，我把偷诗的事也说了，教长认为，到赫施的果园里偷梨的事比偷诗坏多了。因为忏悔时我又想起了挨的那顿痛打，于是我对灵魂的探索变得没有把握了，不过，我觉得不管怎么样，最好通过忏悔，把这件事情永远扔到摩泽尔河里去。教长用温和的高音非常诧异地问道：

"你偷了什么？"

"偷了诗，神父先生。"

"诗？偷谁的？"

"我想，是偷蒂普赫纳老师的。"

"噢，是这样！"教长先生停了一会儿说，"这事你可不该做啊！"

"可是我没有这样做呀，是我家的尼克尔把这些诗句弄到诗里去的。"

"你家的尼克尔？啊，原来这样。你为什么要告诉我这些？你跟这件事可没有什么关系呀！"

"可是为了这些诗，蒂普赫纳打了我——挨打的可不是我家的尼克尔。"

"啊，是这样！但是你真该挨打的时候，你倒往往并没有挨打呀。"

教长的话给了我很大的安慰，我没有挨罚的坏事毫无疑问比露了馅、挨了打的那一点点坏事多。

我从教堂里出来时，整个村子都罩上了一层雪。我迎着雪花往前走，高兴得吹起口哨来。左手拿着弯刀藏在衣服里。刚走出村子，我就在每棵树后寻找守林人。我想起农民日历上的谜语画。在傍晚的暮色中，饥饿的乌鸦停在高高的梨树上，胆怯地挨在一起，呼喊着守林人的名字。守林人名叫拉尔施，它们想警告我："拉尔施，拉尔施，拉尔施！"施维希人为了嘲弄守林人，在他的名字上加了个很丑的韵。可是，当乌鸦在冬天呼叫人的名字时，那名字听起来总是很严肃的。半个小时后，雪在我的脚下开始发出吱吱的响声。这是我听见的唯一的声音，还有就是我自己的喘气声——现在上坡了。雪坡比天空亮得多，我注意到天很快黑下来了。我转过身，看着村子的石片瓦盖的屋顶，蒂普赫纳曾对我们说过，这个村子虽然很小，只是一个小集市，可是形状却像一颗星星，不过这可不是这些施维希土包子的有意安排。我现在站在高处，眯起眼睛往下眺望，看见村子向外伸出几条街道，真的有点像星星，像铅铸的、有些地方让人磨过擦过的星星。烟囱里升起袅袅炊烟。

我又转过身，继续向前走，一边走，一边想着温暖的房间、放炉子的屋角、桌子，想着母亲们和姐姐们拿着线团织袜子，男人们坐在客厅里，饲料厨房里，铁匠铺、厩房或者酒馆里抽着烟斗。我还想起空荡荡的学校，学校放假了嘛。我想着这一切，感到周围就我一个人，非常孤单。我对自己说，傍晚时离开村子，离开人群、牲畜和房子到外头去是需要勇气的。我在没有人的雪地上走着，每走一步，心里的惊慌就增加一分。不过我感到了身上藏着的那把硬家伙，正是它让我提起精神，继续往前走。

当我慢慢走近松树林的边缘时，我身上的那把硬家伙变软了。我停住脚步，向四周看了看，紧紧拿住衣服里的砍柴刀，又重新往前走了几步，这几步可真费劲啊！进了林子，我平静下来了，林子里比外面暖和得多，气味很好闻。我侧耳细听，可是什么也没有听见。什么地方响了一下，这是鹿或者野猪。我心想，这些可怜的动物肯定非常怕我的刀。我小心地拿出刀，往离我最近的一棵小树的细树干上很快砍了一刀。我急急忙忙又砍了几刀，小树倒了。它慢慢地向雪地倒下，看起来非常悲伤。它还那么小，我简直要为它哭一场。我犹豫了半天，才把它扛到肩上。我把自己想象成猎人，射死了一只鹿。树也流血，这一点，我在松树、桦树身上已经看到过好多次了。

我正想朝覆盖着白雪的田野往外走时，听见树后有一个声音说道："喏，小孩子，快过来！你叫什么名字？"

　　此刻，我呆若木鸡，动弹不得。最后，仿佛找要反抗真身天主自卫似的终于高高举起砍柴刀，往森林深处跑去，因为我想，守林人绕松树跑，肯定不会有我快。我的估计不错，他的声音越拉越远了。而我拼命地跑着，穿过干枯的和青绿的树枝形成的障碍，身上被松枝和黑莓拉了好多口子。当我喘着粗气，跑到田野上时，冷风吹来，灌进了那些口子里。可是我继续跑着，我不能停下来。守林人肯定还在我屁股后追着。我设想着他怎样挥舞着棍子追了我一刻多钟。当我喘着粗气终于跳到一道灌木丛后边，很快回头向后看时，发现我和树林之间只有一段罩着白雪的空山坡。我松了口气，继续快步往前走，不断回头去看，遇到树干和灌木就胆怯地绕开。我终于走到了村边。这时，我才想起这样回家多么不体面：虽然没有带回罚款单，可也没有扛回一棵树。而且——噢，天主，砍柴刀哪里去了？我把它弄丢了，不，是我像胆怯的逃兵那样把它扔了。一阵新的恐惧向我袭来：在砍柴刀的木把上，尼克尔用烧红的铁烙上了我们的名字。他在饲料厨房里坐在锅前时，就做这种事，烙名字给他带来快乐。村子里可没有和我们同名的，汉纳斯叔父住在外面阿策尔特森林边。

　　我到达院子大门时还喘着气，我轻轻地走进去，先到厩房里，走到奶牛身边。我把冻僵的手贴到老棕牛的身体上取暖，为我的不幸轻轻哭了起来。听着奶牛静静的咀嚼声，链条的碰击声，吃饱的奶牛舒服的低叫声，闻着草香以及牛身上发出的强烈味道，我渐渐忘记了我的痛苦，连尼克尔进来我都没有看见。他站在我身旁，看着我，只说我是个草包。我一听又哭了，恳请他现在去砍棵树来。他不说去，也不说不去，只是说时间已经很晚，天又冷又黑，路又远。但是这件事多么危险，他却一句话没有说。我很佩服他；不过，他终究比我大五岁嘛，这一想，我也就原谅自己了。

这天晚上，我不想去睡觉，虽然第二天早上四点半就得起床，去做圣诞弥撒。我坐在灶旁做出看书的样子。母亲对我说了多少次叫我去睡觉，我终于站起身走了出去。我刚到过道上，就闻到树林的气味。客厅的门关着，我听见里面是卡塔琳娜和丽丝辛的说话声。突然，弗朗西斯卡来到我身旁。"看，"她对我耳语道，"这就是那棵漂亮的小树！"我从她身旁跑过，上了楼梯，但我并不感到恼火。她尽管笑好了，树是尼克尔弄来的。我等着他走过来，我吻了他一下，这是我多年来没有做过的了。"你得知道，这种事怎么做。"他骄傲地说。

我被父亲的声音唤醒时，仿佛觉得刚刚睡着似的。平时早晨，他都是用一个木槌敲敲楼梯把我叫醒。而在圣诞节，他用歌声唤醒我们，而且每次唱的都是同一首歌：《牧人快醒来，天光已大亮》。我们坐在床上，揉了揉眼睛，然后，尼克尔叉开两腿，从床上跳下。我也跟着他跳下来。我们的小阁楼非常冷。所以，我们一边穿衣服，一边来回乱跳，跳得地板嘎嘎响。我们又笑又唱，一则由于没有睡醒，二则因为沉浸在节日的欢乐中，摇摇晃晃地走下楼梯。

我们草草洗了脸，因为都急于要看个究竟。我们往客厅走，路上碰见了刚从卧室里走出来的父亲。"圣诞节好。"他轻轻地说。"也祝爸爸圣诞节好，"我大声说，"家里有圣诞树了！我没有拿回树来，可是家里有一棵了！"他按住客厅的门把对我说："不要紧的，你还小嘛！"

过了一会儿，门从里面打开了。卡塔琳娜站在树前，正在点蜡烛。其他人跟着我们走进客厅。屋里耸立着尼克尔的圣诞树——噢，又大又绿！圣诞树发出清香，闪着亮光。面对它的光彩和清香，客厅显得小了。"神圣的夜晚——"父亲起了个音。可母亲却说"太低了"，重新起了一次。

我几乎跟不上。树上装饰着多少漂亮的东西啊：圆圆的球、闪闪发光的冰凌、用小球串成的链条、天使的头发、雪、彩色的糖圈、树尖上的粉红色小天使。小天使总是隐身往下飞，总是无声地吹奏他的小长号，为我们歌唱和平的颂歌伴奏，噢，我该往哪里看，朝哪里听呢！

亚麻油的酸涩味从地板上飘上来，同柔和的松香味混合在一起。镶嵌在墙上的酒柜里一层层摆着糕点，从里面传出浇在糕点上的糖和奶油花味。圣诞树上的苹果给这股香气掺进了我们的田野的泥土气息；椒盐饼和小圆饼干发出巧克力、姜、柠檬和彩色糖的味道，散发出远方、太阳和大海的气息，把我轻轻托起，带向远方。我像圣诞树上的天使一样，飘浮在空中，同时又跟他一样被绑着。蜡烛的火焰照到闪闪发光的圆球上，我忽然想起去年的事，我们往球上看时，自己的脸多么有趣。前额没有了，下巴也消失了，我的脸只剩下鼻子和牙齿。我一笑，或者张开嘴巴，我的样子就像一只可怕的动物。对这些球，我不免有些惊奇，它们本来只该虔诚而庄重地发出亮光的，怎么也会在暗地里做出这种荒唐事。

"钟一齐响起来了。"父亲说，我们静静地倾听着。钟楼里的钟一齐敲响了，它们总是唱着同一首歌，用一个调唱，声音响在一起，一下高一下低，一会儿用最高音，一会儿用最低音。它们讲述一种巨大的——欢乐——巨大的——欢乐——总是同一首歌——光荣归于天主——和平——欢乐——巨大的欢乐！神圣的夜晚！钟模糊不清地说着，它们不会说话，但是会唱，它们会唱歌——总是唱同样的歌——巨大的欢乐！父亲打开了窗户。我站在寒冷的空气里，空气发出雪的气息，我越过街道那边的院墙，看见天空上闪烁着星光。星星也像钟一样，一再重复着同样的东西，总是那样闪烁着同样的光，发出同样的清脆响亮的声音：巨大的欢乐——巨大的——欢乐！

我一个人到教堂去。还是在夜里，然而又是快破晓的时候，听着钟声，看着星星布满鲁普罗特山，像圣诞树上的小球那样闪烁不停，在这样的时刻穿过被白雪映照得明亮的胡同——这样的欢乐，我不能跟别人分享，连凯塔也不能。我知道，她在维尔茨街祖母家过圣诞节，但我不去叫她。也许我可以告诉她，我为什么在曼德尔家屋角前停下。在一个僻静的角落有一个老厩房，我听见一头奶牛哞哞地叫了几声，奶牛大概是被公鸡的啼叫唤醒的吧，接着又有一只母山羊咩咩叫起来。这叫声凯塔也肯定听见了。可是我却想起父亲给我讲过的故事，就是那个动物过圣诞夜的故事。在那拯救之夜，公鸡喊道："基督降生了！"接着母牛问道："在哪儿？"母山羊答道："在伯利恒。"凯塔是城里人，我能给她讲这个故事吗？

教堂里原本很冷，不过许多人体带来了一点点热气，这热气还有被褥的气味。可不，什么乱七八糟的气味都有：陌生人家的房间味、衣柜味、甘菊茶味、润滑软皂味，还有大油的哈喇味，许多人用有哈喇味的油擦皮鞋。所以，闻到香火的香气和高大的松树的清香，那喜悦是自不待言的。约瑟夫祭坛前和马槽四周都放着高大的松树，树上装饰着无数蓝色、红色、黄色的灯泡，灯泡安在电线上，很有秩序地上升下降，好像邀请你去做各种各样计数游戏。

做完礼拜，我走到马槽前，像每年都做的那样，从近处观看神圣家庭和牧人，这时我忽然注意到，要是把圣婴竖起来，他就跟他的母亲一样高。忽然，我发现凯塔和她的妹妹玛丽亚也在教堂里。我们在教堂前互相问了好，就一起走回家去。我告诉两位姑娘，我怀疑圣婴是不是太大了。要是圣婴出生时就跟圣母玛利亚一样大，那么谁都会立刻就注意到他是天主的儿子，希律[①]

[①] 希律，犹太王（公元前37—公元前4年在位），据《圣经》故事，耶稣诞生后，几个从东方来的博士说，这里生下了一个将来做犹太王的人，希律听后就派人找这个婴儿，没有找到，就把伯利恒城里及四郊所有两岁以内的男孩全部杀光。

也会注意到的，正因为他什么也没有发现，又要斩草除根，就让人立即把孩子都杀光。"他肯定没有这么大！否则人家会发现他的，一眼就看出是他了。这个教堂里的人一点也不了解圣婴，怎么不把他做小一点呢！"

凯塔接着说，谁都知道孩子比母亲小，否则她就生不出来。这一点，修士、教长、执事全都知道。他们把圣婴做大些，只是为了让大家看得更清楚些。

"噢，不是！"我激烈地反对说，"天主完全能把一个很大的圣婴送到世上来，他是万能的。但是他送来一个小圣婴，让人们无法把他和其他孩子区分开。所以圣婴一定得比他的母亲小才行——教堂里的这个可太大了！"

凯塔笑我。"天主不可能把圣婴做得比其他孩子大，要不，他妈妈生他时就该爆裂了！"

我很快看了一眼凯塔。这个字眼让我感到不好意思，我还觉得这个字眼很糟，它几乎让我害怕。凯塔的妹妹只顾自管自地往前小跑。街上慢慢亮了；我们已经来到维尔茨街。

"话不能这么讲，"我很严肃地说，"你也学过天主是无所不能的。他本来可以让一个很大的圣婴跑到妈妈的肚子里去。他本来也可以创造出这样一个奇迹来的。"

凯塔又笑了。她转向我，微微向前弯了弯腰，我看见她的牙齿闪闪发亮。我觉得她并不认真对待我。我站在她面前时，感到自己个子又小，年纪又轻，我不禁火冒三丈，喊道："叫你入地狱！"她笑得更厉害了，我赶紧跑进房子；这时我感到自己被凯塔吓得逃跑了。

在金牛星座的照耀下

　　赫林家的小佩特、施莱默尔家的玛蒂和布德利希家的小贝普都到我们家来看圣诞树，他们问我是谁弄的树，这一问又使我担起忧来，怕守林人也许找到那把砍柴刀。可是圣诞节后两天，我发现那把刀放在饲料房的刨板上。我从各方面仔细观看，没有错，这是我家的刀，木把上烙着名字，木把与刀之间有一个松松的铁环。一定有人把刀送回来了。是谁呢？又交给了谁？我怎么一点也没有听说呢？怎么谁也没有吐露一个字呢？刀刃闪着微光，我觉得，坚硬的钢刀仿佛在得意地微笑呢。

　　节日前后，许多城里人，包括士兵，来到施维希偷偷买食物，首先是买面包和脂油。一次，一个穿皮大衣的人跟母亲一起站在柜子前，劝她卖给他东西，正好让我碰见了。母亲已经把又大又圆的面包拿在手里，却又在上面画了个十字，重新把它放进柜子里。我不懂他们在干什么，而首先不懂的是，母亲为什么把头摇得那么厉害。父亲在吃饭时说，不要把这些人叫作囤积居奇的人；要是我们住在城里，农民卖给我们一个面包，我们也会高兴的。这时，我大声地问母亲："昨天你为什么不把面包卖给那个人？"母亲转过脸去平静地对着父亲说——囤积居奇的人还是有的，昨天那个人为那个面包就出了很高的价，高得让她吃惊。"面包卖这么贵，那可是罪孽。"她说，几乎阴沉着脸瞧着她正拿到面前要切的面包。

父亲轻轻地摇了摇母亲的肩膀，说："好，苏珊，如果你这个老钱罐不为钱动心，保持面包的圣洁，那么日后连你的孙子都会得到好处的！"母亲用刀在面包的背面画了个十字。父亲说："要是这把刀分得不公平，面包上的十字一点用也没有。可是，如果我们会分配，我们就永远会有面包吃，会有切面包的刀。不是有这么一句话吗：把你的面包扔到水里，然后扔下刀。——是不是，小斯蒂夫？——你会重新得到这一切的！"

我立即明白了父亲的意思，脸红到了耳根上，可是除了父亲和我，谁也不知道刀指的是什么。但是，我后来也不敢问他，因为我害怕听到罚款单，或者挨一顿说。

刚过新年，我们的一头奶牛发情了。这头平时非常安静的牛在晚上喂料时挣脱了铁链——谁也不懂，这怎么可能。那头奶牛走到棕色老牛后面，用两条腿站立起来，整个前身扑到了老棕牛身上。这头白牛的眼睛好像有平时两倍大，它可怕地吼叫着，而棕色老牛不安地摇晃着大脑袋。以前在草地放牧时，我已经看到过好几次这种情况，父亲对我解释说，奶牛吃了骑马草，以为自己是骑兵，想立即上马呢。所以我赶快跑出厩房，大声冲着过道喊道："爸爸，快来，白奶牛又吃了骑马草了。"

父亲立刻来到厩房把牛绑好。到第二天中午，母亲却让我去克伯里克家，问问克伯里克老爹能不能在第二天把我们的白奶牛赶到他们的公牛圈里去。

克伯里克老爹躺在桌子后面的长条凳上，对我说，为什么不是尼克尔来做这件事，他已经到了可以做这种事的年纪。这时，克伯里克老妈开始骂他，一边骂一边在空中挥舞着毛巾："噢，你这只野猪，没有天主，也没有戒条，你难道不知道，不能叫刚刚十五岁的孩子到公牛圈里去吗！"克伯里克老爹也用平静的声音回敬她："噢，你这个臭女人，你有理由骗孩子们，把阉公牛说成公牛！那你就跟那头白婆娘去好了，你知道那是怎么回事！"

"噢，真不要脸！"克伯里克老妈吼叫起来，"你这剐千刀的老色鬼，你……让我生九个孩子以前，你怎么没有死掉！当着这么个小孩子的面，我都说不出口，我嫁了个什么样的畜生！"然后，又响起克伯里克老爹的声音，又响亮又镇静，在我听来，仿佛两个老人在唱脏话祈祷文。我一只脚跨出这幢小小的房子，另一只脚却被一种朦胧的好奇心留住了。

当克伯里克老爹重新骂起来时，克伯里克老妈抓住我，把我推出门外，带着我走到房子后面，喊她的儿子玛茨，他正在小库房里修一辆老掉牙的自行车。他是克伯里克老妈最小的儿子，其他儿子都已应征入伍。她用命令的口吻对他说："你现在跟这男孩子去，把艾纳特家的奶牛牵到公牛那里去。"

"一起去吗，斯蒂夫？"玛茨不等母亲走开就问我，哈哈笑着，一双小眼睛看着我。

"啊。"我同样轻轻地说，用鞋扒着库房前面潮湿的垃圾。我不敢正视玛茨红红的胖脸；我忸怩了一会儿，因为我还很小，听大人们说到阉公牛和公牛，把白奶牛叫作婆娘，还不许小男孩到公牛圈去时，真不懂是什么意思。

"你一起去吧，"玛茨轻声说，"你在外头等着，从大门下的缝里往里瞧。公牛来了，就爬到老母猪身上去……"

"我们的白奶牛可不是猪啊！"我一边说，一边摇头。

"那是什么奶牛啊！公牛跳到它身上去时，你自己看好了。"

"公牛干吗要跳上去？它也吃了骑马草不成？"

玛茨突然非常好奇地看着我，好像他从来没有见过我似的。"你真的不知道，公牛在母牛身上做什么？"

我红着脸，摇摇头。我知道，我有千百个理由感到羞愧，因为听玛茨问话的口气，仿佛别的人全都知道这件事似的。玛茨哈哈大笑起来，咬着我的耳根说，我得跟他一起去。他叫我先到科纳利乌斯门楼，在村口等他。我答应了，走回家去。在家里，我找了个借口说，我要去为守护天使协会收集会费。"哼，你还算守护天使协会的人呢！"弗朗西斯卡嘲笑我，"你已经喝葡萄酒了，这样你就不会在会里了！"

我没有回答她。她说得对。本来，作为守护天使协会会员，我不能喝葡萄酒，更不能喝烧酒。可是我想，如果我把每月五芬尼的会费加一倍，自愿交十芬尼，那就可以了。那些异教徒的孩子并不在乎我是不是喝葡萄酒，只要收集到必要的钱，让他们受洗，受教育就行了。

我拿着储钱罐走了，到有守护天使住的地方，一家家叫开门，请他们给会费，一旦同学的母亲给了钱——大多是从酒柜里的一个小杯子或小罐里拿的钱，我就以异教徒孩子的名义衷心表示感谢，然后去下一家。

几个妇女称赞我的热心，并问我要上学当神父是不是真的。我说是真的，可是现在我喜欢先去打仗。听了这番话，女人们有的发火，有的笑笑说，她们希望仗别打那么久。跟女人们这么瞎聊了一通，却把到科纳利乌斯家门楼等玛茨这件事给忘了。当我记起这个秘密的约会时已经太晚了；祈祷的钟声响了，我没有去公牛圈，感到很满意。白奶牛又回到了厩房里，而我也收齐了这个月的会费。在饲料厨房里，我轻轻告诉尼克尔，玛茨曾想带我到公牛圈去。

"这个玛茨是猪猡。"尼克尔平静地说。

"为什么？"我问，心里有些怕，怦怦直跳，同时我又非常好奇。

"公牛，"尼克尔慢慢地说，"这不是小学生该看的事！只有男子汉才能看！"

"难道玛茨已经是男子汉了？"我问。

"是，他是了。"尼克尔厌恶地说，我注意到，他是很想说不的。玛茨被说成是男子汉，他知道并且能看我不知道的事情，这并没有使他在我眼里成为特殊人物。但我知道，尼克尔的话是对的：玛茨是猪猡。他每次看见我，总要那样嘲讽地同时又亲切地笑起来。有时，在放学回家的路上，我绕道从克伯里克家门口经过。可是只要看见玛茨，我就快步跑开，书包里的书和粉笔盒一上一下地跳动。

转眼到了春天。一天，我又绕了个小弯，想从克伯里克家门前走过，这时，玛茨跳到街心，好像他埋伏着等我似的。他大概看见别的同学从他家门前经过，想我大概也会经过他家。他像木偶那样伸开两条胳膊，又矮又胖的身体像挂在一根线上似的在石子路上跳来跳去。他像往常那样轻声说："嗯，你还一直怕公牛吗？"

克伯里克家对面是一家肉铺，还有一道木栅栏，我打算在那里从他的胳膊下钻过去。可是他拦住了我，抓住我的两个肩膀，脸向我凑过来，他的脸涨得通红，小眼睛闪着光。"你，"他说，"如果你到我们家来，可以看看我们漂亮的《圣经》。"我还在那里犹豫，于是他说："我把《圣经》借给你，你可以带回家去几天！"啊，《圣经》，里面漂亮的图画，多年来家里禁止我看的《圣经》，难道我现在一下子全能看到了吗？我不再考虑，跟着玛茨走进他们家的小房子。他立即带我走过后门，来到当库房的小棚前，走进肮脏的小院子，这时，他轻声说，那里一个人也没有。他说着笑起来："只有塔佩特在这里。"他指了指一个大约六岁、穿得像城里人的男孩，我从来没有看见过他。这孩子是玛茨母亲替人照看的，他不会说话。"他的爸爸妈妈带着他觉得面子不好看，就把他给了我们，他叫弗里德里希·威廉。弗里德里希·威廉，别这么傻笑！"

玛茨对小孩这么粗暴，让我很伤心。可是当着玛茨的面，我不好意思对弗里德里希·威廉表现得亲切和蔼一些。孩子黑黑的头发非常蓬乱，脑袋常常稍稍往后仰，不时地从喉咙里发出几声很尖的声音。接着，他往上一蹦，用一条腿一跳一跳地转圈子，过了一会儿又安静下来，自个儿傻笑，好像很害怕，又不愿让人知道他害怕。

玛茨指了指小棚房，让我在这里等着，他去拿《圣经》。他抓住弗里德里希的手，把他带进屋里。最后他回来了，给我晃了晃那本《圣经》，然后把书放在棚屋里的一张旧桌子上，桌上放着各种各样铁的工具，西部小说，一把翻倒的煤油壶，空的铁皮香烟盒，还有许多别的没有用的东西——我觉得，放上漂亮的《圣经》以前，该先把所有这些东西挪开才是。玛茨在书里找了一会儿，我看见，他的红脸怎样炽热起来，放出光芒。最后他说："哈，在这里，你瞧，不漂亮吗？"

玛茨用手指指着一头公牛，公牛好像站在祭坛上那样地站在高坡上。许多半裸的女人围着公牛跳舞。"他们总说：小金牛。我说，这是公牛，一头金公牛！你一定得看看这个——在这里，这里。"他拿起一截木匠用的又宽又红的铅笔头，在公牛下画了一道。然后，他狞笑着看了我一眼。我不懂，但我预感到一点什么。我觉得玛茨太讨厌了，恨不得马上跑出去，可是我的手放在书上，我不想把书留下。这时，他把嘴巴凑近我，对着我的耳朵轻轻地说，我当母牛，他当公牛。我立即感到，他是认真的，他想的不是游戏，不是开玩笑。这时我明白他要干什么了。我向来非常厌恶蚯蚓，这时，我仿佛觉得肚子里有一大把蚯蚓似的。我别过脸，看着门外。可是我没有跑开。因为，我虽然觉得玛茨可恶，但我不好意思在他面前像一个小孩那样感觉和行动。这时，弗里德里希·威廉从厨房窗口跳出来。他并不像玛茨估计的那样笨。玛茨狠狠骂了一句，拿起几根自行车轮的辐条，向小孩跳过去，可是弗里德里希却像黄鼠狼那样敏捷。他跑到街上，玛茨在后面追。这时，我也赶紧跑出小院子，好像另一个看不见的玛茨在后面追我似的。我不敢回家，毫无目的地在村子里游荡了好几个小时。

这以后的日子里，不管我到哪儿，那个无依无靠的小男孩总浮现在我的眼前。我也看见玛茨，看见他怎样用铅笔在公牛身体下画了一道，然后，他自己突然变成像半人半牛的东西，站在我面前。夜里，我做了个梦，梦见我来到公牛圈里，躺在院门下面，从地和木门之间的空隙往里看。接着，看见公牛来了，它的样子像长着腿的一座山。白奶牛却吼叫着，每吼一声，它就变小一点。公牛找什么似的东张西看。最后，白奶牛在地下消失了，从地下深处传来它的叫声。公牛越来越躁动不安地寻找着。这时它发现了我躺在门后面。它用两条后腿站立起来，向门冲来，用角顶开了门，我一跃而起，拔腿就跑，它追我，追过科纳利乌斯门楼，追过整个村了，　直追到教堂前的空场上。我突然想起，不管我跑到哪里公牛都会追到哪里，只有教堂它不会去。于是我向教堂跑去，可是公牛仍然紧追不舍，差两步就赶上了，我赶不及打开教堂的门了。于是我们就绕着教堂跑，越跑越快，突然响起了钟声。这时，我终于打开了教堂的门，向里面大声喊道："快敲钟！"

　　我这一喊，把尼克尔吵醒了。教堂里响起了晨祷的钟声，他问我做了什么噩梦。我给他讲了我的梦，但是，在克伯里克家院子里发生的事，我只字未提。

欢乐的玫瑰经[①] 和战俘季米特里

    这几天，我跟母亲到弗伦地区去做客。我们听说，我哥哥的中士回来度假了。母亲想看看马丁在部队里的上司，如果行的话，还要给他送点礼物。她还想跟他说，请他尽量不要把我们的马丁往死里送。

    这是一个晴朗温和的三月天。我们步行，经过阿策尔特森林时，刚谈到快要来临的春耕春播，我没头没脑地问道："妈妈，告诉我，我和爸爸也是亲属吗？"

    "你怎么了？真见鬼了！跟你的爸爸？你今天怎么有这些怪念头的！你跟爸爸当然是亲属！"

    "并不是所有的孩子都跟他们的爸爸有亲属关系吧？"

    "对，如果是养父或教父，那就不是。"

    "我知道，圣婴跟他的爸爸就不是亲属关系。"

---

① 诵读欢乐的玫瑰经是复活节后，复活节前诵读痛苦的玫瑰经。

"是的，他的爸爸是天主嘛。"这时，母亲提议，我们现在可以诵念痛苦的玫瑰经了，现在可是斋戒期。我立即注意到她为什么要祈祷，于是我说，过了阿策尔特，过了斯泰普溪，我们马上就念玫瑰经。可是祷告前我还要问几个问题。

"好吧，那你就问吧！"

"这就开始，妈妈，要是白奶牛生了小牛犊，那它和公牛也是亲戚啰？"

"这倒是的！不过，小牛犊可无所谓，而且你也不用问那么多！"

"是呀，妈妈，可是我都已经这么大了！我到现在还不知道孩子是怎么来到人世的。还有公牛和母牛——我什么也不知道。"

我说不下去了。我又羞又恼，声音都让羞愧和恼怒挤没了。母亲却说：

"我该怎么跟你说呢，孩子！你是从我和你爸爸身上出来的，这是没错的，你尽可以相信！"

"可是究竟是怎么回事呢？"

我说这句话时看着那边的草地，下方是汉纳斯叔叔的磨坊，他半年前去世了。我现在不能看母亲。她的目光也转向阿策尔特森林。我们这样走了一会儿。她终于开了口："唉，走吧，我们现在还是念玫瑰经吧！我们也可以念欢乐的玫瑰经！你想知道的事情可不能随便胡诌。也没有人跟我说过，可我还是有一大堆孩子，你看是不是。你反正要当神父，用不着知道这些事！"

说完，她就画了个十字，拿出念珠，念起祈祷词来，我听见她念了十遍："噢，圣母，你的肉身之果，耶稣，是你从圣灵受孕！"

空气新鲜清凉。云彩鼓着银色肚皮飘向西方，传来森林的气息；我在母亲身旁走着，她念一句，我跟一句，这时我发现公牛问题渐渐变得无所谓了。我已经出生了，我已经来到人间，我一边念着充满欢乐的玫瑰经，一边用柔和的眼光扫视一下母亲的肚子，那丝围裙下圆圆的小肚子曾经怀过我，怀着我下地、割草、走路，直到我呱呱坠地。母亲曾对我说过，这九个月里，她喝光了整整一小桶葡萄酒，而且心情始终很好。当我在收割燕麦的季节降生时，她第二天就起床了，给收割的人烤饼。"让佣人做我不放心，女主人躺在床上，佣人就不好好干。"

这天，妈妈的心情特别愉快。我们发现，马丁的中士住在一幢很小很简陋的房子里。他的父亲是个乡村鞋匠，为自己有这么个儿子而感到非常自豪。中士本来穿着衬衣。当他听说我母亲是为什么来的，他就走开了，过了一会儿穿着灰色制服回来。他把漂亮的帽子挂到门后的衣钩上。他跟母亲说普通话，看来他很尊敬她。说起马丁，他说："不是个坏兵！"

"不过，我看他也不是个好兵。"母亲说，皱起了眉头，"否则他就该写信，打听我的情况！"

"咳，艾纳特太太，我们得做各种各样的事情啊。要不，我们就要打败仗！"

"什么，打败仗！"母亲吃惊地说，"我现在认购了那么多战争公债，你们却要打败仗！"

"正相反，"中士说我们必须打赢它！"我也这么看。可是快点！现在我们已经到了第三年了。这已经不是打仗了，是在打官司！"

现在，她开始问中士，马丁是驾车的，是不是总得到最前面去，是不是事先就能卸掉一点车上的东西。"车上装着这么多炸药和鬼东西！我听说，要是他们往车上射击，一下子就会全部爆炸！这孩子还不到二十一岁！那时马就会受惊，四蹄乱踢。要是一匹马绞乱了车轭，又是在夜里，又不许他点灯……而且空中硝烟弥漫，弹片横飞，我真想知道，这可怜的孩子怎么应付得了啊！"

"噢，他干得很好，"中士说，"每次都从炮火中冲过去！他不会让我们白等的。"

"我懂，"母亲说，"他必须想着别人！可是，你们现在能不能再给他十四天假或者再多几天？我让他回前线时，你们不会有什么可抱怨的，中士先生！我家里又偷偷杀了猪，我让他带些火腿回部队，还有香肠脂油，准保让他背弯了腰！"

"好的，"中士说，"这件事可以办。"他的父亲，那位乡村鞋匠，拿来香肠和一瓶葡萄酒，放到桌子上。妈妈却要谢绝——不，不，她无论如何不想多耽搁。后来，她还是喝了一小杯酒，吃了一片火腿，一边喝一边称赞。最后，我们终于辞别了中士和他的父亲。

我们离开鞋匠的房子，走了好一段路后，母亲说："我们运气真好，中士也是穷人家出身。这样，我们就可以帮马丁的忙了。"

过了一个月，马丁回来度假了。母亲和姐姐说，他已经变成了美男子。父亲用比以往更轻的声音跟他的大儿子说话，而且常常把头偏向他。这时，马丁就露出严肃和骄傲的神情。母亲总围着他转。早晨，她两只手各拿着一个鸡蛋来问他："给你用油煎还是打到白兰地里？"让马丁吃鸡蛋，我很愿意，可是母亲用这样亲切的声调跟马丁说话，我就不太高兴了。自从马丁回到她的身边，她像换了个人。铺床叠被时，她又唱起歌来了。还没有到复活节，她就唱起了《天上的女王，你快高兴起来》。自从开始打仗以来，谁也说动不了她唱歌。我叫了她多少次啊："妈妈，唱一次吧！"她总是这样回答："要我唱歌？我哪有什么心思唱歌啊！"现在她却唱起来了，用拍打被子的木棍轻轻敲打枕头，把枕头拍得圆鼓鼓平溜溜的，然后，把棍子放到床的另一头，嘴里一直唱着歌。我十分清楚，什么人使她这么高兴。马丁却寡言少语，神情阴郁，不管是对母亲还是对别人，他都这样。他很少讲点什么，要讲也只是轻描淡写地讲点前线的事。他不多讲，父亲很喜欢，他如果讲打仗的事，父亲受不了。"对，马丁，你们在外头的人见得多。现在，你们也还得学学，把这些事都忘了！"父亲有时讲一些这样的话。

　　当马丁套上牛车，跟兄弟姐妹到地里去时，他才显得亲切一些。现在正是种甜菜和土豆的时候。可是他对牲口却很粗暴，有时还打母牛，使我心疼得哭起来。有一次，我在腿上也挨了一鞭，几天以后还能看见伤痕。可是，当我听见西边炮声隆隆，在脑海中看见马丁在战场上打仗时，我原谅了他的粗暴性格和他的诅咒，以及他那些不信神灵的粗话，他的这些话常常使我陷入极度的混乱之中。比如，他常常一再地向我提这样一个问题，天主——所有人的父亲——在战争中到底会站在哪一边，会帮助和保护哪一边，他问我知不知道。我感到，这个问题本身就是不信天主，而且也是怀疑德国人正义的、神圣的事业，这是蒂普赫纳老师经常挂在嘴上的。天主当然站在德国人一边。我甚至指出他腰带上的题词。那上头不是写着：跟天主一起，为皇帝和祖国而战吗？跟天主一起，这就是说：天主跟我们在一起！比如俄国人，他们腰带上就没有这句话。

几个月以来，我们这个地方来了许多俄国俘虏。第一批俘虏到达时，我们男孩子就跟汪汪叫的村狗那样跟着穿过施维希的队伍跑，嘴里喊着："俄国佬垮了。"而他们一个个都张开嘴露出牙齿，哈哈笑起来，轻轻喊道："俄国佬垮不了！"

俄国人住在酒馆的舞厅里，睡铺板架的床。我们到那里看他们。他们坐在那里，唱歌，用木头刻稀奇古怪的鸟，用勺把刻出一个个环。我们惊奇地看着陌生的男人，开始跟他们拉关系，我们男孩子把互相换东西叫作拉关系。我们给他们一小包烟丝，可以换到一只鸟，会像圣灵那样庄重地展开它的翅膀。过了几个星期，农民们就把他们带到家里住，很快他们就下地干活了，没有一个人跑，即使那些发胖的后备役老兵，没人看守时他们也不会跑的。

马丁在家里度假时，我们一天碰见了住在魏因利希家的俄国人季米特里。魏因利希家住在霍夫街一幢古老的房子里。季米特里晚上在敞开的谷仓里弹曼陀林时，我已经看见过他几次，跟他说过几句话。他还很年轻，个子不高，头发黑黑的。他笑起来时，小胡子下露出两排白牙，我没有看见过哪个施维希人张那么大嘴，露出那么多牙齿的。我们赶着车到骚厄博恩去时，我们的车陷到泥里开不动了。那天刚下过雨，流过大路的小溪涨了水，把路上的泥地泡软了。马丁诅咒起来，开始狠狠抽打牲口。这时，这位黑头发的小个子俄国人从地里跑过来。"别打牛，兄弟。"他对马丁说，请求地向他笑笑。我的哥哥火冒三丈。"你要干什么，臭俄国佬？"他威胁地问道。"帮忙，兄弟，帮忙！"当时，为了过河，我们都留在车上：马丁、尼克尔、弗朗西斯卡和我。季米特里却跨进水里，向我们走过来，抱起弗朗西斯卡，送到对面的路上，接着又把我抱过去。当他要抱尼克尔时，他叉开两腿就跳进水里。"我可不让俄国人抱。"他大声喊道。可是季米特里只是笑笑。然后，他走到后轮边，我做游戏时，总觉得后轮是个凶神恶煞。他做了个手势要马丁赶车，他自己抓住轮辐推起来。车子动了。当我们过了溪，又到了硬路面上时，季米特里摸了摸母牛的头说："好牛！挤奶，赶车，生小牛，太好了！"

"你也懂点奶牛的事？"马丁问，语气亲切了些。"不，不懂奶牛！懂马，马，懂很多！""我也更喜欢马，"马丁嘟哝着说，"我以后自立了，就赶马。奶牛该圈在厩房里。"

我们感谢季米特里。以后几个星期，我有时到魏因利希家看他。有一天，我们在谷仓里铡草，季米特里请我给他朗诵一首德国诗歌。我告诉他，我做过一首战争诗，就朗诵起来。他突然放下飞轮，捂住耳朵。"快别背了，"他恳求说，"噢不好！战争不好！写打仗的诗不好！"这时，我却在心里听见蒂普赫纳老师的声音，最近几天，他又一次告诫我们：俄国人在东普鲁士干了多少暴行，俄国人要占领全世界。不把俄国人全部赶到乌拉尔以东，我们就休想得安宁。

于是，我在场地上很慢很慢地后退了三步，抬起胳膊，挑战似的盯着季米特里的脸，开始朗诵起我们在学校里学过的一首诗：

俄国佬，是坏蛋，

杀人放火样样干，

破坏和平是罪魁，

德国百姓遭灾殃。

德国人，英雄汉，

天主助我把仇报，

以牙还牙别手软。

我注意到，季米特里听懂了这些诗句的意思。因为，他的眼睛先是越睁越大，黑眼珠和周围的眼白显得非常分明。我还在朗诵，他张着嘴，慢慢向我走过来。我心里害怕起来，怕他给我一记耳光，但是，他却停住了，闭上眼睛，两只手伸到胸前，然后又移到脸上。他突然转过身，一句话不说，走向铡草机。我站在场地中央，不知道该做什么。我原本要引他发火，跟我吵一架。我要让他知道，我们了解俄国人，了解他们的所作所为，我也要让他知道，尽管这样，我仍然跟他做好朋友。我对他的友情是我出于宽宏大度给他的一个礼物。可是，季米特里却不管我了，把背对着我，转起轮子。我等了肯定有一分钟，然后就走了。我都快要哭了。后来我在街上还看见过他几次，可是他却不看我，他再也不看我了。

干活当游戏、在地下水池里，以及各种各样逃跑的尝试

马丁的假很快就完了。当尼克尔和我把他送上火车以后，我们回到家里，好像大了好几岁。因为只要马丁在家，我们就是小孩子；马丁一走，我们两人就往上升：尼克尔代替马丁，我代替尼克尔。这就是说，我们首先得干好多地里的活，和平时期，这些活都是男子汉干的，由完全成年的人干的。

不过，我们倒并不觉得劳动是件苦差事。除了牲口以外只有我们两人在地里时，我们就像做游戏那样干活。我们两人，尤其是我，脑子里装满了各种杀野兽、捕野兽的人的故事，于是，我们套车时，把母牛当成公水牛，把农用大车当成大篷车，各种农具就成了吓唬印第安人的远射猎枪。在这场游戏中，尼克尔就不再是我的哥哥了，他是跟我交朋友的拓荒的农场主，我时而把他当成猎人，时而把他当作政府特派员，常去拜访他，

帮助他反对红皮鬼①。因此，我把他叫作尼基，因为他的头发是浅黄的，又把他叫作白头，很快，这个名字就在家里传开了，为大家所接受，自然，他们不知道这个名字起源于我们两人的游戏。

车一走，我们就开始说普通话，游戏开始。我在凶恶的后轮上往脚下啐了一口，就说起来了，不过尽量说得很轻，我们不让从我们旁边经过的人听见我们在说城里人的德语，在粗野地咒骂："可恶的鬼天气！真想躺在火炉旁，喝威士忌。我们得把眼睛睁得大大的。昨天晚上，我在银山旁看见了脚印——土著人——肯定有五十个。到蛇河边我们可能会碰见他们。"我们刚刚驶出崖谷，也就是说，我们刚离开村子，尼基就不慌不忙地拿出他的陶制小烟斗，嘟嘟哝哝地说："让他们来好了，老吉姆！会把他们打得头破血流的。白头尼基和他的死神猎枪可不是闹着玩的。"

路上，我们向四周侦察。遇见佩特·凯斯或者贝伦特·乌伦时，他们怎么也想不到我们把他们中的一个看成捉摸不透的酒贩子，把另一个看作白人变节者，伪装成捕兽者的土著人的奸细。到了地里，开始干活了，游戏就改变形式。尼克尔撒种，我用耙在种子上盖上一层土，这时，我们就当是在尼基的靠边缘、向外突出的农场土地上干活。从森林里随时都会飞来利箭，把我们射中。可是我们的狗佩罗几乎是一头神犬。起先它不懂，为什么我们总把它赶到森林那边去，但是它慢慢地懂得

---

① 美国西部小说中对印第安人的蔑称。

了我们的游戏，配合得很好了。因为它悄悄地潜过去，突然狂吠起来，扑向一个从森林里出来、毫无思想准备的农妇，我们严厉地吹了几次口哨，才把它叫回来。

这年春天，马丁回来度假前不久，尼克尔和我曾经到兰富尔播种一大块地的燕麦。尼克尔玩得很兴奋，看见我耙得很坏，就狠狠地说了我一通，把犁沟又重新耙了一遍。我很火，拒绝以长官的身份跟在牛旁引路。于是我就留在大车旁。最后，我背上种子袋，在地边走过来走过去，撒起种来当游戏。这时，我看见一个很好看的女人沿着兰富尔溪慢慢走下来，她肯定从火车站来。当她看见我时，就停住脚步问我——怎么，我都会播种了？我没有答话，得意地点点头。

"那——你几岁了？"

"到今年六月十岁了！"

这时，漂亮的女人把两只手高高举起，喊道："我的天主，可怜的德国，小的播种，老的收割！"

我觉得这句话美极了，事后告诉了尼克尔。他却点上烟斗——他每干完一件活，就要抽一袋——说："这个笨婆娘，我们已经不是孩子了。我们是男子汉！给，吸一口！"我把嘴唇放到泥做的烟斗管上吸了一口，这是我第一次抽烟。我们怕有人从大路上看见我们，就藏到车后，神情严肃地抽完烟斗里的烟。抽了第二口时，我就想停止了，可是当白头尼基给我递过所谓和平烟斗时，我无法对他说，抽了他的山区烟丝我感到嘴巴里好像有刺猬在爬动，肚子里有润滑软皂似的。可是，烟斗还没有抽完，我就不得不突然急急忙忙跑到一棵很粗的梨树后面。我脸色苍白、难为情地回来时，尼克尔说："这没有关系。慢慢习惯就好了。只是你脸色发青，倒是真糟糕，不能让家里人看出我们抽过烟。"

他们真的没有发现，可是他们开始注意到一点别的东西，首先是丽丝辛和弗朗西斯卡，他们发现我总是心不在焉。我自己也觉得我的书有点像气球，我的身体躺在上面，飘上天空。丽丝辛和弗朗西斯卡很生气，必要时——至少我觉得这样——常常把我喊回到现实中来。我手指抠着耳朵，坐在那里看一本书，她们喊我的名字，要求我做点什么事情，这些事情跟我刚刚读过的东西相比，完全是无关紧要的，甚至是些毫不相称的事情。这种情况一天有好几次。

当我们在学校里第二次，并且更详细地学习埃及的约瑟夫的故事时，我突然看得一清二楚了，丽丝辛和弗朗西斯卡，有时甚至连卡塔琳娜让我到地下室洗甜菜，到村子里送牛奶，或者让我到饲料厨房、厩房和地里干活，那简直等于把我扔进地下水池，尽管她们不知道也不愿这么做。所有这些工作，我觉得差不多是一种惩罚——而首先是浪费时间。

八月，该收黑麦了。一天，我们在家里做完了下地的准备工作。我以为没有人看我时，赶紧从像镜子那样向前倾斜的神圣家庭的画像后面拿出一本书，塞到衣服下。那是库柏[①]的《皮袜子》。有些士兵到我们这里买鸡

---

① 詹姆斯·费尼莫尔·库柏（1789—1851），美国小说家，代表作《皮袜子故事集》包括五部长篇小说，描写印弟安人和早期美国移民的生活。

蛋，在我们家里待了整整一个下午，一个星期以后，他们中的一位送给我这本书，还题了词。皮带一结，皮带上面的衣服鼓起一个包，正好藏书。我已经把书放进制服里。可是丽丝辛看见我从画后面拿了什么东西。"你拿了什么？一本书，你们看，一本书！这小家伙下地还带书！"你看她说这话时的神气，好像她这几句话向别人揭露了我什么可耻的打算似的，到现在为止，谁也没有想到过我会有这样可耻的打算。她从我鼓囊囊的制服下拿出那本书，放到桌子上。我什么话也没有说。到了地里，丽丝辛和弗朗西斯卡，还有母亲，都说我笨手笨脚的，让我去捡麦穗，丽丝辛还喊道，这是我唯一能干的活，这时，我火冒三丈，忍不住开了口。当我接到捡麦穗这个可耻的命令时，我正往车上抱一捆麦子。我把麦捆往边上一放，喊道："我跟你们就像埃及的约瑟夫和他的教徒一样。你们的麦捆要向我的麦捆鞠躬，否则就跟你们没有完！"

幸好父亲不在。开头，哥哥姐姐们像挨了一闷棍似的，看来，连卡塔琳娜和尼克尔对我的宣判也很生气。母亲和弗朗西斯卡向我嚷了些什么话，丽丝辛则倒拿着权子，叫着向我冲来。我把那一捆麦子往她两腿之间一扔，就拼命跑开了。直到傍晚，我才回到家里。父亲的心脏病越来越厉害，所以谁也没有跟他提起这件事。从这天起，丽丝辛对我总抱有戒心。一谈到以后让我当神父，她就说："他当神父？我们养大的准是第二个马丁·路德①！"

关于路德，我只知道名字，起先，他是僧侣，后来娶了一个修女。此外，他还起来反对教皇，从此有了新教。在辅祭看来，路德是天主创造的土地上最坏的人之一。虽然辅祭不能确切地说，路德是否进了地狱，但是他说，几乎可以很有把握地做这种假设。接着，正像他表达了类似意见后所做的那样，他紧紧闭上嘴唇，向两边抿了几下，以强调他所说的话。因此，在丽丝辛丧气的预言中给我印象最深的是，进入地狱的可能性是很大的。如果我现在当着全家人说明，教长曾经在忏悔时对我说，我不是个坏孩子，而且进入地狱的人比人们想象的要少得多，那么，我抬出来的高级权威的意见只会有一小部分被认为是对的。

不过教长对我很温和。他的忏悔室在冷天生炉子的圣器室中间。屋里有一股香火、葡萄酒、丝绸和淀粉的味道，淀粉装在亚麻袋里，放在圣器柜中。教长满头白发，说话的声音很轻，清瘦的脸颊上总挂着一丝笑意。我的罪孽看来并没有给他留下什么印象。当我承认，我常常从胡椒罐里拿五芬尼买零食时，他说："啊，嗯，这不是偷！不过是吃零嘴——吃零嘴！你都买什么了？"

"小圆饼干……还有，还有杏仁饼！"

"啊，是这些！把你抓住时，你就说谎不是？"

"是，常常说谎！不过只有当别的办法不行的时候。"

---

① 马丁·路德（1483—1546），十六世纪的德国宗教改革运动的发起者。

"别的办法不行的时候！一个人可不能说谎，永远不能！"

"我要是讲故事，那也是说谎吗？"

"故事？你喜欢讲故事？"

"很喜欢。"

"那谁听你讲？"

"我家的尼克尔！还有赫林家的小佩特，布德利希家的小贝普。"

"是这样啊！故事里的事你可以说谎。那是真正发生过的事，不过是在你的故事里。每个人都知道，这是故事。"

在这方面，父亲可比教长严厉多了。有时，我们两个人看着牛在田埂上吃草，姐姐和哥哥摘苹果或挖土豆，他就给我讲圣徒 —— 大部分是殉道者 —— 的故事。有一次，我也给他讲了一个殉道者的故事，可以说是作为回答吧。圣徒的名字很长，一分钟以前，连我自己还不知道这个名字呢。不信教的皇帝让蜘蛛爬到他的鼻子上，命令人用小剪子在他耳朵上戳眼，用烧红的烙铁烫他裸露的肚子。然后，他让人拔光他的头发，把他扔进没到鼻子的粪坑里。折磨个没完没了，真理的见证人的耐心和勇敢也同样没有尽头。最后，他被砍了头。从殉道者的经历中我知道，只要头一掉，大多数情况下也就不会再出现奇迹了。当然也有这样的情况，被砍下脑袋的人捡起他的头，送到他愿意埋葬的地方。我却让我的殉道者被砍了头而只带着他的躯体上了天，我留下了他的头，作为给不信教的人的见证。

父亲静静地听我讲。我讲完了，他说："这是瞎编的！"我十分震惊，感到非常羞愧，我都不敢引用教长的话为自己辩护，说故事里的谎话不是谎话。这年秋天，父亲压根儿就严肃得很。他常常跟我说，一个人死后要为他的思想、言论和行为负责。他也谈到永恒："你看，小斯蒂夫，这个戒指上有一只蚊子，想找到戒指的尽头。它绕了一圈，绕了两圈。它绕了一天，一百天，一百年——可是尽头在哪里？蚊子找得到尽头吗？……是啊，我们将永远在这里——只是有的幸福有的不幸罢了！难道一个人能像大多数人所做的那样，如此轻率地生活吗？"

　　当我跪在软软的棕褐色耕地上，把堆成一条线的金黄色土豆按大小分别拣到两个筐子里时，我暗暗地把自己变成了法庭的天使。那些真正大的土豆一眼就能看出；真正小的，那些给猪吃的可怜的土豆蛋，也一眼就能认出来。可是也有不大不小的土豆。

　　哪些可以算大的，哪些该算小的呢？该把它们拣到右边的筐里还是左边的筐里？难道我能轻率地决定它们的命运吗？难道还得把每个土豆都称一称，看它是不是已经够得上大的，还是说该归到小的一边呢？我常常从装小土豆的筐里把土豆又拿出来，跟一个中等个儿的土豆比了比大小，把它放到右边。有时，丽丝辛或者母亲的影子突然出现在我面前，她们的声音把我从公正的游戏里惊醒。

　　等到黑麦一熟、麦穗一干，我们就在挨近村子的地里，而首先是在谷仓里听见嗡嗡嗡的声音，今天在上斯迪夫特，明天在莱伊胡同或乌伦园。再走近一点，我们听见大声哭泣的声音，那哀诉声非常单调，总是呜呜呜的。这是脱粒机的声音，它很快就成了村子里秋天的声音。在我听来，在这哀号的高音里好像还响着圣歌的声音。脱粒机放在我们家谷仓的脱粒场上时，这种哭诉的祈祷声变得更清晰了。以前在这个地方脱粒的是带连枷的打禾器，有节奏地一下一下打着，开始时麦秆蓬着，声音闷声闷气的，然后就越来越清脆。现在，装着小小金属轮的巨大的箱型车放在水泥地板上。谷仓的门口安了可以移动的马达。一根电线通过几根棍子接到电灯线上，把电送到了马达里。我每次都非常仔细地观看他们怎样举起那些棍子，怎样推动马达的起动杆。接着，我很快跑过脱粒机，去看马达朝院子那面是怎样动起来的。站在机器上的人接住从麦垛上递过来的麦捆，把金色的秋天送进急速旋转的金属滚筒，这时马上就响起高高的、哭诉似的嗡嗡声调，机器呜呜地吞吃着，吞下麦秆，又咽住了，不等麦秆全部吐完，机器又响起凄凉的圣歌的音响。在机器的尾部，嘴巴的下半部分成很窄的两块板，正一上一下翕动着，脱过粒的麦草又被吐出来。每当机器动起来，脱了粒的麦秆像纯金一样，被上下抖动的铁板一摇一抖地往前带去，然后从滑板上滑到一块板上，脱了粒的麦捆被站在那里的一个人接住，再传给下一个人打捆。每次脱粒节庆①开始时，我都站在机器旁。当摇动的箱子在它的捆板上，用玩耍似的胳膊

———————————

① 此为孩子把机器脱粒的热闹场面看成一种节庆。

给我们送出第一把脱了粒的麦捆时，我和其他人一起高兴得欢呼起来。

那些在麦垛上把麦捆往下扔、递到机器前以及送进机器的男人跟真正的脱粒节庆有一段距离，真正的脱粒节庆在院子里，脱了粒的麦秆在这里打捆、码成垛。有时，底下的笑声传到谷仓的屋顶，他们就好奇地从缝隙和小窗里往下看，等着把麦捆全都扔下去，好到下面跟其他人一起热闹一会儿，下面的人伴随着机器的轰鸣声和姑娘的笑声喝着苹果酒，越来越兴高采烈地纵情欢乐。机器上把麦捆送进金属滚筒的那个人却不能太注意姑娘的笑声。他得集中精神把麦捆送进滚筒，一次既不能太多，也不能太少，而首先他得注意别把手指和胳臂往麦捆里伸得太深——那两个对着转的、安着锐利的辊齿的金属滚筒把伸进来的一切东西都往里吞噬。

今年，站在机器上往里送麦捆的是尼克尔。他们不愿让我站在机器后面，那里，男人们一边吻姑娘，一边把麦秆打捆，扔到草垛上。于是我就只好去运秕子。吐秕子的口和吐麦粒的口在同一边。麦粒从口子里出来，流进撑开口子的麻袋，随着机器的振动，把麻袋装得圆鼓鼓的，一个男子把袋口一结，背走了。秕子可不像麦粒那样往下流淌，而是无声地飘进麻袋，无力地把袋子吹大，尖尖的壳子穿过大麻袋的网眼露到外面，我去换袋子时，干燥的灰尘就吹进我的鼻子和嘴巴。我把秕子袋往秕糠房背的时候，无数秕子爬到我的脖子上，沾在皮肤上，弄得我痒极了，最后，我觉得干这个活计是一种惩罚。

突然，我看见马达旁边站着一个姑娘——凯塔！顿时，皮肤上的瘙痒就忘掉了。我向她走过去。这时，赫林家的小佩特从街上走来。我们在一起站了一会儿，听着机器的轰鸣，看着麦粒从小窗口里流到麻袋里，我给小佩特做了一遍，麻袋怎样放进去，怎样拿出来。他立刻就想学着试试，于是我想起不妨让他替我把秕子往秕糠房里背，我和凯塔爬到麦捆垛上玩一会儿去。小佩特马上答应了，可是当他看见我是那么高兴时，就向我提起要求来。我们谈判了一会儿，我答应给他五芬尼，三张哈气小画，两个大玻璃弹子，一打玩具纽扣。我们在右手食指上轻轻吹了口气，然后钩在一起拉了拉，表示谁也不反悔。现在，小佩特向秕糠口走去，我和凯塔走过房子，在院子门口拐了个弯，就爬到金黄色的麦垛山上去了。牛栏、猪圈和园子之间的空间几乎全部堆着一人高的麦捆；有几个地方，麦秆高高耸起，差不多和猪圈上的库房一样高。

我们在入口处的麦捆上找了个安静的地方。这里谁也看不见我们，因为在我们和谷仓后面脱粒的地方之间横着厕房角。我们面对面坐下，互相看了许久。我们头上，九月的天空蓝白相间。有时，麦捆山上掠过一阵风。我觉得脱粒机的声音嗡嗡地响着，充满了渴望，我不知道我如此热切地要求得到的是什么。接着，机器的声音低下来，哽咽住了，咕噜噜响了一声，然后又高起来。我们又听见麦捆穿过钢铁内脏时压低了它的声音。麦秆发出土地和野草的气息，发出秋天、磨坊和厕房的气息。有时，从机器后面传来的打捆人不断的爽朗笑声中会夹杂一个姑娘的尖叫声。

"这是你的姐姐吗?"凯塔突然问。我不知道是谁的笑声,村子里的好多姑娘都在帮忙。但我知道,在这脱粒节,我的姐姐们也可以大喊大笑,可以接吻,跟小伙子到处嬉戏。只要天还亮着,只要一对年轻人不离开大家,平时不允许胡闹的父亲并不反对他们接吻欢呼。有时,他拿着泥壶来到谷仓,喧闹声就稍小了一点。他斟了酒,提几个问题,把重新灌满酒的泥壶放进水槽的冷水里,又走开了。我和凯塔到麦捆垛以前,我在院子里看见过他几次。他坐到一堆劈柴上或是一只翻倒的木桶上,用他那双几乎失明的眼睛凝视着脱粒机轰响的方向,那里,年轻人在搓草绳、捆麦捆、运麦捆,他们一边干活,一边又笑又叫,尽情打闹着。他常常嘴角露出一丝苦笑,走进他的卧室,到床上伸开四肢躺一会儿。

"我们的爸爸病了。"我对凯塔说。

"我的爸爸在前线。"她也说了这样一句。"我们玩什么呢?"她马上接着问。

"我们用麦捆造房子。"我建议。

"难道我们结婚了?"她立刻问。

"是,"我说,"我们结婚了,我开始搭起来,可是我们的房子只不过像一个又深又小的窝。""你现在病了,"我轻声地说,"听我说,凯塔,脱粒机是一只凶恶的动物,它在找我们,要吃掉我们。而我们又不能跑开,你病了嘛。我在这座金山里有一种仙药。当那只大动物过来吃我们时,我就点火烧掉整座山。我们在大火中烧死,化成一股烟升到天上,大动物就抓不到我们了。"

"好，我病了。"凯塔说，把头靠到我胸前。我抚弄她的头发和脸颊，吻了一下她的嘴唇。她没有睁开眼。她微微笑了笑。

"我病得好厉害啊！"她叹了口气，"那只大动物却嗡嗡嘤嘤叫个不停。"

"别怕，只要我愿意，我们就飞走。我们永远在一起，永远——在高高的空中。我们两人是一朵白云。我们飘向远方——飘向遥远的远方——远远地离开这里。"我每次低下头看着凯塔，吻她的时候，心里都有一种甜蜜的痛苦。

突然，我们听见麦捆上有脚步声。"来，凯塔，我们还得往里头钻。"我贴着她的耳根轻轻说道。我们往下钻进麦捆缝里。我们谁也看不见谁。脚步声离我们越来越近，凯塔就贴着我的脸呼吸。"是小佩特，"我说，"你听见了吗？"小佩特轻轻地呼喊着我们的名字。我爬到上面，从麦草中探出头，看见小佩特站在那里。他的样子像拔了毛的鸡，秕子沾了他一身。连光滑的黑头发上也沾满了麦芒。"他们把我装进秕子袋，"他哭哭啼啼地说，"你的丽丝辛在找你。她说，她逮住你，要打你这个懒骨头呢。"

"那我们不如马上就跑开。"我立刻说。我们从大门上爬出去，紧贴着院墙跑开了，跑到后来，我们只听见脱粒机哀诉似的歌声。我听见我姐姐们的怒火像马蜂和黄蜂一样在脱粒机的歌声里嗡响，当我晚上回家，麦捆都已经脱了粒、放在草垛上时，她们会对我发火的。

奶　牛

　　这年秋天，我比以往更经常地把奶牛赶到我们的一块草地上，因为用母亲的话说，过冬的草，我们得省着用。有时，哥哥姐姐们就在附近的地里干活。这时，父亲向我走来，在我身边蹲下，我们看着奶牛吃草、反刍。我觉得需要讲点什么父亲喜欢听的东西。看他的样子，好像他不断地忍住疼痛，他不愿让周围的人知道他的痛苦。于是我称赞起奶牛来，说它们真是些好动物。他马上点点头，说，是啊，这些奶牛真好，像玛尔沙德这样的小山真好，从这儿向阿策尔特森林眺望，向天空凝望，真是美极了。你再看看草地。"那里发生的事情和村子里一样多，"他喃喃说道，"一个人，如果他头脑里有眼睛，不想什么都据为己有，他会感到，每根草都怎样在天主的手上生长，每个甲虫都是怎样在他的手上来回爬动的……你看到的一切，就像面包里的天主，是多么的不可思议！"

父亲那几乎失明的蓝眼睛看着远方，用探寻的声音跟我说话。我很喜欢他这样跟我说话。

"奶牛也是大王的孩子！"我轻轻地、非常坚信地说。

"他创造了一切，一切都属于他。"父亲回答，"他劝我向奶牛学习。它们那么强壮有力，可是又那么无私，我们看着它们又大又漂亮的头上长着一对向两边岔开的牛角，简直不能理解，它们怎么会顺从地低头，让人套上牛轭，可是它们却顺从了。有的人说：那是因为它们笨！可是，人叫作笨的却正是奶牛的聪明的地方。它们和人生活在一起，听从天主的安排，天主让许多动物听人的话，让它们感到人的意志就是天主的意志，它们必须执行。因此，我们就要对动物负责，照料它们。"

我听着父亲的话，仿佛觉得是天使在跟我说话。我相信他的每一句话，而让我向他敞开心扉的是，我隐隐约约地怕他的声音会突然停止，如果我向他坐的地方看去，会发现那里是空的，这样，我就会孤零零一个人和奶牛待在玛尔沙德小山上。

我们还说了一会儿。最后，他终于站起身来，吩咐我太阳西沉时把奶牛赶回家里，不过，他叫我不要急，要让奶牛慢慢走。——我看着他走下山，朝汉纳斯叔叔的磨坊走去。叔父去世后，婶子很悲伤，心情不好，因此他去给她散散心。他慢条斯理的，能讲很多滑稽可笑的事，连上了年纪的女人也常常让他逗笑，她们都开玩笑似的称他是个老傻子。

离太阳下山肯定还有两个钟头。我渴了，走到棕褐色奶牛身边。我轻轻地抚摩它的肩胛骨，它依然吃它的草。于是我跪到它身下，抓住它的乳房，挤起奶来，奶水哧地往外射时，我赶紧把它对准我的嘴巴。这时，它才抬起头，回头看了看。当它认出挤奶的是我时，鼻子里轻轻地哼了一声。我从声音里听出这样一句话："啊，是你这头小牛，我早注意到了！"

草地边有一道由野蔷薇、山梨、野生李子和黑莓组成的无法进入的丛林。每当我来到玛尔沙德山，我就总要到那里找野果子。紫色的野李子外面有一层像牛奶那样的东西，我咬着野李子，酸得我牙发疼，但是，我在吃李子时，仿佛觉得我在吃那一丛野李，甚至在吃那整道丛林。各种秋天的昆虫在丛林里嘤嘤嗡嗡。甲虫已经睡觉去了。蝴蝶已经没有了。我采摘了一些野蔷薇果，去掉里面的籽。我吃了果肉，留着籽，好在晚上把这些籽塞进弗朗西斯卡的脖子里——这些籽搞得人怪痒痒的。接着，我开始在北面造石墙，用来保卫我的王国，用野李树枝在深沟上造了一座吊桥。这道深沟把我王国里的城市和耕地分开。当敌军开近时，我们可以从吊桥上撤回城市，但只好看着我们的土地任凭敌人糟蹋。于是我决心，围着耕地挖一道五米深、十米宽的沟，又引过一条河，把水引进沟里；这项工作要做三年。西边的炮声并不比我的心怦怦的跳动声响多少。我想，在这三年里不能打仗。我跟各方面都签订了条约，但同时，我又造了三个碉堡，用来保卫大运河的修建工作。所有从十八岁到六十岁的公民每天都必须在运河上干三小时。但我又发布了一道谕旨，规定所有的学者、所有的神父、教员、医生，药剂师每天只要劳动一小时。我作为国王，公开宣布，每星期劳动一次，每次半小时；再多了，我干不了，我得治理国家嘛，而且我对体力劳动也没有天赋。

当一切都做好了计划，在护城河上架起了桥，运河上引进了水时，我累了。于是我伸开四肢，对被我任命为枢密顾问的奶牛喊道，到了该回家的时候，它们可得叫醒我。它们就躺在我的近旁，反刍着。平时，我总是躺在牛肚子旁，听着它胃里的声音，慢慢地就睡着了。现在是九月，下午四五点钟天还很暖和，所以我躺到草地上，看着那边蓝蓝的阿策尔特森林，就睡着了。我梦见了我的王国。可是我醒来时，我只知道我在梦里掉进了运河里。让我苏醒过来的是冰冷的水。我一阵发冷。我向四周一看，发现太阳已经下山了。

我一骨碌跳起来，放眼找我的牛，这时，我看见玛尔沙德割了草的草地伸展在我面前。山坡上没有一点动静。只有天上，沉甸甸的云彩挺着大肚子向东边飘移，云彩的大肚子使我想起我的奶牛。难道那些动物变成了"天牛"，到天上的草地去吃草了？让我短暂地想到这种光明前景的是无限的绝望。我上气不接下气地跑到山顶上，北坡上的草地一望无遗。在我脚下，玛尔沙德山灰蓝相间，向下延伸，有些地方形成一块块小平地，有些地方像波浪那样缓缓下降，有些地方是一级级的梯田，可是整座山上看不见一点像牛一样的东西。

我终于鼓起勇气，喊起来找我的牛。恐惧像一只手扼住我的喉咙，使我的声音变得很细。我向下跑到铁路路基上，匆匆穿过旱桥下的岔路口，沿着小溪寻找，一边始终呼喊着奶牛的名字。我向阿策尔特森林跑了一大截，我害怕起来，黑夜就要降临，周围万籁俱寂，丛林和树木开始变得模糊，我会迷路，越走越远的。

于是，我终于踏上回家的路。我也慢慢明白了，我没有别的地方可以去。也许父亲有办法。甚至去叫乡公所的办事员多纳尔，上次我迷路时，他不是曾经摇着铃带我到处招领吗？他会到附近的各个村子转一趟，摇铃找牛的。但这时——正当我像一个不得不回家的可怜的罪人那样，在公路上孤零零地、不紧不慢地行走时——我又听见了战争的鼓槌向傍晚慢慢黑下来的空气的鼓皮敲击，发出极不匀称的轰响。我马上想到了士兵，饥饿的城里人、流浪汉、吉卜赛人，以及所有那些在这样恶劣的年月到处游荡的、无法捉摸的人。假如他们看见一群牛没有牛倌看着，就会把牛赶到阿策尔特森林里去，到森林里后会发生什么事，我不敢往下想了。在报纸上，我常常看到比杀三头牛更坏的事。我想起父亲母亲，尤其是母亲，我空手回家，他们会说什么？我也想到丽丝辛会惊呼起来，别的姐姐哥哥会向我投来各种正当的责备。难道我真的像丽丝辛所说的那样，是个懒惰马虎的家伙，什么工作都不严肃认真地对待，只知道游玩梦想吗？我悔恨害怕，禁不住哭起来。同时，我用责备和抱怨的语气，呼喊着奶牛的名字，好像这样就能把它们从黑暗中引出来似的。它们没有出来，我火冒三丈，像威胁似的叫起它们的名字："你等着，布劳恩，你是年纪最大的！事情都是你做的！不跟我说一声就跑开！你这只老滑头，你该觉得可耻。我们原先是那么好！可现在——哼，看我逮住你！我就在你鼻子上穿个圈，你这个老滑头、老狐狸，你这个畜生，我拿扫帚把抽你的骨头！"

可是，一旦我把愤怒用言语表达出来时，我心里就感到十分沉重，我的威胁毫无用处，我再也见不到奶牛了。离家越近，我的腿就越沉重。天已经很黑，路上谁也认不出是我，我心里觉得好受些。我终于看见我们家房子旁边的铁门了。那铁门上面是一弯月牙儿，影影绰绰的，好像一直顶到天上，它多么恶狠狠地盯着我啊！铁门好像有了一张脸，有了声音。我抓住冰冷的铁门时，它嘎嘎地响着，仿佛说："啊，他回来了！"

我不知道，我怎样才能跨过入口处的那几步路。角上是厨房，我听见那里有父亲的声音。我的膝盖软了，我把肩膀靠到门上撑住身体，耳朵里嗡嗡地响起来。我又哭起来。我不怕惩罚，相反，我要求处罚，严厉的处罚！可是，我希望惩罚很快就过去，而且惩罚以后，父亲母亲的脸色也马上就变，——可是奶牛呢，唉，不管对我的惩罚多么严厉，我多么悔恨地忍受惩罚，奶牛却再也回不来了。

这时，父亲站在我面前。他是绕过厨房角来到我面前的。我听见他的声音。我起先听不懂他的话。可是他的声音很温和，几乎很亲切，这一点我马上从他的话语里听出来了。

"你在这里哭什么？"我听见他问。"你从哪儿来？"他接着问，"奶牛在哪里？"

这时，我心里一阵痛，抽泣起来："噢，爸爸，爸爸，我把牛给弄丢了。"父亲看见我如此伤心，显然有点吃惊。于是，他用两只胳膊从后面默默地抓住我，把我带到牛栏里去。牛栏里亮着电灯，我从来没有像现在这样觉得明亮的电灯光如此舒适，我看见灯光下并排站着三头奶牛：布劳恩、布勒斯、特里纳，一头不少。它们从草料架里拽出草，吃着。我松了口气，叹息了一声。我对父亲说："我做了游戏，后来就睡着了；我醒来时，它们就不见了。"

"是呀，事情就是这样，"父亲平静地说，"在不合适的时间睡觉，就往往发生这种事。"他一边说，一边递给我一把牛梳子和一把刷子。"好，现在稍许给它们梳刷一下！你现在知道了，奶牛是活的！又聪明！今天，你跟它们学了一课。可不是嘛，老布劳恩今天给你上了一课。"他停住不说了，走到布劳恩和布勒斯之间，从布劳恩漂亮平直的脊背上方看着我。他把手放到闪着光泽的牛背上，冲我这边微笑。他说，好，这个故事我永远不能忘记。而且永远不能忘记我在回家的路上的感觉。等我年纪再大一些，我就会知道，每个人都完全像我今天在回家的路上一样，处在回天上的家的路上，回到所有父亲的父亲身边。而且不带奶牛！"你知道吗——天父给了我们每个人一群奶牛：我们的力量，我们的才能，一切行动和由此产生的成绩。然后，我们突然在世界的草地上醒过来，发现我们是孤零零的。于是，我们一眼就看出，是回家的时候了。太阳已经下山。现在，我要出发了，到我的父亲那里去——一个人去——不带牛！是呀，如果我们现在不希望丢失什么！可是我们坚定地相信，我们的牛是在我们前头先走了，它们自己找到了路，半路上连一头牛也没有丢失，不，它们在大家都去的地方等我们，我们以为丢失的东西，都在那里等我们呢。"

我忘记了梳刷。他的声音从我耳旁飘过。要是我事先没有发生这件事，没有回家路上可怕的情景，回到厩房时的欢乐，我就听不懂他说的话。现在，我却听懂了他的话，并且立刻注意到，他在谈他的死。我又伤心起来了，不过这次很平静。我感觉到布劳恩温暖的身体，听见它在咀嚼，我仿佛觉得它就是生命本身，我不愿看到，站在奶牛那一面的父亲不能把生命更紧地掌握在他的手里。

当我们两人走进客厅时，哥哥姐姐们全都哈哈笑起来，提出各种各样的问题。父亲简短而随便地讲了发生的事情，这时母亲说："我说，你太笨了，把牛尾巴给你，你也不会跟牛跳舞！"不过，母亲说这话时，一点没有责备的口气。

"可是他要当了神父，"丽丝辛说，"在讲坛上就睡着了，人都会跑光的！"

接着，父亲用结束的语气说，光讲道还不能使人成为神父。把思想和梦想带到牧场上去放牧，喂肥了再带回家，可比放牧奶牛难多了。他现在相信，我是注定要成为这样的放牧少年的。

踩高跷、死亡

　　村子里开始踩高跷的时间，恰好在几场秋雨初下的日子里。高跷踩得最好的是一个在施维希居住时间不长的男孩子。他叫赫尔曼，他的高跷真高，只要稍稍一抬腿，就能从我身上跨过去。有一天，他跨了我好多次，把我惹火了。可接着，他用一条腿跳着，围着我转圈子，又喊又叫，取笑我，说我是个香肚子。别的孩子都佩服地仰头看着赫尔曼，他们也笑起我来了，尤其是赫林家的小佩特，平时，只要我说一声，他就会给我背书包的。连女孩子们也觉得赫尔曼从我头上跨来跨去确实好玩。有一次凯塔也在场。她冲着我叫喊，要我把赫尔曼从高跷上摔下来。可是，当我要摔他时，他却连走几步便远远地离开了我，从远处取笑我，于是，我周围的孩子又都笑开了。这样，有一天我就去找木匠师傅育尔，对他说，我一定要有一副高跷，要特别高特别漂亮的，而我自己做不出这样的高跷来。

育尔亲切地看看我，点了点头。他跟卡里塔斯结婚后还没有抱过儿子，卡里塔斯一个接一个地给他生女孩。当他向我承认，他多么希望有个男孩子时，我常常用从大人那里听来的话鼓励他，男孩子总有一天会来的，只是他不能泄气。这天早晨，他用他那轻轻的、总是嘶哑的声音对我说，他要给我做一副高跷，就像给他自己的儿子做的那样。我第二天下午去取时，看见高跷真漂亮：用的是上好木料，制作十分精细，上面旋了两个圆球，下面安了可以活动的踏脚。让我特别喜欢的是，育尔用油画颜料画了蓝白相间的圈，一直画到上面的白球为止。颜料还没干，我还得再等一天。在睡梦中，我踩着新高跷，从赫尔曼头上跳过去。可是，我也许想起自己从来没有踩过高跷，高跷变得越来越高，到后来，我踩到了天上的云彩里，孤零零的一个人，根本不知道该把高跷的腿往哪里踩。最后我摔倒了，从空中飞快地掉到地上。我醒了，接着就考虑起最好到哪儿去学踩高跷。在我们的院子里不行，母亲肯定不允许我踩着这么高的木头腿来回乱走。她总想着会摔倒，会摔断腿。于是，我决定到施莱默尔家的房子后面学习新的走法。

当我背着高跷往家走的时候，让几个走高跷的人撞见了。他们中间有赫尔曼，比谁都高。他们挖苦我，问我扛着彩色旗杆要往哪里去？到马戏团去？干吗把高跷扛在肩上？我为什么不踩上去？他们围着我跳来跳去，又笑又叫，直到我挥舞起一条高跷腿，威胁着要打他们身体下面加长了的腿时，他们才让我走开。有几个人跳下高跷，想打我一顿，这时，我哥哥在房子后面听见了吵闹声，拿着鞭子跑过来。他们立刻登上鹳腿，溜了。

尼克尔看着我的新高跷，摇了摇头。他说，我的高跷虽然很漂亮，但太引人注目，得把颜色去掉，否则别人不会让你有安宁的时候。我明知尼克尔的话有道理，可我不能因为考虑到别人的嫉妒就毁坏育尔的劳作。于是我拿起高跷，走到玛蒂·施莱默尔的房子前。本来，父母亲不喜欢我跟玛蒂一起玩。他母亲是从埃弗尔来的粗壮女人，说起话来，比施维希人还土气。上午九十点钟，她就常常从红色砂岩石砌的房子里走到门前，把什么刷洗水倒到阴沟里，嘴里还叨叨着："好，我这就去倒锅水，完了我再铺床，然后再削甜菜，完了去喂羊。"有时，克伯里克大妈和施莱默尔大娘隔着大街吵嘴，互相对骂，什么难听的话都有。因此，母亲不让我到邻居家的小房子里去，她怕我听见我这个年纪不该听的那些事情。

因此，我没有进屋，在外面把玛蒂喊了出来，给他看我的高跷，问他我能不能在他们家的房子后面踩。我故意不用"学"这个字，因为我担心用了这个字就会向他，同时也向我自己承认，我还没把握在这么高的高跷上学会走路。他立刻从我手里拿过一根高跷，用手摸着，好像在摸一根木头，然后用他那总是很紧张的、从胸中发出的声音说："这副高跷真漂亮！"说完，他就在前头领着我，穿过施莱默尔家的房子和我们家房子的防火墙之间的小胡同，来到后院里。院子被园子、鸡窝和羊圈包围着，一面对着卧室的两扇窗户，我看见玛蒂的母亲在整理床铺，还听见她的声音，她总是不停地自言自语。这时，我请玛蒂把那根高跷给我。我爬到木墩上，想从这里爬到高跷上。可是玛蒂却站着不动，两只手把住高跷，横在胸前微笑着，从下面看着我——我相信，那神情里既含有害怕，又含有嘲弄——像卡住喉咙似的，断断续续蹦出几个字："我没有高跷，你能不能把它——送给我！"我站在木墩上，手里拿着另一根高跷，吓得说不出一句话来。"玛蒂！"我终于说道，"玛蒂！"好像我要把他从梦中唤醒似的。我理解他的愿望，这最好不过地证明我的高跷确实漂亮。但同时，我也感到他的愿望太不像话了。我紧紧抓住还在我手上的高跷大声威胁道："给我高跷！"玛蒂站着一动不动。他平时本来很松弛的脸颊鼓得紧紧的，他对我狞笑着。"给我高跷！"我喊得更凶了。他只是摇头——摇得慢慢的，好像他累了。于是，我用那根高跷撑着，从木墩上一跃而下，一下就跳到了他的面前。我故意猛烈地撞他。我扔下我手里的那根高跷，用两只手抓住他那根。可是他抓得紧紧的，他的手仿佛变成了老虎钳。我跪下身，把他的身体连同高跷往上顶，但是，他的拳头一点没有松开。我看见他的脸越来越苍白，甜甜地笑着，十分难看。突然，他的鼻子里可怕地咕嘟了一下。他的嘴唇变紫了，我听见他口齿不清地说："我要死了——我要死了！"我松开了他，吃惊地看着他。这时，他发出了一声喊叫，这种喊声我以前已经听见过一次，现在我想起来了。我扔下高跷，惊恐得举起两只手，拼命呼吸着空气。

卧室的窗户砰的一声推开了，玛蒂母亲的声音把我吓了一跳。当时，我还一直跪在地上，呆呆地盯着玛蒂抖动的身体，害怕得动弹不得。玛蒂的母亲手里拿着块湿毛巾，举在胸前，向我跑过来时，我才像影子那样顺着我们的屋墙跑了。我把高跷忘了一个多小时。我害怕玛蒂犯病是我的责任，这种感觉总缠着我。我告诉尼克尔发生了什么事。他说，我现在不能去要高跷，得明天去；明天，玛蒂的病就过去了。

第二天下午，我看见玛蒂站在小房子前的阴沟旁。他的手插在长裤的口袋里，眼睛向上看着天空。当他看见我时，他那苍白的脸上掠过一丝我很难理解的痴呆的微笑。

我向他走过去，马上问起高跷——我撒了个谎，说我的父母亲想看看高跷。他微微一笑，眼睛瞅着阴沟里刷洗水形成的水坑，向水坑正中吐了一口痰。玛蒂知道，我曾经试过好多次，学习他的这种吐法，都没有成功。接着，他转过身，双手还一直插在裤袋里，说："来，我给你。"他领我向房后走去。

他又把我带到木墩边。旁边是一块劈木头用的木砧。他走到我身旁，用手指指了指一小堆劈柴，说："喏，在这里呢！这就是你的高跷！"他激动得口吃起来。现在我才看见一块木头，周围有蓝白相间的圈，看那大小，正好可以放进炉子烧火。我仿佛觉得什么人正好用我找的那副高跷打了我的前额。我弯下腰，现在我看见好多这样的木头。我把它们一段段从木头堆里拿出来，一段段接起来，就像人们从废物桶里拣出花瓶的碎片，把它们拼起来一样。不同的只是，他们找到的花瓶碎片越多，他们就越高兴，而我找到的东西越全，就越伤心。当高跷平放在地上，看起来是完整的两根，头际上却是断裂的，无力的，像残骸一样，这时我哭起来了。我太伤心了，发不起火来。我为这副可怜的漂亮高跷伤心，为我的损失伤心，也为玛蒂的行为伤心，我知道，肯定是他把它锯了的。我一边擦眼泪，一边问他，为什么要把高跷锯了。"因为，"他紧着说，打了个嗝，"因为我用不着它，因为——因为我有癫病。"他点点头，好像同意他自己的说法似的，此刻，他的痴笑甚至也消失了。

我盯着他，心想他说的有道理。他的话使我大感意外，让我一时忽略了高跷根本就不是他的。可是，我接着又看看他的脸，一句话不说就走了；院子里的臭气，再加上玛蒂迷糊的神态，我再也看不下去了。

高跷这件倒霉事，只有尼克尔知道。可是，失去高跷给我造成的痛苦对他也不能说。玛蒂偷去了我尚未做的一个梦。几天以后，育尔问我高跷怎么样，我说："啊，好极了，育尔，我觉得好像腾云驾雾似的。"他请我到他那里去一次，让他看看我走得怎么样。我答应了他。这以后的三个星期，我都不敢从育尔的木匠铺前经过。后来我听说，他应征入伍，这两天就要到部队去。我终于去找他。我对他说，听说他要上前线了，因此很愿意来看看他，向他道声好。

育尔脸色严肃。我看见，他正在做棺材，做一具中等大小的棺材呢。

"你为什么不踩高跷到这里来？"他的声音里包含着坦率的指责。我眼睛看着棺材，考虑找个什么借口，于是对他说："施莱默尔家的玛蒂把我的高跷偷去了……"我怎么能告诉育尔，玛蒂把高跷锯了，扔进炉子里烧掉了呢？育尔抬起头："那个玛蒂吗？你怎么不知道他已经死了呢？也不知道这里做的是他的棺材吗？""玛蒂？施莱默尔家的玛蒂？"我呆呆地看着育尔。他告诉我，昨天夜里，玛蒂被送进了医院，快天亮时死了。

　　每次我去看育尔，他总要让我打砂纸，这次也是，他默默地递给我一张砂纸，让我擦一会儿玛蒂的棺材盖。最后他说，我可以向施莱默尔家要回高跷了。我点点头说，是的，我要去试试！我一边擦，一边想，不过现在是非常平静地想，跟高跷有关的这一切是怎么发生的；育尔多么热心地把它做出来，我和玛蒂又怀着多大的激情为它吵架；我们两人谁也没有得到过这种幸运，高跷连一步也没有踩成；他，我的快乐的破坏者又怎样忘记了高跷，我又怎样为他擦棺材盖，而高跷本身却早就变成了烟和灰！想着想着，我不禁流出了一滴眼泪：这滴泪水和其他泪水一样是咸的，可是，在这滴泪水里却好像有一盏柔和的灯，在安慰我悲伤的心情。

神秘的门

父亲有一架手风琴，有时，当男孩子们到我们家来要和我的姐姐跳舞时，他就为他们伴奏。星期天下午天气晴朗时，他就坐在矮矮的园子墙上，背对铁栅，眼望天空，独自拉琴。开始打仗以来，越来越少见他拿出手风琴来。马丁上了前线，母亲自己不再唱歌，还常常说父亲怎么还有心拉那彩色的手风琴。她有时问父亲是不是要用他的歌声和舞曲压过隆隆的炮声。这些指责使父亲怪伤心难受的。

一天，当母亲又指责他搞音乐是轻率的表现时，他站起身，走进客厅，在手风琴上包了一块布，挂好背带，背上手风琴就走了。谁也不知道他到哪里去。他晚上很晚才回来，手风琴没有了。我也不敢问他手风琴放到哪里去了。从这天起，父亲就非常沉默寡言。

有时，他在吃饭时和母亲说起战争和战争公债的事。他说，现在是把公债取回来或者卖出去的时候了，用这笔钱买地。父亲说起这些事，母亲每次都沉不住气。我经常不断地听她说起利息这个字——我们不能丢掉利息。

维尔茨街的尽头有一幢房子要卖。父亲要把它买下来，母亲非常激烈地反对买房子，这一次吵得很厉害，家里好几天不得安宁。这几天里的一个晚上，我发现父亲在厩房里坐在挤牛奶的小凳上，我走近他时，听见他在轻轻抽泣。到现在为止，我不知道像我父亲这样的男子汉也会哭。他伤心的原因，我不敢去想。我轻手轻脚地走出厩房，我不能让父亲发现我看见他在哭。这几个星期里，父亲除了上唇的小胡子外，下巴和两鬓的胡子也不刮了。他看上去突然老多了，胡子花白了。母亲像听不得音乐那样，也受不了他的胡子，她叨唠个没完，父亲终于让步，剪掉了下巴和两颊上的胡子，又刮起胡子来。

几个星期后，丽丝辛在喝咖啡时说，犹太人萨尔姆买下了父亲要买的房子，父亲听了大声说："是呀，你们看，犹太人家里多有规矩，那里还是男人说了算。我却什么事也做不成——可我知道：萨尔姆救了他的钱，我们丢了钱。你们的妈妈也该这么着，谁叫她一定要这样呢。我其实并不是为自己操心，我是为孩子们。我看不到打完仗的日子了。可是，那时一定很可怕。你们那些纸币只好拿去糊厕所用，我们的曾祖父在法国革命时就遇到过这种情况。到那时，你们会想起我的。不过以后不再说这件事了！对我来说，用数字计算的时候已经过去！"别的人还没有喝完咖啡，他就站起身来把椅子推到桌子底下，走了出去。

母亲说："我们要新房子干什么，这幢都已经太大了。而且别人会怎么说。我们要交的税也已经够多的了，一年有几千马克的利息——要是没有发疯，谁愿意放弃这么大一笔钱。厩房里有牲口，身上流着汗，银行里存着钱——这样，子孙们在柜子里就有面包！"

"是的，可是，要是像爸爸说的那样，仗打输了会怎么样？"卡塔琳娜鼓起勇气问道。母亲生气地呵斥她："你也来这一套了？你爸爸知道的事情很多，但他并不是什么都知道！马丁的中士，在我们家住过的所有士兵——他们当中没有一个人相信我们会打输！"

自从这一天激动地吵了一通以后，就再也没有谈起战争的结局、战争公债以及类似的事情，父亲显然私下和母亲说好了这一点。十月中旬，父亲卧病不起。母亲从他们的卧室里搬出来，到二楼和姐姐们一起睡。小鼻鸟来了。他在病人的房子里说得那么响，我们在厨房里都听见了。他说，父亲的心脏和肾有毛病，这都是父亲知道的事。

有时，我走到病人那里去。窗户上挂了窗帘，黑暗的房间成了病房。床边靠枕头那面放着一个床头柜和一把椅子。从各种各样的瓶子里传出强烈的、奇特的气味，在我闻来，也是危险的气味。因为在这些深色的玻璃瓶里装的能治病的东西，马上让我联想到疾病，而疾病又马上让我想到死。可是每当父亲可能会死的想法向我袭来时，我就像看见危险的动物那样在这个想法面前伪装起来；我做出好像不认识这个想法的样子，轻轻地和父亲谈起奶牛、狗和鸡。我讲的都是些小故事。比如我说："佩罗把公鸡赶到了桶上。于是公鸡就扑腾起翅膀，喔喔叫起来。这时，丽丝辛就从厨房窗户里向佩罗浇了一瓢水。于是，佩罗感到非常害羞。"父亲用鼻子哼出一点气，好像他笑了似的。

不久，那些跟他要好的邻居都来看望他。卡里塔斯到来时，我听见病房里有快活的笑声。后来，我更多的是偷偷地站到大人旁边，想弄明白他们为什么笑，这时我听说，父亲曾想滑到床的一边，但他疼痛无力，没有成功。然而他还是一边笑一边说："来，卡里塔斯，躺到我身边，挨近一点，我还没有死呢！"为什么这句话就使得女人们这么大笑，我就不懂了。父亲得的并不是传染病，为什么卡里塔斯不能挨着他躺下抚摩他？我觉得，现在他病了，难道不正需要更多的温柔吗？我设想，要是我病了，凯塔来看我。如果她躺在我身边，把脸紧紧贴着我的脸，会让我感到多么舒坦啊。我看着她的眼睛，痛苦就会减轻一些。

我发现，要是我轻轻地走近他，给他讲点什么，他是多么高兴啊。可是，我却越来越难于接近他了；我感到，他已经不再完全跟我们在一起了。他躺在被子里，闭着眼睛，有时他的手移动了一下。当我又走出去时，他一眼也不看我。于是我跑到厩房里哭起来，可是在这里，我看见牛也一点不理睬我的痛苦。佩罗倒是马上就看到我很伤心。它摇摇尾巴，看看我，接着又看看母鸡，好像它要想什么法子让我高兴高兴。可是，它从下往上用眼角沮丧地斜看了我一眼就慢慢地跑了。它爬进它的窝，把头伏到交叉的前腿上，看着高处。狗窝在卧室窗户下，生病的父亲就在这黑暗的房间里昏昏沉沉地躺着。

吃饭时很少谈起父亲。母亲一脸愁容。一次，她当着我们大家的面诉说，她怎么那样笨手笨脚的，帮不了病人的忙。她称赞卡塔琳娜，她现在日日夜夜守候在父亲的身旁。

十一月中旬，我们收了甜菜，万灵祭扫日①已经过去，日日夜夜下着雨。父亲已经做了两次终傅②。当我第一次听见过道里响起襄礼员的铃声时，我很快跑到厨房里。我很清楚地知道：谁家里响起这尖细的小铃声，那么教堂钟楼上很快就会响起丧钟，正像人们所说的，丧门神到了。

一天晚上，马丁突然来到客厅里。母亲抱住他的脖子，呜呜哭着。他脸色阴沉，低头看着她。我看见他解下皮带，挂到衣帽钩上，然后听见他轻轻地问："真是这么严重了？"没有人回答他。于是，他一屁股坐到桌子后面的长凳上，把头埋进两只大手里，我看见他的肩膀一直在一上一下地抽搐。

第二天夜里，天还没有亮，我和尼克尔睡的阁楼门就被打开了。一阵尖厉的喊声把我们叫醒，当我从梦中惊醒时，听见丽丝辛说："快，你们俩，要是你们还想看爸爸最后一眼，就快来！"

几个星期以来，我们就日夜害怕这个时刻会到

① 天主教超度亡灵的日子，在每年十一月二日。
② 天主教临终敷擦圣油的仪式。——编者注

来——它现在来了。我坐在床上，听见雨水落到房顶上的沙沙声。岩石瓦片上的滴答声和唰唰的流水声听得一清二楚：从阁楼通房顶的库房的门敞开着。尼克尔已经在穿裤子了，他轻轻地说了几次："快，小斯蒂夫，快！"我心里乱糟糟的，裤子也找不到了，摸到开关上，开了灯，尼克尔已经跑下楼梯了。我闻到堆放在库房一角的麦子的气味——这是一年的存粮。熏肠熏肉的小房间把杜松子、山毛榉劈柴和火腿的香味掺进了麦地的气息里。还有苹果，这么多苹果！我突然跟在爸爸身旁，来到骚厄博恩，站在克林格尔莱希山上，来到所有长着树木的地方。

我觉得从三楼到底层的这段路很长。我三步并作两步向楼下奔去，我不愿错过这最后的时刻，同时，又非常害怕来到父亲的床边。我必须穿越纯粹是细小的回忆组成的网，它们像大蜘蛛网那样横在我的路上，让我冲破后沾在我身上。我听见父亲在做圣诞弥撒那天用歌声唤醒我们，听见他平时嗵嗵敲几下楼梯叫我们。我看见他拉开手风琴，看到他用手指从炉子里拿出一块红红的炭，迅速放到烟斗上。我看见他安详肃穆地走进教堂，看见他脸晒得黑黑的，跟我一起在草地上坐在奶牛近旁。

当我走进卧室时，我吓了一跳：在朦胧的晨曦中，母亲、三个姐姐和两个哥哥，一个挨一个地跪在地板上。我充满了害怕，可以说充满了恐惧，听见两天来住在我们家照料父亲的修女那单调的声音正祈祷道："——你的身体，耶稣，你为我们被钉在十字架上。"哥哥哥姐姐们答道："圣母玛利亚，天主之母，现在，在我们死亡的时刻，为我们这些罪人转求。阿门。"然后，修女又祈祷起圣母经，哥哥姐姐们又用那几句话作答。母亲的抽泣声和窗户上面屋檐里雨水的咕噜声以及这单调的祈祷声和在一起。起初，我不能和他们一起祈祷。我仿佛觉得，我一祈祷就等于同意让父亲死了。

他一动不动地躺在枕头上，双眼紧闭。深棕色的、半灰白的上髭长长地垂挂着，使他的脸显得更长了。他身上哪儿也没有动，只有喉头有时咽气似的上下动一动。我的全部注意力都对准了他的喉头，现在，喉头活动的间隔越来越长了。他脸上这唯一的、最后的、表示生命尚存的信号让我眼睛一亮，它好像就是光。突然，我听见耳边响起卡塔琳娜温柔的声音。她慈爱地、宽慰地叫了一声我的名字，叫我一起祈祷。我们当中，她肯定是最爱父亲的，这时，却数她最平静。我用谨慎的声音跟着一起祈祷。可是，圣母经还没有祈祷完，我就看见父亲下巴下面喉头的活动慢下来了，喉头往上移动到一半时停住了，就像一个球滚得越来越慢，终于停住一样。

这时，我被一种不可名状的恐惧所攫住，大声哭起来。卡塔琳娜把胳膊放到我颈项上，修女站起身，俯身到僵硬的脸上，点了点头。在这位戴着面纱的陌生女人艰难的点头动作中，我看到死神就在近旁。我现在知道了死神要做的事都是不可更改的。这样，我就慢慢地感到我的哭声打动不了他的心，我只是为我自己哭，除了通过眼泪让自己好受一点以外，再无别的用处。

我离开父亲去世的房子。我仿佛觉得哭了好几个钟头似的。当死者躺在灵床上时，我对那些正在安置整容的女人说："好，我现在哭够了。"她们正准备把钱币放到死者的眼睑上。她们用柔和亲切的声音向我证实，我确实哭够了。

"你哭的时间是不短了，"修女说，"今天，你爸爸不要求你流更多的眼泪了。"从修女的这句话里，我明白了女人们没有正确地理解我。我没有量过我的眼泪，也知道现已上天的父亲也不会量我的眼泪。我所说的"哭够了"，是说我已经不能再哭下去了，我哭不动了，我没有眼泪了。我哭了那么久，也许只是因为我想用眼泪对付我的痛苦，把它淹死。因为我发现：心是热的，从上面流过的眼泪熄灭了那里面折磨人的烈火。于是，我真的能够站在穿着又挺又白的衬衣、直挺挺躺着的父亲面前，不流眼泪地看他了。直到第二天，木匠把尸体放进棺材，钉上棺盖，房子里的人全都重新大哭起来时，眼泪才又涌出我的眼睛。入殓以前，这个一身白的长长躯体就一直躺在鲜花和十字架之间，像一位虔诚的入睡者的图画一样，两只手在睡眠时还交叉成十字，放在胸前。邻居都来了，静静地做了祈祷，向尸体洒了圣水，然后跟母亲握手，对她说，她的丈夫现在比起在这悲惨的世界上要好过得多了，说完又都走了。如果母亲认识来看我们的人，她就对他们说，她很快就会跟她的丈夫去，做寡妇比一幢空房子和鸟笼里的燕子更叫人悲伤。

第二天，在合上棺盖以前，请来参加葬礼的亲戚就到了，他们是父亲和母亲的兄弟。房子里住得越来越挤，虽然有的人还住在客栈里。母亲有很多事要做要想，姐姐们出出进进，跑上跑下，要给那么多客人做丧葬酒席。来了这么多人，我们在痛苦的时候有人为我们分忧，我很高兴。

第三天十点钟，辅祭来了。按卡塔琳娜的意思，父亲的葬礼最好"用三位教士"；棺材后面跟着神父、辅祭和副辅祭，这样的葬礼大家叫作"用三位教士"。但是，母亲考虑到现在还在打仗，而且人家会说闲话，就决定葬礼从简。棺材抬到了教堂里，那里唱着安魂曲。

六个男人抬着棺材，我和母亲、哥哥姐姐跟在后面。辅祭和执事唱着怜悯经，农民们却念诵玫瑰经，在每段圣母经里都这样祈求："主啊，让灵魂在炼狱里永息。"另一半农民就回答："愿永恒的光照耀他们。"直到把圣母经念诵完毕。农民们低沉生硬的声音，女人们柔软哀诉的声音和孩子们天真清脆的声音混杂在一起，充满了我们所穿过的潮湿的街道。现在是十一月，天没有下雨，但是能从皮肤上感觉到这是十一月。送葬的队伍不停地发出强烈的、多声部的祈祷声，使队伍成了类似墙壁的东西，像一个贝壳，曲曲弯弯，闪着光彩，从深处传来轻轻的嗡嗡声。

我仿佛看见父亲就在那贝壳的深处，离我们远远的，轻轻的嗡嗡声就是从那里传来的。我回想起到小礼拜堂去的情景，因为我曾经在祈祷的女人之间绕来绕去。当时，人们也是在纪念亡灵，我也听见了这种轻柔的嗡嗡声，它来自德罗恩溪的溪水，圣婴就躺在水浪下死去。我突然感到，圣婴是遥远的过去的事了。不，我现在从水里再也听不见这样的声音了。现在我会听见父亲的声音。他给我讲了多少关于死的事情啊。我现在跟在他的棺材后面。而这也是一个故事，由散发着苦味的黄杨树、发出甜香味的蜡和香火、白色和紫白翠菊、怜悯经的单调叹息声和反复吟诵的圣母经的热切祈祷声之流所组成。我像在梦里那样走着。各种图像和声音掠过我的脑海。我看见各种颜色，各种物件——可是，我又并非真的在其他人看见我在的地方。我看起来也许很悲伤，但实际上并没有这样悲伤。我不是跟在棺材后面，我仿佛觉得是在棺材上面，像在一座高高的山上，像在鲁普罗特山上。声音闷闷地从深处传来，而我却能看得很远很远。母亲也会死，我对自己说，卡塔琳娜、凯塔，所有兄弟姐妹都会死，然后我也死，我这个最小的也会死！这些抬棺材的男人，他们以为比父亲强壮，因此做出一副同情的表情——他们也都会死。辅祭、执事、在我们前头扛着十字架的男孩，在我们后面拿着花圈的人，他们都会死。他们会把花圈放在父亲的坟上，仿佛这是永别。可是，他们都要死的，大家，所有人！我为此高兴。我父亲死了，为什么他们该活着？

当我们走近墓地时，我感到有一种本能的愿望，想把躺在棺材里的父亲和活在我心里的父亲的形象严格地区分开来。我看见远处的土堆及旁边的四方形土坑，我觉得，在这里，死神才真正地抓住了我的心。"现在可是真的了。"我心中一个声音说。这个声音我已经听到过几次，比如当我被放到凳子上打屁股的时候。这声音排除了最后一点不确定的因素：不，逃不了了，无法回头了。正因为这样，这声音提高了我的情绪，是呀，听惯了这声音以后，还觉得里面包含着快乐呢。当我看见蒙着面纱的母亲走近上方晃着棺材的可怕土坑时，真想大声喊道："我的天主，我的天主。"接着，掘墓人在两边放了撬杆，棺材就无声地滑进了墓穴。在这一瞬间，我们每个人都拼命吸气，好让自己不哭出来。我听见，连马丁都呜咽起来了，用鼻子吸着气。当辅祭用香火和圣水祭了墓，往墓穴里撒土时，我觉得，现在是我认识到遗体必须用土盖上的时候了，而且要快，不要带多少感情。我回想起我们种树的那一天，父亲告诉我，坑里有的树根腐烂了，可土里没有死的根还将继续活下去，并结出果实。我热心地、冷静地、准确地把在学校里以及从父亲的嘴里已经学会的做了区别。这时，我抬起头来眺望鲁普罗特山。山上，褐色的云彩当中有一条缝隙，露出蓝蓝的天空：他现在已经到了那里 —— 永远永远 —— 在光明中 —— 没有痛苦 —— 幸福。我向他祈祷。不，我不想再哭了！为什么要惹他不高兴？他多少次跟我说起死，说死是通向另一种生活的门，一旦允许我们去过这种生活，我们就跨过这道门，难道他这些话都白说了？

轮到我向棺材上撒土时，我仿佛觉得像在种小树一样。

我跟着母亲回家。当我们穿过利希特街时，她突然叹了一口气说："唉，你这可怜的孩子，你没有爸爸了！"

"有，妈妈，"我说，"爸爸说过，他永远为我们操心，他永远不会扔下我们不管的。"

我接着问母亲，我到底什么时候离家。"去上神学院。"我补充了这一句，看着她，但看不清她那蒙着面纱的脸。

"不过，你现在还不想离开我们吧？"她这么回答，好像驳回一个不可理解的过分要求。"爸爸死了，马丁又要走了……"我说不上话来，我看见，在面纱下，她用手绢去擦眼泪。

我们回到家里时，满屋子都是饭菜的香味。饭吃了很长时间，上席的肯定有二十个人。他们做了饭前的祈祷，小心地把汤舀到自己的盘里，互相耳语着把面包递过来递过去。吃鱼时，大家还默不作声，动作也不利落。可是现在——男人们吃饭前就已经喝了几杯烧酒——当姐姐们斟上葡萄酒时，席上这儿那儿就能听到不小心而发出的餐具磕碰声。刀叉在切牛肉时发出声音来了，耳语声变成了说话声，喝了两三杯酒，父亲的姐夫，他们都叫他老福尔斯特的，突然哈哈笑起来，回过头对母亲说小苏珊，你瞧，斯蒂夫生前说了那么多虔诚的话都没有办到的事，他现在倒是办到了：我老福尔斯特到教堂去了。这是我三十年来第一次到教堂去。教堂里一点儿没有变。

"福尔斯特，福尔斯特，"母亲表情严肃地说，"慢慢地就该轮到你进教堂的时候了！"

"教堂不是青蛙，它不会跳走的！"几个人笑起来。"酒馆也不是。"母亲马上接着说。这时，桌子上几乎所有的人都笑了。

这样，肃穆悲哀的气氛就打破了。有几位客人开始为死者祝酒、讲故事。他们回忆起某些过去的事情，桌子那边的人常常会接过去往下讲，越讲越可笑，突然引起一阵大笑。

吃完饭，大家还坐在桌子上喝葡萄酒，一直喝到端上咖啡。男人们现在不再只讲死者了，他们也说起他们在前线的孩子，说起他们认识的人中谁家有人受了伤，在前线阵亡了，他们谈论战争，对特里尔的空袭，城里人的困难处境，说他们现在慢慢地记起了乡下的亲戚，他们已经多年没有到他们的爷爷姥爷、奶奶姥姥或者爸爸妈妈踩过泥块的地方来了。"可现在，他们突然到这儿来了，"佩特舅舅大声说道，"而且大家全都一起来了！他们要干什么？"他那灰色的眼睛睁得大大的，凝视着，捋着胡子。"嗐，他们特意从城里来，就是为了告诉我牛栏里的气味真好闻。你们听见过这种事吗？爱丽诺尔说，猪多么可爱，多么招人喜欢！而以前，我们这里没有一样东西是他们喜欢的，连厕所也不好。他们说，厕所不该造在院子里的粪堆旁，这哪里行，该放到屋里去，在厨房旁或睡觉屋子的旁边！你们听听，都说些什么话，厕所在房子里！我对城里人说，要是我们的猪能到门前去拉屎撒尿，它们准保会那样做，猪是爱干净的动物。而这里，多么叫人奇怪啊！他们这些人真可笑！他们不干活，不流汗，不睡觉，真拿他们没有办法。真是些可怜人，对他们又不能太厉害。"

几乎所有的人都赞同佩特舅舅的话，有的人就讲起都有哪些亲戚到他们家来过，他们都给了他们一些什么东西。

喝完咖啡，又做祈祷，祷词是"天主的使者"，在为死者祈求福祉时，我突然听见有几个女人抽泣起来。然后，他们站起身，一个个向母亲走过去，对她说几句安慰话，接着，他们中的大部分人就回家去了，回他们的村子或者到火车站去。房间很快就空了，悲哀的愁绪一下子充满了整幢房子。从地下室到房顶，哪儿都在抽泣呻吟，没有一个地方能让我们这些留下的人容身。我们在房子里走来走去，好像在寻找什么刚才还在、现在突然不见了的东西。只有母亲走进了父亲去世的房间，在这个晚上再也没有出来。

在墓碑上游玩

　　我们用黄油和面粉跟城里的亲戚换了一块旧的墓碑。巨大的座基看起来像是用未经加工的岩石拼起来似的，上面耸立着由两根橡树木组成的十字架，其实这两根架子也是用石头雕成的。石头外面涂了一层厚厚的绿灰色油画颜料，因此，我的锡铸士兵在岩石裂缝隆起的地方和凹进去的地方向上攀登时就得特别小心，尤其是在雨后，在油画颜料涂过的山上攀登非常困难。但是，我的士兵已经习惯于过艰苦的、勇敢的生活。他们每个士兵都曾经多少次在刨板上时而在我这边，时而在尼克尔一边，在鞋钉炮弹的密集炮火下默默地阵亡牺牲，到了第二天又继续投入战斗。

　　尼克尔现在十五岁，不再像我那样有那么多时间玩耍了，他结束了"军人"生活。至于我呢，妈妈没完没了地问我为什么老玩打仗，我终于把妈妈的问话放在了心上。我把我的士兵带到了另一种方式的战场上。我没法把他们改铸成别的样子，因为我没有他们要从事的职业的模子。其实，我在墓碑上游戏时让他们从事的职业也是需要士兵的品质的。这些亮闪闪的小家伙要登上山顶，就是说登上立着十字架的平台。当然，他们上去以后就下来，并不做别的什么事。像在刨板上一样，士兵们都由我挪动，他们到了新的岗位以后，我就用各种各样的危险和自然灾难去侵袭他们。在这场战斗中，他们的武器帮不了一点忙。他们的任务是坚守岗位，不要翻倒或掉到深壑里去。有时，他们站在悬崖绝壁上只有一指宽的突出岩石上，一只可怕的怪物——毛虫或甲虫——由我颤抖的手指操纵着，向他们靠近。当我看见他们纹丝不动地站着时，我的心反倒跳得更快了。

噢，他们多勇敢啊！就是在往下坠落时，也一直保持着原先的姿势，躺在山脚时，光彩也丝毫不减。为了让他们的勇敢更加光彩夺目，我让危险升级，拿喷壶喷水，造成一场可怕的倾盆大雨，湍急的溪流向下倾泻，向闪着银光的山地战士冲击。我在十字架上放了一只黑雄猫，并用一块香肠皮引诱它，这时，黑雄猫就像死神一样从山上滑下来。可我的勇敢的士兵却一动不动地站着，直到猫爪或水流把他们一个个或一下子就五六个地冲下深渊。这场灾难过后，我给我的小英雄鼓气，然后再把他们扶起来，往前推进了几厘米。现在发生了滑坡，也就是我用手指轻轻一弹，一个士兵滑倒了，还连带拽着几个伙伴一起掉下去。有时我用硬纸板扇起一阵狂风，从远处向那边扔泥块，让弹子沿着缝隙滚下去。总之，危险是没完没了的。他们由于损失惨重而停止向上攀登，一厘米一厘米地下山去找摔下去的战友，即使这时，山的阴谋诡计也一点没有减少。相反，他们越是接近伤亡的战友，危险就越多，然后，就常常只剩下两三个士兵，他们的艰巨任务是为战友们尽最后一项义务。

三月的一天，阳光明媚。我跟往常那样蹲在墓碑前。我正用一辆圣诞节得到的红色玩具小汽车把死亡的锡铸士兵运往一个大坟墓时，突然在身后听见马丁的声音。他受了轻伤，获准在家里休养。他身边放着自行车，阴沉着脸看我游戏，问我又在干什么蠢事。我没有回答。有人看见我做游戏，我总感到不好意思，仿佛自己做了什么不合适的事情。

"哈，你在玩打仗？"马丁问。我说不是。那么，他接着问，难道这些不是士兵？我说，不，以前是士兵，现在不是了——我要为它们找个名字。虽然我已经没有兴趣告诉马丁，我还是说："他们是征服死亡的人！"因为我们在学校里刚刚学过复活之歌，里头有一句"征服死亡的人万岁，各各他①的英雄万岁！"

"是什么？"马丁像个耳背的人那样皱了皱眉头问。

"征服死亡的人。"我有点不大情愿地重复了一遍，把装满死的锡铸士兵的红色汽车往外推了一点。

"那你给我表演表演——怎么征服死亡！"我在他的声音里听出了成年人小看人家的嘲弄味道。于是，我纯粹出于对抗的心理，简短地做了回答，并让他看我的

---

① 相传位于耶路撒冷西北不远的一座小山，耶稣被钉十字架死于该地。

士兵在做什么，遭受了什么痛苦，是怎么死的，当然我没有真正描述游戏到底是怎么回事。

"那么说，这些士兵现在都死了？"他问道，好像很严肃。

我点点头。

"他们还征服了死亡？"

我又点了点头。

"那他们是怎么征服的？"

"他们一点不害怕。"我平静地说。

"什么，不害怕——不怕死？"我注意到马丁对我的话生了气。"连铅做的士兵也怕死！"他说，我觉得空中有一种咄咄逼人的味道。

"我的兵不怕，"我骄傲地说，"他们知道，他们总是会复活的！他们全都复活一百次了。教长也说过……"

"啊，别提教长。神父们很清楚他们说的是什么！"

"爸爸也说了，我们用不着害怕。他说，坟墓只是一扇门。"

"你让爸爸安息吧。"他很快说。停顿了片刻后，他用阴郁深沉的声音问道："你说，你这些汽车里的兵是死的？"

我点点头。

他推着自行车走近汽车。现在我才看见，红色的铁皮玩具车是多么小。

"这些兵死了一百次，又复活了一百次，是不是？"

我没有抬头看哥哥，而是执拗地看着我的汽车。这时，我看见自行车轮的橡皮轮胎离汽车越来越近，越来越近。突然我知道马丁要干什么了。我得喊——为我的小汽车和锡士兵请求他别从上面开过，压坏小汽车。我果真叫喊起来，并且试图把轮子推开。

"可是，他们不是征服死亡的人吗？"我听见哥哥在我的头上不怀好意地笑起来，"你只不过是做游戏。现在我们来真的！"他还说了什么，我几乎听不见了。我只是盯着轮子和亮闪闪的辐条。轮子慢慢地滚过来了，从旁边压住了汽车，从汽车和锡士兵身上碾过去。然后，后轮也从已经压扁、凹凸不平的玩具上滚过去，当我从惊骇中醒过来时，我看见汽车和士兵压成了一块红色和银白色相混的铁皮饼。我轻声哭着，把锡士兵小心地抽出来，放到我的手绢里。几乎所有的士兵都被压歪压坏了。尼克尔好奇地从谷仓里出来，我把发生的事情告诉了他。他拿起几个压弯的士兵说："嘻，今天晚上我就把它们重新铸一次，为这点事，你犯不着哭！"那辆小汽车嘛，尼克尔也说算是完了。他伤心地摇摇头对我讲："你知道吗，小斯蒂夫，马丁并不是要使坏，不过，漂亮的小汽车是坏了。"

我告诉母亲马丁压坏了我的小汽车，也告诉了姐姐。可是，她们谁也没有因此而责备他——连母亲也没有说他。他在我们中间坐着，或者走来走去，又黑又高，性情粗暴，他一说话，连椅背都震动，并把震动传到我的背上。再说，他一等兵都没有当上，不像我们的一个邻居，半年前就告诉我们他当了一等兵。马丁说，他仍然是个普通车夫，如果还有比这更低的，他肯定也当上了。关于战争，他从来不说一句话。他只有一次提起了打仗的事，那是我们在马罗尔山上种土豆时。从西方传来隐隐约约的隆隆声，整整一天没有停过，在我们下面，一趟运送伤兵的列车在铁道上慢慢向弗仑爬去，他指着列车，慢吞吞地、阴郁地说："他们倒是到达目的地了！"他接着又说，带着一半骨头永远回家，恐怕也比心脏挨了一枪埋在凡尔登强。

我暗暗地为哥哥的这番话感到害羞。我们这个地方的其他青年都已提升为下级军官和中士；有一个上过大学的，都当上了上尉。我设想，假如蒂普赫纳老师听说马丁由于在敌人面前表现得特别勇敢而被将军授予高级勋章并提升为军官，他会说什么。因为现在在学校里谈得更多的是德国人的勇敢，而不是德国的胜利。讲我们的青年英雄的故事，已经成了蒂普赫纳的业余爱好。他还把西格弗里德防线①给我们画到黑板上，说这道防线像忠烈祠②那样坚不可摧。今年春天，当有关俄国革命的最初几个消息传到村子里时，蒂普赫纳又宣告胜利就在眼前。他给我们朗诵了一首诗，最后几行是：

就像昔日骄傲的米兰

跪在巴巴罗萨③面前，

敌人已经隐约跪在远处，

① 德法边界上的德军防线。
② 一八三〇至一八四二年于雷根斯堡附近建立的纪念德国伟大人物的建筑。
③ 德皇腓特烈一世（1152—1190 年在位）的绰号，俗称红胡子大帝，一一六二年摧毁了米兰。

等待兄弟帝国[①]的判决。

我们大家都知道，这是他的诗。蒂普赫纳从我们的表情看出，我们认识这首诗的作者。

---

① 指德意志帝国和奥匈帝国。

三条教导

在这几个星期里，我们在老学校准备第一次圣餐。在去那里的路上，我碰见了季米特里。他在运肥料，走在左边的牛前头。他的样子很沮丧。许多俄国俘虏早已穿上了农民的服装，唯独他一直穿着短军服，戴着平顶帽。正当他在学校前面过桥时，我快步向他走过去，大声喊他，仿佛我必须把他从忧郁的沉思中唤醒。"季米特里！"他抬起头，立即说："斯捷奥帕·斯捷奥普施卡①！"我从他的声音里听出，他已经原谅了我。

"你现在很快就可以回家了！"我说。

他让牛停下，向我转过身来，笑眯眯地打量我，最后又摇了摇头。

"你到哪儿去？"他问。

"到老学校去！我今年第一次去领圣餐。"

---

① 即德文的斯蒂芬·斯蒂夫。

他的眼睛睁得大大的，就像当时在谷仓里惊惧地从我身边退走时一样。

"你——为季米特里祈祷吧，斯捷奥帕。"他轻轻对我说，"你，瞧，离天主就这么近！"他把一只手放到另一只手上，"离神圣的救世主就这么近！"他垂下手，把右手放到左边这头牛的两只角之间。"我们不再是敌人了，"他喃喃说道，"很快就到复活节了！你原谅我，别记恨俄国，我原谅你，不记恨德国。让我们唱：基督活着！死神死了！噢，逾越节！噢——如果神圣的救世主离你这么近，那就为我们的沙皇和季米特里祈祷吧。"说着，他把两只手放到我肩上，他的眼睛燃着干烈的火，越过我，看着远处。接着，他就转过身，没有再说一句话，赶着车走了。

上课时，教长说基督真正地、确实地、根本地存在于圣饼之中。白发神父娓娓动听地说着，让我觉得他是上等人——我们叫作文雅人——的化身，整整一节课，我好像看见他后面站着棕色皮肤、黑头发的季米特里，眼睛充满炽烈的火，两排白牙闪闪发光。"噢，逾越节！"我听见季米特里的声音几乎用唱歌的声调激情地说。我听见教长说："首先，基督真正地存在于圣饼中是什么意思呢？'真正地'意味着：面包和酒不仅仅是标志，它……"

"噢，逾越节！"教长的话滞留在我的耳朵里。我努力提起精神，注意听讲。可是我听不懂，更体会不了他的话。

"'确实地'又是什么意思呢？'确实地'就是：基督

并不是象征性地存在于圣饼之中，好像圣饼只是……"

真正地和确实地！我想找出它们之间的区别。可是我的理智从来没有走过这样的路。标志和象征肯定是不同的东西，这一点我清楚，因为我相信，每个字都有它的意义，否则它就没有存在的必要。标志和象征……我试图思考它们之间的区别，可是神父明亮、爽朗的声音又往下说了。

"噢，逾越节！你离天主这么近。"我看见季米特里的双手又交叉起来。

"基督根本地存在于圣饼之中，这又是什么意思呢？'根本地'就是：它存在于面包和酒这些形态的东西里，不仅仅作为一种……"

我的理智好像一个不是用鞭绳，而是用棍子抽打的陀螺，打中了，游戏就结束。而且比这更糟：我以前做的梦——梦见我在空中踩高跷，不知道在云里该往哪儿踩——现在在我身上实现了。

"噢，逾越节！基督活着！死神死了！"我沉落到季米特里的声音里——不，我冲进他的声音里。他的声音像一口井。一个人只要往里掉，他就能升天；掉下去，升上来——升上来，掉下去——掉到井下另一个天空上。往下坠落时，我再也无须知道：标志、象征和力量是什么，为什么它们之间有区别。而首先我无须知道它们怎样因基督存在于圣器中的方式不同而不同。

那堂课结束时，教长提了几个问题。他说，他想检查我们是否注意听讲了。头两三个同学的一系列回答显然没有让他满意，问到第三个或第四个，他把我叫了起来。我用自己的话回答了杂乱无章地留在我记忆里的东西。我看见，老人苍白温和的脸鼓励似的向我点点头。当我说完时，他说："很好，好，好！"

下课后，别的人都离开了教室，他示意我走到他那里去，对我说："我看见你听得非常专心。这对你是非常重要的一堂课。要是我们今天讲圣饼时，你做了小动作，向窗外张望，那么，你看，我也许就不会写我今天要写的信。"他告诉我，他受我父亲的委托，要帮助我到一家修道院学校去学习。他还在那里物色人选。到恰当的时候，他会给我消息。我可以预期今年秋天就得离家。"也许到荷兰去。"他说，一边沉思地看着我。现在他非常仔细地看着我："我刚才说，这堂课对你来说具有决定性的意义，我这话的意思是：对有关圣饼的教导毫无热情的少年不能当神父。"

我深深地吸了一口气。我真想说话。可是我觉得自己笨拙、无知、幼小。同时，我非常害怕教长会注意到，关于"真正地、确实地、根本地"这几个字，我一点没有听懂，我专心致志地听讲是假的，而最主要的是，我的心根本不在学校里，不在教长身上，我一直想着俄国战俘季米特里，心里一直唱着"噢，逾越节！"和"基督活着！死神死了！"。但我很清楚，不许可我讲真话，也无法讲真话！于是，我不知所措地鞠了一躬，离开了教长。

我家客厅里有一个大盒子，里面放着一本书，书名叫《基督徒家庭之友》。这是父亲死前不久买的，是我们家仅有的少数几本书之一。

自从父亲去世以及开始上圣餐课以来，如果家里不需要我到地里帮忙，我下午常常悄悄走进客厅，轻轻关上门，从硬纸盒里拿出那本书——书又大又厚——小心地把它放到绿色台布上。然后，我在同样是绿色的沙发上坐下，过了没有几分钟，我仿佛觉得摩泽尔河滨的施维希、维尔茨街上的这幢房子，甚至连客厅都沉落到《基督徒家庭之友》的书页中间去了。书的油墨香就已经具有一股力量，几乎立刻把我带进了另一个世界。谁也没有对我说过图画下面靠右侧的字是画家的名字，但我一看就知道了。诗的上面或下面也写着诗人的名字。画总是人画的。我轻轻地读着这些不知道重音该在哪里的名字，并怀着与看画时相同的敬畏之情。贝里尼[①]和拉斐尔的圣母像看着我，我可以用手指去摸那些鲜明的颜色、圣婴的脸颊和美丽的圣母的衣服，现在没有人会指责我。我到了基玛·柯奈连诺[②]——这名字有点像"家兔"——的托比阿斯[③]和天使那里，沐浴在把一切都染成金黄色的阳光下，站在快乐的小溪边，站在唤起我心中强烈渴望的山峦前，因为它们是那样的蓝，那样的清晰，跟这条小鱼一样毫无危险，可是，托比阿斯却怕这条小鱼，我真是难以理解。我听见爱克兄弟[④]的天使在奏乐，当看到一个天使把一把琴弓靠近我不认识的乐器上时，我就想起克勒拉，她问也不问我一下就从鲁

---

① 意大利文艺复兴时期威尼斯派的一个家族。

② 柯奈连诺（1459—1517 或 1518），意大利文艺复兴时期画家。

③ 《圣经·旧约》中人名。

④ 胡伯特·凡·爱克（1370—1426）和扬·凡·爱克（1390—1411），尼德兰画家，荷兰现实主义艺术的奠基人。

普罗特山下逃到天上去了。可是在西诺列利①的《罪人》前，我却感到害怕。穿着铠甲的天使样子十分严厉，光滑的绿褐色魔鬼异常凶残，找匆匆扫了一眼那一团裸体的罪人就再也不敢看了。

在其余的非色彩的，也非出自这类大画家之手的画下面，都有一句说明文字。我常常遇到不认识的字。有一幅画，画的是一张空桌子旁坐着一个人，一个真正绝望的人。瘦削悲伤的女人从后面向他走近，试图说服他。下面有一行字：《罢工的苦日子》。我以为"罢工"是更糟糕的一种形式的"吵架"②，我看到，吵架不仅是夫妻之间的事，它必定是外头世界上的事。在另一幅画上，一个僧侣带着请求的表情走进一间牢房，里面一个男人睁着一双可怖的眼睛坐在木板床上，用手掠着头发。下面写着：《十年监禁》。我常常长时间地待在这位牢房里的被判刑的人身旁，让他告诉我他干了什么，开始跟他一起设想各种各样可以消磨时光的事情。我建议他作画，作非常具体详细的画，人们可以到画上去漫游，甚至会迷路。也可以画弗拉·安吉利科③那样的画，在他的画里，天堂都是敞开的。我一再向那位不幸者重复这句话："哀悼的人是有福的，因为他们会得到安慰。"我甚至告诉他，这句话在同一本书的 706 页上。是啊，到了夜里，他可以从牢房里出来，到这本书里去

---

① 西诺列利（生于 1459—1450 年之间，卒于 1523 年），意大利文艺复兴初期画家。以擅长壁画著称。《罪人》一画系指《末日审判的罪人》。
② 德文中，罢工（Streik）与吵架（Streit）两个字字形与字音相近。
③ 安吉利科（1387—1455），意大利文艺复兴初期画家。

漫游，就像到一个墙壁上画着整个世界的大宫殿里漫游一样；夜里，他随兴之所至地去他要去的地方，谁也阻止不了。

我也常常到出走的儿子那里[①]。我跟他一起很不像话地告别了父母，在这一点上，我最不能理解他。我责备他傲慢、冷漠，全然不顾父亲的请求和母亲的眼泪。可是我们骑着马奔驰在原野上，欣赏着明媚的春光时，我就理解了他，我也很愿意到远方去。不过在喝酒以及同姑娘们周旋时，我心里就有点拿不准了。他闹得太过分。因为我看见一个姑娘伸进他腰带边的口袋，另一个姑娘搂着他吻他。他打翻了酒杯，把好酒洒了一桌子。肥胖的店老板不断记账，我一想到那幅画下面的说明时，就不由得为这位傻里傻气的年轻人担心害怕，尽管如此，我觉得他仍然是我的朋友。

他终于醒过来了，我也醒了。我虽然知道，这个故事的发展，但每次醒来都是灰暗的早晨！一个浪子，身无分文，他连衣服都典当了。现在，人们突然对我们不再亲切友好。他们摇着头，幸灾乐祸地看着我们，连一个面包也不给。画下面的说明越来越吓人——直到后来，我们坐在猪旁，想起各种各样的事情，也想起家里，想起父亲和母亲。我给他鼓气，我知道故事的结局。"走，弗里多林，"我给他起了这个名字，"走，这叫什么生活！况且——你的爸爸在等你！"他不肯相信我，他笑我。"他看见我，会让狗来咬我的，而且他是

---

① 指《圣经·新约·路加福音》第十五章浪子回头的故事。

对的!"但我并不罢休。阻碍他回去的是在哥哥面前感到的羞愧——在这一点上，我很能理解他。我想起马丁和丽丝辛是那样勤劳，那样有条理。假如我在某个地方，比如科隆，把给我的遗产挥霍完后于某一天回家来，啊，我的主，这可是最糟糕不过的事情了。啊，不——这还不是最糟的，最糟的是看见爸爸为你操碎了心，脸色憔悴，眼睛深陷。我终于说服了弗里多林。"马丁想怎么说，就让他说好了。事情不在于他，而在于你——以及你的爸爸和你的妈妈!"

我们启程了。弗里多林摔到地上，他爸爸妈妈跑过来迎接他的瞬间，每次都使我非常高兴。"你看，"我事后跟他说，"难道这不是我们能做的唯一正确的事吗?"

当我在客厅里穿过《基督徒家庭之友》的大门，逃到另一个世界去时，常常有人在院子里和家里喊我。我没有回答，因为我不在呀。这给我，也给母亲和哥哥姐姐带来了不少气恼。后来有一天，我们得到了荷兰约瑟夫神学院的信，信中说，施维希教长先生的推荐信在今年秋天就将为我打开这个学院的大门。因为我是期中去插班的，所以马上就得开始学拉丁文。神学院院长给我详细讲了如何办护照，该带些什么衣服以后，就把我推荐给了守护天使协会。

我姐姐丽丝辛给全家宣读这封信，高兴得脸都红了。当她念到天使那句时，平静的声音有点颤抖，还没有念完院长的名字，她就低声哭起来。母亲和卡塔琳娜也哭了。我觉得很不好意思。尼克尔尊敬地看着我，后来红了脸走了出去。我知道为什么。以前也曾让他到辅祭那里学过拉丁文，可是他没有去，反而留在地狱里了。到神父家有一条窄窄的近路，我们叫它地狱。在地狱里，他在比尔巴赫溪的桥上和男孩子们玩牌，然后老老实实按时回家，直到后来有一天，辅祭问我母亲尼克尔到底什么时候开始上拉丁文课。母亲和姐姐们也当即明白尼克尔为什么出去。"唉，你啊。"母亲从后面喊他。她转过脸对我说："我希望你别在地狱里上拉丁文课！"

我马上告诉她，我不跟辅祭学拉丁文。他不喜欢我，我也不喜欢他。母亲说，布克斯老师懂拉丁文，他曾学过一段时间神学。从此，我对布克斯就另眼相看了。

妈妈找了布克斯，他答应给我开拉丁文课。母亲一再嘱咐我要好好学习，因为交的学费不是钱，而是油，当时油很贵。卸白衣主日①以后才能开课，因为不许拉丁文干扰第一次圣餐的准备工作。

---

① 新教徒接受基督教入门圣事，穿上白衣和接受烛光，象征受洗者已"穿上基督"，成为基督徒。复活节八日庆期的最后一天，即复活期第二主日，在主日弥撒中为新教友"卸白衣"，这个主日名为"卸白衣主日"，二〇〇〇年起也称为"天主慈悲主日"。

伟大的日子

　　复活节前的那个星期，卡塔琳娜忙着拆父亲的黑大衣，给我改圣餐服。女人们对料子大加称赞，说它根本穿不坏，屋子里没有人时，卡塔琳娜对我说，世界上没有比这更好的料子了，这么多年，父亲星期天总是穿着它上教堂。圣餐服慢慢做好了，这期间她几乎只谈父亲和卸白衣主日。

　　辅祭虽然没有给我们上预备课，却借给我们在准备这个伟大日子时要念的几本小书。书里讲的几乎都是男女孩子的故事，他们在犯了滔天罪孽的情况下去迎接第一次圣餐，并且突然惨死。然后，他们四周围绕着红通通的火焰，在父母或教师面前显灵，诉说自己在忏悔时由于害羞而隐瞒了某个罪孽。书里从来没有准确地说出这个罪孽是什么，但从字里行间可以看出，这些罪孽每次都与不贞有关。我出神地读着这些故事，凡是引起我害怕的东西，我读起来都是这样津津有味、全神贯注的。我很想知道，这些与我差不多年纪的男女孩子可能做了什么，这种好奇心也促使我仔细阅读。我又想起玛茨和弗里德里希·威廉，忏悔时，我又一次把一切事情详详细细告诉了教长。我也跟他讲了，我为什么这样忧虑，他请我把那本讲这些故事的书带给他。

教长家我已经去过一次，但只是进过紧靠着房子大门的那间房子。那里，墙上有一个小窗户，旁边有一个小铃。我想起这只铃就很高兴，因为只要一按铃，教长家的女厨娘就从小窗里伸出脑袋。当我这次带着书来到门前时，厨娘就问我干什么，叫什么名字。我说了我的名字，告诉她，教长让我给他看看这本书。

小窗户又关上了，我试图从双扇大玻璃门往里看。门上白色横木间镶着彩色玻璃，因此，门后面的一切仿佛都罩在火焰里或者都冻僵了。

门终于开了，厨娘带我走过黑白格子的地板来到一扇皮革门前。过了这道门还有第二道。即使还有第三道，我也不会奇怪。本来我就十分崇敬教长，现在，见他要等这么长时间，又看见他家里有两道门，门上安着彩色玻璃，我对他就越加崇敬了。我根本没有看他的房间是什么样子。他让我走近他的圈手椅，把眼镜推到前额上，戴上另一副眼镜，看起我小心地放到桌子上的书。他来回翻着书，最后抬头问书是不是辅祭给我的。我说是的。他把书放到面前的桌子上，对我说，我把书留在他这里好了，他亲自把书还给辅祭。然后，他靠到椅背上，用轻轻的、平静的声音说："我布置的歌，你会背着唱了吗？"

我问："哪一支?"

他说："《听从你的救世主，听从你的老师》，你朗诵下!"

我只记得头两节。

"你看，"他严厉地说，"你不会! 快回家! 你一定得把它全背下来。还有《人啊，愉快地、自觉自愿地为救世主耶稣基督效劳》。还有，等一等，还有《最后的晚餐》。还有一首《到这儿来，一切生物》。这些你都得会。"他抬起手指，"你要留心，在卸白衣主日前，只要我碰上你，就还要检查的!"

他让我离开时，拍了一下我的肩膀。我赶紧回家，到客厅里坐下，拿起歌本学起来。外面，我听见母亲和哥哥姐姐拿着点心屉往烤炉那边送。卡塔琳娜几乎已经把衣服做好了。她现在开始做衬衣，袖口的折边就像可拆卸的宽袖边。

卸白衣主日的前一天，她和我一起到利希特街约安吉的店里，买了一顶黑色礼帽、别在衣服翻领上的一小束白花和下面系着白色花边手绢的蜡烛。我的教父在前线当狙击手，让人给我寄来一本歌本；住在离我们很远的村子里的教母给我送了几双很漂亮的黑色带扣鞋。

卡塔琳娜一再对我说，所有这些东西我都别管，应该集中思想考虑这一天对我来说为什么是重要的。

晚上我们躺在床上时，尼克尔从我手里拿过歌本，我一次又一次地检查教长布置我背的歌是否背出来了。

第二天一早我就醒了。卡塔琳娜帮我洗脸穿衣。当我穿戴整齐，站在门口，准备去找也是第一次去做圣餐礼的赫林家的小佩特时，母亲向我走过来，哭了。起先我不理解她为什么哭。这时她说道："唉，可惜爸爸今天没有跟我们在一起！"我哭不出来，只是吻了她一下，就走过街道去找小佩特。

他忍不住老笑。他也是大姐帮着穿衣服。我给他看我衬衫袖子的折边，说这是可以拆卸的宽袖边。我吃惊地注意到，我撒了个谎。他姐姐责备我，我怎么会想出这种蠢事。今天上午，我们两人只能想天主。我虽然感到满心欢喜，兴高采烈，但只能想天主，我觉得很难。当我和小佩特并排向前走的时候，有那么短暂的片刻，我的心情笼罩着一层悲伤的阴影。甚至今天早上我也撒了谎。我常常想到我身上漂亮的黑衣服。小佩特跟大多数男孩子一样穿着长裤。我跟平常一样穿短裤，因为卡塔琳娜认为，长裤会让小男孩显得过于老成，过分重要。路上，我们几乎没有说话。只有一次，小佩特说，他母亲为胡斯曼老师操持家务，为庆祝他过圣餐节，胡斯曼老师送了他十马克。我问他怎么花这笔钱。"我要买块表。"他说。买表？我从来没有想过买表的事。

我们在老学校列了队，两个人一排。这些男孩子平时又粗又野，多半穿打过补丁的粗布衣服到处乱跑，今天都穿了雪白的衬衣和黑色的外衣，我仿佛觉得他们全都换了个人似的。他们身上不再发出冷甘蓝和哈喇的鞋油味，今天，在他们身上可以闻到衣领上的粉浆味、香烛的蜡味、新歌本烫金边和纱布封面的气味。

布克斯和蒂普赫纳老师站在我们旁边整理队列。他们也穿着节日服装，我们把他们男人的节日服装叫作

"跟在我后面"或"燕子尾巴"①。以往，蒂普赫纳总是穿绿色粗呢短外套，今天，他在领带上还插了一颗珍珠呢。教员们满脸堆笑，温和宽容。最后，布克斯点着了一个孩子的蜡烛，又点了我的，我们继续往下点，蒂普赫纳用他那清晰的声音起了音，让我们唱"各国人民，赞颂隐身在面包里的天主"。当我们开步走，来到桥上时——也许是"各国人民"这几个字的缘故吧——我忽然想起了遇见季米特里时的情景。我们就是在这桥上相遇的，他在这里对我说过："噢，逾越节！"他在这儿曾把双手合在一起，向我表明，我今天离最最神圣的救世主多么近。在这儿，他曾恳请我为沙皇祈祷，为他——在施维希的俄国战俘季米特里祈祷。

蒂普赫纳向来非常好战，好写敌视其他国家的诗，今天他却唱起了"各国人民，赞颂隐身在面包里的天主"。我觉得不仅我自己和我的同学变了，而且教师们、整个地方、整个世界都变了似的：

他要生活在世人中间，
体察我们大家的痛苦。

阳光。钟声。听不见西方一点炮声。然而有一瞬间，我还是想起此时此刻在跟法国人打仗的马丁。我又听见他问道，天主在哪里，在法国人一边还是在德国人一边？可是我没有时间继续思考了。我唱歌，我要愉快

---

① 指燕尾服。

地度过这一天：

> 他寓于自身之中，
> 他站立在我们的圣殿中，
> 被拯救的地球快为他跳舞，
> 一切生物快为他歌唱。

我们唱到这里时，擎着火烛的男女孩子的队伍拐到了教堂前的广场上。钟声继续响着。只有抬高嗓门说话才能听清。我低着头看着自己面前的地，因为我知道，虔诚的人们正好奇地看着我们。也许母亲和哥哥姐姐就站在教堂前，但是我谁也不想看见。当我正要跨进教堂大门时，我感到有人抓住了我的胳膊。我几乎给吓着了，抬起头，看见季米特里的睁得大大的眼睛。"斯捷奥普施卡，别忘记我，也别忘记——"下面的话我听不清了，尽管他是贴着我耳朵说的；管风琴的声浪吞没了他的话。我听见高低音管的声音就像一场壮美的风暴。当我跪下，膝盖和胳膊肘接触到了硬邦邦的木头跪凳时，我深深地舒了一口气。我感到膝盖在微微颤抖，全身感到一种几乎使人舒适的轻松感。我一闭上眼睛就看见季米特里的眼白，看见他的手怎样慢慢地互相靠近。我又颤抖起来。互相离得很近——可又离得太远了！我听见领祷人的话，我听见：这是同一个肉体，躺在马槽里，狂风暴雨大作时坐在小船里，被钉在十字架上的是同一个肉体；这是升天的神人，他将重新回来审判活人和死人，他住在天父的荣耀之中。

我仿佛置身在一个可怕的、崇高的、不可理解的童话里，只是这里发生的一切，我和所有参加这个会晤节日的人都镇静地坚信不疑。

但是，季米特里却通过他的两次请求让我把目光集中到了一点上，没有他，这一点不会如此清晰、如此强烈、如此令人信服地呈现在我的灵魂面前：这一点就是我对天上来客所具有的权力。在课堂上，教长倒是说过一次："你们设想一下，皇帝要到你们家访问。为了很有礼貌地迎接贵宾，你们哪会不尽心尽力，把房子打扫得干干净净，布置得漂漂亮亮呢！"

然而，教长根本未提一句的是，此时此刻我们面对皇帝，也有着某种特殊的权力。可是季米特里！他的话不是很有道理吗：如果天主把他自己给我当食物，那么他怎么还会拒绝一个请求呢？

转变仪式①结束了，小钟响起，邀请大家去领圣餐，楼厢里的管风琴又奏起音乐，全体在场的人唱起《听从你的救世主，听从你的老师》；我们按照规定把两只手并排放到胸前，从凳子上走出来，登上神父唱经楼，年迈的教长四周烛光熠熠，香烟缭绕，闪闪发亮的烛台像一朵朵鲜花，他在铺开的亚麻布上把苍白的圣饼递给我们，这时，我感到我年轻的生命提高到了一个新的高度，要从这个高度再回到平常的日子，哪怕回到像今天这样的节日，必然要经历一个痛苦的清醒过程。

但是我把我的愿望都告诉了神界来客：我要当神

① 天主教弥撒的一部分，神父诵念祷词祝圣，表示面包和酒转变成了耶稣的肉身和血。

父。如果父亲还在炼狱里，愿他立即从炼狱升天。我希望季米特里很快就回俄国去，希望沙皇和我们的皇帝讲和，所有诸侯都讲和，各国人民互相和好！希望士兵们都回家，也包括马丁！愿城里人都有面包！保佑我的朋友木匠师傅育尔不再上前线，让我的母亲快活一点！

我离开教堂时，季米特里站在门前。他很快向我走过来，看着我。接着，他把手伸进口袋，掏出一样用报纸包着的东西。我起初想，大概是一块褐色玻璃，我不懂他干吗要送我玻璃。上教堂的人像暗色的缓缓流水，包围着我们，他用两个手指拿着那样东西，对着光。他轻轻说了好几次"玛瑙"这个词。然后他问："你看见了吗？"

淡黄色透明石头上有明暗不等的条纹，就像刚伐下剖开的山毛榉板。可是中间是一帧小小的画，而不是几条线条。我看见一座森林的边缘，那是只有几毫米高的松树或枞树。树林后面耸立着奇妙的建筑物的圆顶。"教堂。"季米特里轻轻地说。"俄国教堂，"他又重复了一遍，"五个教堂连在一起，还有总督府的尖塔。还有房子。这里又是树。许多树。上面是天空，广阔的天空，无边无际的天空。这前面是土地，土地，土地！俄国！"

我心中狂喜，问是不是他画的。他在给我看玛瑙的整段时间里嘴角上挂着的神秘微笑，现在更明显、更幸福了。"天主画的，"他轻轻地说，"画在玛瑙里！而这块玛瑙是德国产的。俄国朋友从伊达——上斯泰因给我带来的。你的祖国的石头！而画的是俄国！就像俄国人画的一模一样，毫厘不差！真的，是天主画的——天主在德国石头上画了俄国母亲。"

我把礼物小心地包好，放进上衣口袋里。我想表示感谢，可季米特里却摇摇手不让我感谢。我们又走了几步，然后他站住了。他指了指心，轻轻地说："你为我做了祈祷，小兄弟，你祈祷天主保佑我国家。这我心里知道！"说完，他就跟我握了握手，匆匆地挤过人群走了，这些人正好奇地诧异地看着我们——戴着士兵帽的俄国战俘，和插着花束、第一次领圣餐的男孩。

回到家里，我发现大家都准备入席了。母亲没有请别的客人，也没有什么礼物等着我。我不觉得缺少什么，然而，这一天也跟平常日子一样很快就过去了，我不禁有些怅然，也有点惊讶。全家人围着桌子吃饭，我也吃，饭菜也还合我的口味。姐姐们洗碗，我们喝咖啡，然后去做祷告。做完祷告，我和赫林家的小佩特走到墓地去看我们父亲的墓。我的锡士兵曾经上下攀登过的墓碑立在墓前。一块金字黑石碑告诉人们这里埋的是谁。

我们还不想马上回家，于是就顺着比尔巴赫溪溜达到村后。那里溪边有一个采石场，遗留的坑个个都积满了浑浊的水。青蛙正在坑里产卵，赫林家的小佩特突然想起要逮青蛙。他说，胡斯曼老师很喜欢吃青蛙腿。我想起母亲前不久也曾对我们讲过青蛙腿有多么好吃。当我们在狭窄潮湿的田埂上往里走，越来越深入到水坑区时，我们想到拿着许多青蛙腿回家会给家里带来多大的欢乐。小佩特已经打开了他哥哥送给他做节日礼物的小刀，割了一条柳条。他热心地告诉我青蛙腿可以用柳条串在一起。我们尽可以两人一起逮，由我砸死青蛙，他用新刀割下后腿。事后我们平分。

后来我发现小佩特当真想抓青蛙，我仿佛已经看到自己抓起滑溜溜的小动物，把它们的头朝石头上摔，青蛙被摔得伸直了后腿——这情景我以前见过多次——于是就找借口劝阻。我不好意思对小佩特说，在第一次领圣餐的日子不能杀生。于是我就说，抓青蛙是低级劳动，因此在星期天是不许可的。况且我们穿着新的黑礼服，我们的新衣服会弄得不像样子的！今天是卸白衣主日，弄脏了衣服回家至少得挨一顿训。这一点马上说服了小佩特。

我们决定这一天不抓青蛙。但小佩特建议今年我们必须学会抓青蛙。这甚至可以赚很多钱呢。他要把平时送报纸的儿童车带着。他最后说，我们把抓到的青蛙放到车里去卖：卖给村长、药店老板、教长，以及所有懂得吃青蛙的高贵人家。他一边说，一边用刀把柳条一段一段削到地上。

我们在回家的路上分了手。他到胡斯曼老师家接他的母亲。

天慢慢黑了。在利希特街和维尔茨街交接的地方，我看见站着一个瘦瘦的、缩着脖子的人。他是犹太人威利。他的父母已经去世，这位大约三十岁的犹太人住在一个吝啬的亲戚家，据说，这位亲戚侵占了威利殷实的家产，让愚钝痴呆的可怜人挨冻受饿，自生自灭。威利整天站在街上。他看见一个或几个学生过来，就双手插在口袋里，一瘸一拐地匆匆跑开。只要我们来了劲，就起哄追他，把他包围在中间，喊道："威利，咬火腿！"到现在为止，除了闹这种恶作剧以外，我没有跟威利说过话。我从来没有想过这种恶作剧到底是什么意思，可是我们的嘲弄每次都使这个犹太人非常气恼，他咬住自己的手指，结结巴巴地骂了我们几句。

这个伟大的日子很快就要结束，我闷闷不乐。当我晚上情绪忧郁地回家，看见威利站在两条街交接的街角时，就很快向他走过去，轻轻喊道："威利，别跑开，威利，看这里！"我递给他卡塔琳娜送给我买甜食的二十五芬尼。起初，威利非常疑惑地看看钱，因为天很黑，他不得不把钱凑近眼睛看。他认出钱是真的，照样疑惑地审视着我。但后来，我终于感到，仿佛他那黄色的、像旧窗帘那样皱巴巴的脸突然从里头被照亮了似的。他那沉浸在毫无安慰的怨恨中的眼睛睁得大大的，我看见犹太人威利微笑了。他把拿着钱的右拳在胸前上下蹭着，左手小心地摸了一下我翻领上的花束。我却转过身，向家里跑去。这天，我第二次感到高兴得飘飘欲飞。我仿佛觉得，已经黑下来的维尔茨街一片光明。是他，是神人自己从我这里得到了二十五芬尼，他为了表示感谢露出了微笑，摸了我的圣餐节花束——仿佛他要为我祝福似的。但站在我面前的又是犹太人威利，我面对面地看见了他们两个人，对我来说，他们两个人有一瞬间合成了一个人。

吃晚饭时，像在下午喝咖啡时一样，我又感到有些不悦。我很伤心，又说不出所以然来。卡塔琳娜问我怎么了，我只摇摇头。后来，当只有我和卡塔琳娜在客厅前面时，我终于对她说，我不能再吻她了，也不能吻母亲了，到现在为止我特别喜欢的人，我都不能再吻他们了。卡塔琳娜非常惊讶，睁大了眼睛问道："那是为什么？"我讲给她听，我不能吻犹太人威利，也不能吻克伯里克大爹和施莱默尔大妈，我还说了好多我不能吻的人的名字。

"可你干吗要吻他们呢？"卡塔琳娜惊奇地问。"我必须喜欢所有的人，"我向她解释，"如果我不能吻所有人，那我就不得吻你和妈妈。"

"孩子，你想到哪里去了！"卡塔琳娜又惊讶又生气地喊道。她告诉我，我们对父母、兄弟姐妹和朋友的爱自然甚于对其他人的爱，这也是天主的意思。我做出好像同意她的样子，很快就去睡觉了。尼克尔还有一件事要做，我就一个人躺在阁楼上。突然，凯塔的形象出现在我眼前。她今天不是也去领圣餐了吗？面我却没有看见她，连想也没有想到她，一次也没有想到她。同时，我却听见心里响起一个声音，它使我那雾一般飘忽的哀伤变成了两行热泪滚下脸颊。这声音告诉我，今天没有看见凯塔，也没有跟她说话，甚至没有想到她，是完全正确的。我理解这声音，我不得不承认它说得对。此外，因为我到远方去的愿望很快就要实现，在这入睡前的时刻，想起我就要离开这里，离开老家，离开村子，心里感到很沉重。我再也见不到凯塔了。战争结束后，她就会回城里去，而且会忘掉我。而我一定得把她忘掉，佩罗、棕色奶牛、猫，我都得忘掉，它们全都留在原来的地方；等到我回来，如果它们都还活着，也会认不得我了，我将成为陌生人。是啊，连这张床，这间房间，甚至连尼克尔、母亲和其他兄弟姐妹，都会觉得我陌生了，不认识我了。我看见我面前出现了施维希教堂的祭坛，闻到了香火味，听见了管风琴的音响，看见教长怎样从托盘里拿出圣饼。我觉得他那苍白的脸非常明朗、愉快、安详。我溶进了这幅画里，梦中的祭坛比那天我们教堂里的祭坛更高更壮丽。

玫瑰与告别

卸白衣主日后的那个星期，我到布克斯老师家上第一堂拉丁文课。我很好奇，很想看看老教师家里是什么样子。一个手里拿着扫帚的胖女人给我开了门。

"你到这儿干什么？"她粗声粗气地问我。

我想了一想，答道："我要上拉丁文课。"

"上什么课？"那女人诧异地问道，从额上掠了一绺头发下来。"我当是什么呢！"她自言自语地说着，开了客厅的门，大声喊道："布克斯先生！来了一个孩子，他要学拉丁文！"

我等了好一会儿。客厅里，两扇窗户对面放着一张桌子，铺着棕色台布，桌子后面摆着一张也是棕色的沙发。两块白色细纱窗帘间露出一架缝纫机的机背，柜子上铺着一小块编织的台布。几个碟子像白色圆脸，从瓷器柜里看着我。我从侧面看着一个画着花的调料罐，我觉得那罐子似乎做了个揶揄的鬼脸，有点像山羊用角进攻前的神态。这时我才在沙发上方发现了两张画片，那是用椭圆形金框镶嵌的两幅大照片。右面那张照片是个年轻女子，脸小小的，头上长着浓密的头发。找知道，闪亮的波浪形头发下面是个平球，姐姐们梳头时，我多次看见过她们的头。那女子的脖子紧紧地围着硬领，她那忧伤的眼睛定定地看着空中。另一个金框里的男子约莫二十五岁的样子。他上唇留着浓密的小胡子，两边向上翘起；他两眉之间有一道严厉的皱纹。我立刻就认出，这是年轻时的布克斯老师；那位探寻似的看着房间的忧伤女子是他娶的妻子，虽然她一点嫁妆也没有带来。房间里到处让人闻到尘土味，让人想起流逝的时光，我仿佛觉得自己待在空糖罐或空帽盒里似的。墙上挂着一个两格小架，架子的腿是用线圈做的，里头用铁丝连接，外头漆成棕色。架子上放着一本书和一个外面闪着银白青铜色光泽的淡红色贝壳。

我真想把耳朵贴到贝壳上去，可这时门开了。布克斯老师走进屋子。他向我还了礼，连看也不看我就立刻迈着坚挺的步伐，从我身旁走过，在学校里他也总是这样走过我们的椅子，只是在这个小房间里，他很快就走到了瓷器柜前。他转过身，说了声"坐下"，就打开了一本翻得相当破旧的书。

"你要去上神学院，是吧。"他开始说道，"你在学校里从来不是好学生——除了德语、历史和地理。你经常很不专心听课。在神学院学习是很不容易的，很难很难。尤其是拉丁文。你得好好考虑考虑。这是一本拉丁文文法。讲语言规则的书叫作文法。第一变格。怎样变化一个词的词形，这叫作变格。我们来变化一下玫瑰这个词的不同格位的形式吧。拉丁文里有六个格：主格、称谓格、所有格、与格、宾格、夺格①！你重复一遍！"

我不知道该重复什么。是他关于语法的说明，还是关于变格的说明，还是格位？

"你瞧见了吧。"他温和地说，点了点头，"我跟你说过，到神学院学习是很艰苦的，非常非常艰苦。我要警告你。不过现在仔细听着。我用拉丁文变一下'玫瑰'的格位。你好好听着：

rosa

rosae

rosae

rosam

rosa

你重复一遍！"

布克斯像个小学生那样把这些字又快又准确地说了一遍，重读了每个词尾，同时仿佛往鞋里钉钉子似的用拳头敲击着膝盖。我本来惊讶地倾听着，当他要我重复时，我突然惊醒过来，立即跟这个字一起奔驰起来，像骑在一匹奔跑的马上那样。我也跟老师那样有力地重读最后那个音节，可没有分清 a、ae 和 am；我急匆匆地念

—————

① 拉丁文里表示"离开"的格。

诵着，格位的数目大大增加了。

"错了，"他大声说道，"全都错了！你看，我告诉过你，很难的。就是第一变格也不容易，你看见了吧。这些你都得背得滚瓜烂熟。这里有一个句子，我念给你听：Asia est terra。你听，这就是拉丁文。Asia 德文叫Asien；est 就是 ist；terra 的德文是 Erde。好，翻译一下！啊，对了，你还不知道什么是翻译。如果你把一句拉丁文句子改成德文，这就是翻译。你现在翻译一下 Asia est terra。""亚洲是土地。"我用微微颤抖的声音说道。此刻，我心里很清楚，这就是拉丁文；我能理解。

"土地？"布克斯说，清了清嗓子，"听着，这里的意思是，亚洲是大陆！"

上课时间并不长。布克斯把书给我，让我带回去，并告诉我，哪些地方要背。天已傍晚，在回家的路上，我看见莱伊街上有人从盖登家的厩房里牵出一匹白马。那匹马看来牙口不大。很不愿意让人牵走，慢吞吞地跟着，也许它不喜欢坚硬的石子路。几个男人等在街上，他们左右打量那匹小白马，互相说几句话，点点头。在暮色中，白马好像长高长大了，我觉得街道仿佛也变得更加明亮。这时，那小雄马用后腿站立起来。拽住马嚼子的人笑了。我也高兴地笑了。白马又用后腿站立了一次，并嘶鸣起来。这时有人捅了我一下，那是个女人，我不认识。她指了指地上，这时我看见布克斯老师的拉丁文文法书掉在刚拉的牛粪上了，我先是给吓得动弹不得。我不再看白马了，我觉得是它惹的祸。我用一块小石片小心地刮去书上的牛粪。我看见几个原先在看马的人现在笑起我来了。

我把街上发生的事情告诉了卡塔琳娜，我们两人一起把文法书弄干净。封面上绿灰色的痕迹怎么也去不掉，于是卡塔琳娜用有光泽的毛麻混纺布做了个书套。扉页上印着许多不同颜色的色点，我在上面发现了布克斯老师的名字。"本书属于巴塔萨·布克斯。帕鲁姆神学院一八六九年。"当我看见写得工整、清秀的名字和后面的年份时，我突然看见又老又胖的布克斯老师越来越小，越来越瘦，最后变成了跟我一样的孩子。可是我又突然看见我自己越来越高，越来越胖。在我自己的图像上，我看不见我的脸。因为我无法想象我有朝一日也会满头银发，脸上布满皱纹，这太滑稽可笑了。

过了不到三个星期，我非常惊讶地发现布克斯老师只会第一与第二变格。因为当我们学第三变格时，他就只提问题，总是严肃地、鼓励地点点头，即使我在同一个字后面一会儿加 um，一会儿加 ium 作为所有格词尾，他也总是点头。我对自己说，他要么听不出我的错误，要么听出了却不会改，因此他对我很和蔼，好像我都做对了。起初，我觉得有点难为情，我比老师知道得还多。可是后来，我有点可怜起这位老人了，他越来越胆小了，到最后几乎就说不出一个拉丁字了。他多半只说"这叫什么?"，或者"翻译一下这个句子!"，或者说"现在我听你背一遍词汇!"。

一天，他让我翻译一段拉丁文，有一句我不懂，译不下去了。他说了好几遍"哪?"给我打气。我找了半天，还是找不出主语，这时，他站起身，严肃地看了我一眼，坚定地点了点头。"我事先就跟你说过，"他开口说道，"拉丁文很难，非常非常难！我坦率地说，第三变格是这种语言里最难的部分。有这么多例外！首先是 i，有时在这里，有时又在那里，一定得把它变成自己的血肉才行。就我来说，我从来没有完全征服过这种变格。你去找一个比我懂得更多的新老师，也许更好一些。我现在才发现，我已经忘了很多了，我老了。"

布克斯老师的这番话简直揪了我的心，我赶紧低头看着地面，几乎哭出来。我感到热乎乎的钦佩之情油然而生，我事后还暗自高兴，我从来没有滥用过老教师的无知。

我很快就找到一位新的拉丁文老师。他是文科中学高年级学生，因病到施维希姨妈家休养。他戴着金边眼镜，两只黑眼睛直直地瞪我，好像我是什么稀奇的东西或动物，怎么看也看不够。不过，他不管往哪里看，都是这个样子。第一堂课上他几乎只说拉丁文，不断引用诗人的诗句，让我知道音韵多美。他背诵诗句时扭歪了嘴唇，露出大白牙，这时我几乎不敢吸气，不敢仔细看他。当他的嘴巴把这些铿锵的音节一个个吐出来时，我总觉得眼前有一架脱粒机在晃动，上下摇动摇板，吐出金黄色的麦秆。我觉得，这位十八岁的学生似乎比我大一百岁，比我强一百倍。每当我漏掉一个 i——连布克斯老师也在 i 上摔跟斗呢——，他浓眉下的眼睛就射出一道严厉的光刺痛我的身体；但另一方面，他那善意的、充满期待的微笑同样使我很舒服，当我陷进词尾的罗网，乱蹦乱跳企图挣脱羁绊，最后终于成功时，他那平时很严肃的、有少许鼓包的黄脸就放射出光彩，他点头，微笑，有时甚至还说："好极了！"这时，我就舒了一口气。

他在什么地方碰见我，不管我在干什么，也不管周围有什么人，就向我伸出指头，用他尚未完全成熟的男低音大声问道："能够变格的词是什么词？"我好像向他致意似的说道："Nomina！ ①"

"名词的特点表现为 —— 快说！"

"表现为有 Genera、Numeri 和 Casus！ ②"

"你别得意，小鬼，"他接着说，"这一点，罗马人从娘肚里生下时就知道了！"

夏天来了，我又一次走遍所有的草地，把草和二茬草耙到一起，又用杈子扬起晾晒的草。我来到玛尔沙德和克林格尔莱希，来到骚厄草地和莱姆溪，溪边是犹太人的墓地，我感受着清风和草香。我用泥罐喝苹果酒，在哗哗流淌的溪里给哥哥放着磨刀石的木筒里灌上水，看见他怎样把细长的木筒挂到后面的腰带上。我看见兔子迅跑，云雀听见割草人的脚步从草丛里飞起，我听见云雀清晨在天空飞翔啼啭，便眯起眼睛在晨露中闪烁的阳光里搜寻它们。我四周飘逸着刚刚割下的青草香，阳光越来越强烈，草香才慢慢减弱。晚上，我伸开四肢，躺在高高的草料车上，从柳树后面的草地回到村子的这一小时的途中闻着醉人的草香，我觉得仿佛是遨游在永恒的天国。大车左右摇晃，我右手紧紧抓住压草的木

---

① 拉丁文，意为名词。
② 拉丁文，意为性、数、格。

杆，我的眼睛尽情观赏夏天辽阔的天空，仿佛在那游动的蓝空中有我的草地、我的森林和我播种的田野。

我想起我的新拉丁文老师，但也想起了布克斯；我已经超过他了。Agricola robustus est[①]。啊，我已经懂了，我记住了许多完整的句子。In stabula guattuor equi et septem vaccae sunt[②]。毫无疑问，学习是艰难的，但是，神学院的小布克斯没有坚持下去。尼古劳斯·库桑努斯，他为了上学，离开父亲出走了。后来，他写起拉丁文就像写德文一样，他原来也不过是摩泽尔河边库厄斯地方的一个小男孩。为什么辅祭对这些事情那样惊讶？Cur，Romani，Sabinas raptavistis[③]？以后能读那些像《基督徒家庭之友》一样厚的古书时，一切事情我都会知道的。就是这本用德文写的书，也包含了多少内容啊！拉丁文就像一辆大车，像一辆装草的大车！我坐在车上，驰向远方，回到基督的年代，回到更古老的年代——有一天，我会回到亚伯拉罕的年代。我在散发出清香的草上伸开四肢，身上一阵寒栗；我这么看着蓝色的天空，真不知道我到了哪里。

这几个星期，我把布克斯的文法书放在衣服的鼓包里，紧贴着肚子。他忘了把书要回去，由于封面弄脏了，他的健忘正合我意。

一次，我的年轻的拉丁文老师在教堂前的空场上遇见我。他按照习惯，举起手指向我发起突然袭击，我一

---

① 拉丁文，意为"农民是强壮的"。
② 拉丁文，意为"厩房里有四匹马、七头奶牛"。
③ 拉丁文，意为"罗马人，你们为什么掳掠萨比纳妇女"。

时回答不上来，于是我伸手到衣服里拿出文法书。当这位平时很严肃的高年级中学生看见我拿文法书时，两腿一蹦，跳得高高的，大笑起来，引得周围的人都停住了脚步。然后，他指着石头十字架，问我为什么在十字架前摘下帽子，他对我进行过观察。我觉得自己脸红了，并坦率地向他承认，我怕人，我从来没有向别人承认过这一点。施维希人都爱讽刺，一个人的言行必须同其他人一样，否则别人就会笑话他。他们不向十字架致意，可我偏要这样做——我要跟他们针锋相对。

"原来这样，做得对，你不是要当神父吗？"

"不是这个原因，"我说，"可是，我干吗要怕施维希人呢？"

"那么你能穿着游泳裤到外头走吗？"他看看我，把头稍稍往后仰了一点。我回答他，我没有游泳裤，即使我有，也不能这样做，因为这样装束会惹人生气的。

"生气？生什么气？"高年级中学生又毫无顾忌地大笑起来，一边把手举向空中。"噢，sancta simplicitas[①]！"他拍了拍我的肩膀。我们毫无目标地散着步。我忘记了叫我做的事。我觉得眼见的一切对我来说更加无所谓了，但却更美、更迷人了。我已经用告别的眼光去观看街道和房子了，对那些将在这狭窄的天地里过一辈子的人，我不禁产生了一点怜悯。

我的年轻的拉丁文老师喜欢散步。他常常对我说，一个人文主义者应该散步，自由地呼吸，流汗！"Sit

---

① 拉丁文，意为"神圣的单纯"。

mens sana in corpore sano①", 他总是用这句话结束他的教导。

在这个六月的日子里, 我们慢慢地登上鲁普罗特山。什么事情我都讲给他听, 讲了我不在时死去的克勒拉, 讲了季米特里、凯塔, 也讲了我的父亲。当我们登上山顶, 施维希石片瓦盖的灰色屋顶和街道尽收眼底, 我们鸟瞰村子四周的草地和田野, 眼睛随着摩泽尔河闪闪发光的弧形河道眺望远方, 一直看到远处影影绰绰的特里尔, 那里教堂钟楼的尖塔直刺蓝天, 这时我们听见空中轻微的、有规律的隆隆声, 夏天, 只有在山上或晚上才听得见炮声。

他突然转向我, 好像我们在上拉丁文课似的, 命令我翻译一个句子: "Horas non numero nisi Serenas。"我们共同探讨了一会儿, 当他发现我理解了句子的意义时, 就用一句谚语解释了句子的意思: "像日晷那样只计晴天时的钟点。"②

这时, 他对空问道, 仿佛我并不存在: 在一九一七年, 一个正直的人还谈得上有一个小时快乐的时光吗? 战争已经打了三年, 还可能再打三年。再过三年他就二十一岁, 也许他的病不能再帮他什么忙, 他也得到凡尔登或佛兰德斯去送死。

听到这里, 我一步跨到他前面, 对他说, 不, 战争今年就会结束。他瞪着我, 那表情就像他在教堂前的空

---

① 拉丁文, 意为"健康的头脑寓于健康的身躯"。
② 这句谚语表示一种乐观的人生态度: 你要记住生活中美好的东西, 忘记不愉快的、令人忧郁的坏事情。

场上问我是否会穿着游泳裤到外头散步时的表情一模一样。"这你是从哪里知道的?"他问道。

我觉得自己好像突然在往地下沉。我永远不能告诉他,当天主是我的客人时,我曾向他恳求过;而当他在我灵魂里时,他是不可能拒绝我的请求的。当我现在看着我的年轻拉丁文老师的脸时——这是一张严肃聪明的脸,时而热情洋溢,时面冷静沉着——仿佛一阵冷风掠过我的前额,混杂着预感、羞愧、清醒、奇怪的恐惧,我害怕,我可能是个傻瓜,可能把一切事情都理解错了。

后来,我常常想起这次散步。我设法打听每个关于和平的谣传,把它带回家中,想以此克服我的恐惧心理:我怕我的祈祷可能真的只是一个又小又笨的男孩子的愿望而已。听不到什么谣传,我就自己做和平鸽,而且是用低劣的材料粗糙制成的。我怀着满腔热忱让我的和平鸽飞上天空,但我的热忱却只能蒙骗和振奋我的听众一日或半天。一天,母亲和哥哥姐姐在马罗尔收土豆,我给他们送午饭。我刚看见她们的头巾排成一排,在阳光下闪亮,我就赶紧跑上山头,把豌豆汤放在苹果树下,跳跳蹦蹦地走过挖了土豆的地,土豆黄灿灿的,像刚挖出的金子一样。

"快别挖了!"我远远地喊道,"我们得到和平了!不打仗了!普恩加莱[1]被打死了!"

女人们扔下鹤嘴锄,互相看了看,欢呼起来;母亲

————————

[1] 普恩加莱(1860—1934),法国总统(1913—1920年在位)。

好像头晕似的拄着倒立的锄头。她咳嗽起来，但当我走近她时，看见她在微笑。"谁给打死了？"她问，依然咳着，笑着。我指指西面，那里看得见特里尔笼罩在秋天的雾霭里。"那马丁很快就能回家了。"她轻声说。可是，母亲一边朝西边看，一边竖起耳朵听着："可是你们听，大炮还在响！"她对着空中说了这么一句，然后用疑惑的目光看着我，后来，她的目光变得更加锐利了。"噢，你这个傻孩子！"她说着就转身走开了。我看不出她此刻是看穿了我的谎言，把我当成和平童话的炮制者呢，还是当成轻信的传谣者。但是，自从我在母亲的脸上看见她如饥似渴地倾听和平信息的表情和一下子跌入深渊似的失望神态后，我再也没有兴趣去编造和平的谎言了。每当别人谈起这个遥远的、光辉的日子时，我也把他当成了谎言制造者。就连在教堂里和家里晚祷后说的教皇祈祷和平的祷告词，我也觉得是一种遁词，是渺茫的希望。当卡塔琳娜和丽丝辛开始祈祷："战争威胁着各国人民的生存，在战争的恐惧和苦难中……"，我就靠着我的椅子的椅面跪下，听她们祈祷，心里想，我比她们知道得更多。因为好几次当祷告词快结束时，窗玻璃忽然震响，打破了沉寂；大炮可并不跟我们一起祈祷。

我曾经祈祷上苍保佑季米特里回国，他却没有回俄国，手上扎了一枚锈铁钉，不加注意，死了。他被送到特里尔，可是已经太晚了，他就埋在那里。我到公墓、神父、老师，以及几家和我们要好的人家辞行时，听说了他突然死亡的消息。魏纳特一家人为季米特里哭得十分伤心，好像他是他们的儿子和兄弟。我来到公墓父亲的坟墓旁时，我才哭起来。我非常奇特地感到，我好像很孤独，被人遗弃了。季米特里最后对我是怎么想的呢？当他眼看自己回不了家要死在异国他乡时，他对我是怎么想的呢？我的祈祷一点用也没有。这天下午，我突然感到周围一动不动的墓碑仿佛是一群看不见尽头的祈祷者，他们已经变成了石头，而两只手却依然不停地伸向空中。黄杨树闻起来有一股苦味。我想起了铁匠泰斯·布德利希，他牙疼时就在牙齿的窟窿里塞进一点黄杨树根。他也已经死了，他的坟墓跟我父亲的在同一排。我一个个读着父亲坟墓左右两边的墓碑，每块纪念碑上都写着"天主，你的意志至高无上"，或者"天主予之，天主取之，天主之名受称颂"。

我读着这些话，听见这些话的背后响起父亲的声音。我回忆着往事，忽而想起这个，忽而想起那个。我在回忆中和父亲一起走向阿策尔特森林边汉纳斯叔父的磨坊。我在马尔沙德山上坐在他身旁，在厩房里站在他对面——看见他坐在马上，站在冰房里，跟在大车旁走在通往荷尔泽小树林的路上——他向前低着头，肩膀高耸，一缕蓝色的烟云在他脑后升上空中。我深深叹了口气，突然哭起来。到现在为止，我从来没有想过，在德罗恩溪谷的磨坊里度过的时光真的过去了，那时我吃小花，因为它们挺美，我向井里窥看，父亲摇动我的摇篮，让我进入梦乡……现在，当我站在他的墓旁，看见他走上荷尔泽小树林，我知道了——是啊，当我看见蓝色的烟云在他脑后升上天空时，我突然想起：这段时光已经一去不返了，在施维希的时光也过去了。当我告别了父亲的坟墓，行走在夜晚的街道上时，我感到了这一点。

在泽伦帕富茨街，我听见从敞开的厩房里传来几只奶牛的叫声。我停住脚步倾听着。我听见老贝伦特·乌伦在自言自语。里面传出清脆的声响，那是牛奶挤进几乎完全空的锌桶时发出的。我顺着比尔溪继续往前走。忽然想起我曾经在村后淌水走过比尔溪肮脏的、雨后上涨的溪水。祈祷钟敲响了。我听见了母亲和哥哥姐姐们的声音，我很小的时候，他们听见第一声晚祷钟声就喊我回家。"祈祷钟声一响，迈耶①就来，捡起石头。"他们这么说，因此我每次都赶紧溜进房门，还常常偷偷地从窗户里往外看，迈耶到底什么时候来。在我心目中，他是个非常强壮的人，他不仅得拾起所有街道上的铺路石，而且第二天早上还得放回去铺好。像圣尼古拉斯一样，他不仅来到施维希，而且还到伊萨尔、基尔施、隆贵希、凯恩和特里尔，还到很多很多别的村子去。

现在，当我晚上漫步穿过村子的街道时，我觉得自己已经长大了。迈耶晚上拿走街道铺路石的时代已经过去了。明天，我将在火车里坐一天——和卡塔琳娜一起——坐整整一天。我已经听见火车头的汽笛发出长鸣，看见水蒸气形成的气云低低地飘在我和卡塔琳娜坐的火车上方。在科隆有个大教堂，我看见自己走进教堂，我感到，在那些大柱子前，一阵幸福的战

---

① 在施维希一带的民间传说里，迈耶是夜晚到村子里来危害孩子的恶汉，大人们常拿他吓唬孩子，叫他们晚上不要出去，早早睡觉。

栗向我袭来。

　　在曼得尔家的街角，我走近一根电线杆。天已经黑了，我可以把手放到松树干上，没有人看见我；即使有人看见，他也不可能知道这棵电线杆被我当成了科隆大教堂里的柱子，那些柱子又高又粗，肯定发出香火味；明天我就能看见它们、抚摩它们了。当我把头贴近树干时——我这样做好像是回忆童年时的一种练习——我听见了电线里的声音，听见了远方，听见了弗伦、萨尔姆罗尔、文格罗尔后面的世界；听见了边界那边的声音——边界那边荷兰的声音，约瑟夫神学院的声音。"抓住电线，来来来！"电线里这么说，好像我还是施维希刚有电时的小男孩。过了一会儿，跟我打电话的声音变得严肃了。"顺着兰富尔溪，来来来。""是，"我答道，"明天，我就跟卡塔琳娜沿兰富尔溪面上到火车站去，明天一早五点钟。"上面电线里的声音继续嗡嗡响着。他们只说，他们在等我，在边界等我，对了，"约瑟夫——神学院——"就在边境，在等我。约瑟夫神学院是什么样子，我已经想象了多少次啊。我希望有的东西，这所大房子里应有尽有。房子肯定很大，比特里尔的神学校还大，而且也漂亮得多，名字本身就说明了这一点。学院也许坐落在平缓起伏的草地中央。小小的湖泊波光粼粼，校园四周种着老菩提树和核桃树，闪着金黄色的绿光。我们坐在小船里荡着桨。我们用拉丁文互相交谈，一边划船一边唱歌。鸟儿在我们小船的上空飞翔旋转，鸟儿都认得我们。我们向鸟儿招手，它们就飞过来，落在我们伸出的手上。船上没有争吵，美丽庄重的房子里听不到一点吵闹声，我在这幢房子里肯定有自己的一间屋子——屋子里有书，有花，还有一只猫，乖乖地躺在绿色沙发上。没有人来干扰我，我用不着再洗甜菜铡草了。我读书看画，钟声响起，我就穿上长长的白色长袍，走进礼拜堂，和其他学员一起高唱赞美诗，颂扬天主。只有一点我无法想象：边界是什么样子。也许它是一道阶梯，或一条河流，上面架着几座桥梁。也许，它只是地上的一条彩线，我们在一种游戏里就是用彩线表示边界线的，那游戏叫"天主，我在你的山上"，我们用粉笔画个圈，就算是那是"天主的山"了。

上面电话线里的声音又响了。我又侧耳倾听。我不知道的事情还很多。可是明天，当我跨过边界，受到约瑟夫神学院的热烈欢迎，那时——那时就……热泪涌出了我的眼眶。树干里的嗡嗡声使我这样激动，我只好松开松树干，走回家去。

我轻轻走进客厅，房间的中央放着一只大箱子。我想把它提起时，我才发现箱子已经装好了。我稍稍吃了一惊，因为我根本提不动箱子。